CB024571

TINTA
DA
CHINA
brasil

Valério Romão

autismo

VOLUME I DA TRILOGIA

Paternidades falhadas

RIO DE JANEIRO
TINTA-DA-CHINA BRASIL
MMXVIII

Todos os direitos
desta edição reservados à
Tinta-da-china Brasil

Rua Ataulfo de Paiva, 245, 4.° andar
Leblon, 22440-033 RJ
Tel. (00351) 21 726 90 28
info@tintadachina.pt
www.tintadachina.pt/brasil

© Valério Romão, 2018

1.ª edição: outubro de 2018
Edição: Tinta-da-china Brasil
Revisão: Tinta-da-china Brasil
Capa e projeto gráfico: Tinta-da-china Brasil

R767a Romão, Valério, 1974
Autismo / Valério Romão — 1.ed. —
Rio de Janeiro: Tinta-da-china Brasil, 2018.
320 pp.; 20 cm

isbn 978-85-65500-41-8

1. Literatura portuguesa
I. Título.

CDD 869.3
CDU: 821.134.3-3

EDIÇÃO APOIADA POR
DIREÇÃO-GERAL DO LIVRO E DAS BIBLIOTECAS /
MINISTÉRIO DA CULTURA – PORTUGAL

sumário

Para a Ana e para o Gui

PRELÚDIO

Abro o jornal, ao calhas

> No bairro, o sentimento generalizado é de que a culpa é do presidente da Junta de Freguesia, visto ter sido ele a ordenar que se distribuísse, um pouco por toda a parte, o veneno que os pombos comeram e que, posteriormente, acabou por vitimar dois sem-abrigo, que, aparentemente, se alimentavam dos pombos. O presidente da Junta de Freguesia, à hora de fecho da edição, recusou-se a prestar declarações.

De entre todas as razões para não gostar de pombos, esta é apenas mais uma. Quando me meto à estrada, gosto de espezinhar o que resta dos pombos mortos, com a borracha dos pneus. Faço por passar por cima deles, com as rodas do carro a sucederem-se. Às vezes até imagino que estão vivos e que fui o primeiro a acertar-lhes, e arquitectei interiormente um sofisticado mecanismo de atribuição de pontos, por pombo, por tipo de esmagamento, por cor e por tamanho.
Se estou com pressa limito-me a contar-lhes as ocorrências, como quem regista civis abatidos nas ruas de uma Sarajevo imaginária. Se fosse mais novo e exibicionista, faria cruzinhas na chapa do carro por cada um em que acertasse e cruzinhas mais pequenas e humildes por cada outro que repisasse.

> Um estudo recente, abrangendo uma amostra de quatro mil indivíduos do sexo masculino, concluiu que os homens com um passado de experiências traumáticas têm dificuldades acrescidas na manifestação de carinho e no desempenho sexual. O sociólogo responsável pelo estudo afirma que "ainda é cedo para tirar conclusões, até porque necessitamos de mais dados, mas parece-nos para já relativamente seguro dizer que a violência condiciona tanto a afectividade como a sexualidade."

Desde que voltei de África tenho dificuldade com as erecções. A princípio tinha a ideia de estarem demasiados pretos mortos acumulados debaixo da almofada e todas as noites fazia por sufocá-los, por abafar-lhes os gritos ininteligíveis que se prologavam noite fora, a despeito das minhas melhores intenções de dormir ou de foder. Não conseguia, como é óbvio, nem uma coisa nem outra. Eram demasiados pretos, moços e menos moços, a gritarem em simultâneo a inquietação da morte e de quem sabe que vai cair, numa batalha somente resolúvel por quem está de fora. Com o tempo e com a idade, passei a dar-lhes cada vez menos atenção, até chegar ao cúmulo de tirar algum prazer de um eventual murmúrio que ouvisse enquanto procurava o conforto do sono e do sonho. Era sinal de que o passado, irrealidade baça que eu arrastava pelo pescoço, dia após dia, até ter torcicolos na base da alma, existira e tivera carne, presença e uma locução pela qual podia ser convocado e dispensado (e levei décadas a aprender a chamá-lo e a deixá-lo ir embora). O tempo e as hormonas fizeram que deixasse de ter grande interesse pelo corpo de quem se deitasse a meu lado. Às vezes dava por mim a abrir os olhos, no lusco-fusco de uma irradiação de candeeiro de rua que parasitava as paredes do quarto, e via a sombra da minha mulher estendida, enorme colina adiposa a suar encosta abaixo o desconforto do Verão lisboeta, misto de sol, de poluição e de um ar que carrega no dorso o cheiro a sardinha assada e a mijo.

> "As múltiplas expressões de afectividade", remata o sociólogo, "estão tão mais amputadas quanto mais próximo é o objecto de referência de afectividade. No caso das mulheres destes homens", sublinha, "são elas quem mais sofre a ausência e a distância, quando não a violência, porque são os referentes mais imediatos."

Dou por mim a pensar, quando ouço o declinar feminino de um ronco, que, não fora os pretos, eu teria, na mesma, todos os motivos do mundo para não erguer, uma vez que fosse, o pénis, e brandir-lhe perto da boca a urgência de uma necessidade. Que faria eu com aquele monte de carne salpicado de varizes pernas abaixo e insuficientemente depilado? Aquela mulher que se pinta do final da roupa em diante, mantendo por debaixo dos trapos as pregas, as dobras, os papos, os pêlos, todo e qualquer sucedâneo do correlato de nojo que me afoga a garganta desde que olho para ela até que consigo fingir-me ausente, ou morto, ou distraído, e deixo entrar pelas comportas das pupilas uma moça nova de escola secundária ou um coirão televisivo a exibir o escadote pernal até onde a câmara consiga captar. É isto que se chama desejo? É suposto eu conseguir alçar o pau por osmose ou por contacto epidérmico? Às vezes pergunto-me se serei normal, se ambos seremos. Ela sabe que à volta da vagina peluda se multiplicam as imprecisões e que eu a desejo tanto como à comida do gato. Ela sabe e deixou de se importar, já há muito, talvez até antes de África, antes dos pretos e das suas narrativas de mesa-de-cabeceira. O que ela me oferece é o calor no Inverno e o calor no Verão, a sua presença incessante a fechar e a abrir os olhos, dia após dia, a fingirmos que dormir juntos tem um significado que ultrapassa os contornos das palavras pelas quais o acto é descrito.

> "Aos poucos", lembra o sociólogo, "as famílias vão-se desfazendo e instala-se a linguagem da violência ou do silêncio. O desejo, esse, desaparece."

Não me lembro da última vez em que lhe toquei. Não me lembro, aliás, de ter tocado em mulher alguma nos últimos anos. É o bruxedo africano e a misantropia. São venenos a mais a circular-me pelo sangue, numa viscosidade de pasta de papel pronta a entupir-me de raiva e de cinismo. Às vezes quem paga são os pombos. Regra geral, destilo em silêncio um desprezo profundo pela gorda, especialmente quando ela se ri ou quando ela dorme, dois exercícios nos quais exibe tudo quanto de mau uma mulher pode expor. A rir é um monte de carne aos solavancos a debitar um histerismo que lhe vem dos ovários ressequidos; a dormir é um bocado de sebo amortalhado a refulgir uns silvados sonoros apenas entrecortados por acessos de uma apneia, que, sabe Deus porquê, não se prolonga o suficiente para a fazer tombar túmulo abaixo, num estrondo de lixo pela conduta, e desimpedir-me a cama para que eu possa, sozinho ou com os pretos abafados, fazer uma diagonal no colchão e sentir-me subitamente abastado pelo contacto com o vazio do espaço que se distende pela planície, encorpada com as suas colinas de molas e látex.

> "É natural", diz o investigador, "que queiramos agora perceber as implicações destas conclusões na população que serve de contraponto referencial ao estudo, isto é, na população dita normal. Será interessante percebermos as diferenças entre uma e outra."

Se calhar é todo o prédio que ressoa com este desejo de gesso. Se calhar ninguém já fode. Cada um, em sua casa, cumpre a liturgia de parasitar-se com duas horas diárias de televisão a seguir a um caldo insosso que passa por sopa e, lavados os dentes que restam e higienizada a cara contra as palmas das mãos rugosas e uma toalha que começa a cheirar a mofo, toda a gente recolhe à cama como quem se arrasta para o matadouro, onde são exibidas as entranhas das entranhas, o lado mais feio e mais repugnante que a imaginação consegue produzir a partir do visionamento condicionado de alguns centímetros quadrados de pele. Já só os novos fodem e mesmo esses o fazem mais pela mecânica de desarticulação do desejo espontâneo do que pelo contacto condicionado com quem dorme ao lado. Dir-se-ia que toda a gente os vaza pela necessidade de não rebentar, e pouco mais. Onde andam essas pessoas felizes? Onde se encontram de noite as pessoas em cuja vagina palpita a urgência de condicionar o desejo a um pénis específico delicadamente acoplado a um corpo ao qual o olhar se apega com deleite, corpo esse que enforma uma alma de quem se tem orgulho? Essa linguagem do amor ainda existe, ou andará esta juventude exacerbada de neurotransmissores e publicidade a foder as réplicas dos reclames e dos filmes? As carnes filmadas de um certo ângulo, com uma certa e precisa dose de maquilhagem, e humanamente impassíveis de tanta perfeição visual? São todos fornicadores de fantasmas, estas gentes que se aprontam a meter a picha onde Fellini nunca ousou meter a câmara. Eu até posso imaginar o contrário, e que todas as pessoas que fodem estão apaixonadas. Consigo fazer esse contorcionismo, mas não evito a risota. Talvez se eu pensasse menos e mexesse mais vezes no toco morto quando passasse pela secundária, com as moçoilas semidescobertas a mostrarem a generosidade de um decote, talvez um dia conseguisse sacudir a mezinha negra ou as vozes *a capella* dos pretos mortos que me enxameiam a noite com um paludismo sonoro, o suficiente talvez para não desperdiçar vinte euros numa puta qualquer a quem conseguisse convencer a chupar-me a cabeça do pau timidamente enrugado. Claro que a gorda está fora de questão. A gorda nem é uma questão, é um fantasma, é a presença pela qual faço a ligação directa entre as diversas vidas que me compõem, numa balcanização do espírito. Não se fode um fantasma. É nojento.

> Os movimentos de protesto nas diversas cidades europeias têm como génese filiações partidárias em organizações de esquerda e de extrema-esquerda, comunistas e anarquistas. A identificação destes... faz com que...

É costume chamarem-me anarca ou comunista, tanto no café como no prédio, onde a alcunha alastrou como fogo em seara. Obviamente, a maior parte dos pulhas que me chamam uma coisa ou outra não distinguem um comuna do olho do cu ou um anarca de um corno de boi. As palavras são o que são, assim como a minha mãezinha que Deus tem chamava a todos em quantos revia inclinações maldosas "judeus", sem que eu alguma vez descobrisse porquê, estes filhos da puta amaricados chamam-me comuna ou anarca porque eu lhes digo na cara que me estou a cagar para os partidos, todos e cada um dos que eles incensam como se fossem sucedâneos de Benficas. Na organização de uma sociedade tem de existir um chefe, e isto é especialmente verdade nas sociedades portuguesas, um líder a quem toda a gente reconhece qualidades miraculosas e no qual todo o crápula deposita a intencionalidade que não tem coragem de cumprir. Como eu gosto de puxar os colarinhos a quem não se porta bem e de pagar as coisas com o dinheiro que ganhe ou que faça por ganhar, esta gente chama-me todos os nomes, porque eu, além de não ser do clube deles, não sou de clube nenhum em que algum proxeneta possa usar o meu direito de voto para promover a director-geral de uma fundação qualquer o cunhado com um doutoramento comprado em Madrid. Por aí não me apanham; logo, sou anarca ou comuna, que é quase o mesmo que o judeu da minha mãe.

> Leão está na casa XII e Virgem com ascendente em Peixes. As suas acções têm consequências, pelo que deverá medir...

Gosto de estar pelo parque. Deve ser um gosto que está nos genes e que é subitamente activado quando envelhecemos. Há uma nostalgia nos parques, um sabor agridoce que consiste em repartir, sem misturar, velhos e crianças, pelo mesmo sítio, com algumas eclosões de natureza a servirem de testemunhos silenciosos. Gosto de ver os miúdos a brincar, se bem que isso me cause sempre alguma comoção, da qual me refaço quando vejo uma carcaça mais senil que eu a brandir um valete de espadas numa urgência clínica de quem vai lancetar uma ferida. A vida nos parques é o chilrear dos pássaros, os pombos a acorrerem ao pão, que as crianças, enfastiadas, dão pelas mãos das mães — que querem à força que os miúdos encontrem enorme prazer em empanturrar o bandulho daqueles ratos com asas, que parasitam qualquer resto de comida que veja chão —, são os velhos e as cartas, as crianças nos baloiços e nos escorregas, o travo suave de uma brisa que se insinue entre as malvas que crescem sem controlo num quinhão mal tratado de terra, é o círculo da vida a tocar no infinito das suas extremidades e a juntar no mesmo sítio aqueles que legam a terra e a bandeira a quem aceita o legado.

> Pensamento do dia: Estamos numa época em que o fim do mundo... já não assusta tanto como o fim do mês!

Acabo de ler o jornal, um daqueles gratuitos, que alguém tenha deixado a caminho do trabalho. É sempre um escorreito fio de merda, mal escrito e obeso de publicidade, mas serve o propósito medicinal de me distrair as pupilas, como o rótulo de uma garrafa de vinho ao almoço. Normalmente ocupo o tempo até que chegue a altura de ir buscar o meu neto ao infantário, para lhe dar o almoço que a gorda terá tido oportunidade de confeccionar entretanto. A vida de um reformado é feita da urgência de encontrar coisas para fazer, como pagar os seguros assim que se recebe o aviso ou mudar o óleo do carro uns dois mil quilómetros antes da revisão marcada, para se ter a ideia de que a vida tem alguma coisa a enchê-la e não é só a sombra de um balão a contorcer-se na agonia de uma apneia interminável. Nós somos assim, cheios de pressa de barrar a manteiga, de dar conselhos, de mudar uma porta de sítio para reconfigurar a geometria doméstica. Como toda a gente, temos planos, e são eles as âncoras que jogamos rente ao futuro, para nos movermos à força de braços para lá. Os mais novos, é claro, têm planos feitos da mesma imprestável merda, mas envernizam-nos com uma camada sonhada de grandiosidade que consiste em chegar a chefe de repartição ou em comprar uma casa maior. Na verdade, todos os sonhos são ridículos e é o ridículo que nos move, mas os velhos riem dos novos e os novos riem das crianças, e o riso é intergeracionalmente estanque, e é isso que mantém o circo a funcionar em contínuo, sem que ninguém dê pela marosca e peça o dinheiro de volta ou se converta, interiormente e de forma radical, à anarquia misantrópica ou ao ateísmo militante.

Tenho de ir buscar o Henrique à escola, mas não gosto de esperar nas redondezas. Tenho na ideia, muito por causa de todos os casos que os jornais e a televisão nos enfiam bucho abaixo, sobre pedófilos e abuso de crianças, à hora de almoço ou de jantar, de que as pessoas não gostam de ver um tipo da minha idade a rondar o pátio de uma escola enquanto debulha cigarros. Há qualquer coisa de inerentemente sórdido quando se pensa nisso, mesmo que o tipo tenha no coração as intenções pias de uma Madre Teresa de ganga. Se andasse pela imediações da escola com as mãos nos bolsos enquanto esperava pelo miúdo, havia decerto de passar os olhos pelas crianças no intervalo a jogarem os seus jogos, e o meu sorriso de satisfação por ver miúdos — já que sorrio para pouco mais — não deveria ser passível de ser distinguido, a uma certa distância, do de um tarado qualquer a quem as pernas imberbes das meninas de saia faça crescer o fascínio pouco saudável por cuequinhas com o rato Mickey estampado. Dirijo-me ao carro para ir buscar o miúdo, não sem antes passar pela lojinha de brinquedos, que exibe na montra uma explosão de entranhas plásticas de cores vivas, todas elas feitas numa fábrica qualquer na China, cuja existência enriquece o seu dono com o bolçar contínuo, pela garganta da porta, de toneladas de carrinhos ou de bonecas mal acabados, como se cada um dos operários que trabalhasse em cada parte do brinquedo houvesse tido de sair a meio do processo. Carregadas para dentro de contentores enormes, que rebentam pelas costuras, são a versão beta de um lixo ocidental, que durará nas mãos de uma criança o tempo de ela o manipular pela primeira vez. Uma versão pré-lixo, que se converte em lixo pelo contacto com a atmosfera e com as pessoas. É isso que importamos, compramos e oferecemos. Quando dou um carrinho destes ao Henrique, admira-me que ele não o desfaça tão depressa quanto a fragilidade que a miniatura de sucata ostenta. Deve ser por isso que passo por aqui muitas vezes e, a despeito do meu desprezo pela cretinice que consiste em comprar uma coisa que não sobrevive à sua embalagem, compro muitas vezes um carrinho colorido para o Henrique, porque sei que vai andar com ele na mão o resto do dia e gosto de pensar, numa substituição meramente imaginada para mim, que é a minha mão que ele leva com ele o dia todo, para toda a parte, num turismo carinhoso pelos meandros da vida escolar.

Acabo por regatear um dois cavalos cor de fome ao qual acho piada e que de certa forma compõe o painel de clássicos que lhe tenho comprado nos últimos tempos, a despeito de a mãe dele me garantir que não quer ver mais carrinhos lá em casa, porque ele anda sempre com eles nas mãos, e porque o espaço começa a ser pouco, e decerto porque a chateia que ele goste de coisas que lhe dou. Eu finjo-me de mouco, que é coisa que faço com razoável facilidade e, com a ajuda das rugas e do cabelo grisalho e ralo, também me consigo fazer de distraído ou de parvo se for necessário. Até a velhice, este território de inclemente secura que nos transforma a todos em formas desigualmente elegantes de gravetos encarquilhados que se deslocam num vagar de mortos-vivos, comporta os seus segredos. Não se definha de qualquer modo, a não ser que se esteja atacado de um desespero que sopre para longe até os cuidados básicos com a higiene do corpo. Os desesperados e os bêbedos deixam-se ir como quem desce um declive a rebolar. Os outros têm tempo. Querem ter tempo.

E é o tempo que me detém à porta da escola, enquanto se abrem os portões por onde as crianças que não almoçam no local se precipitam para os braços de quem quer que os espere. Consigo sempre ver o meu Henrique por entre a enxurrada de gaiatos que eclodem desordenadamente, como se chovessem. É dos mais calminhos, mochila às costas, carrinho nas mãos, a olhar um pouco para todo o lado em busca de um contorno de familiaridade. Não o vejo, talvez ele ainda venha mais devagar do que é costume, talvez tenha ficado retido a meio caminho, a ajeitar a mochila ou a apanhar um carrinho que tenha caído ao chão. Continuo a não o ver, as crianças começam a rarear, e dou por mim a começar a preocupar-me, e entro na escola, depois de me identificar ao portão como avô do Henrique, e da sala dele sai a educadora, com um ar pesaroso e consternado, e chega-se a mim estendendo a mão e agarrando-me no braço, e eu, de imediato, percebo que o chão se me abre debaixo dos pés, num declive abrupto por onde me deixo rebolar, como um bêbedo ou como um desesperado, e parte de mim fica ali, transida, a ouvi-la lá ao longe, enquanto eu dou piruetas pela ravina abaixo, sem lhe adivinhar o fim, e ela, a chorar,

O Henrique, o Henrique hoje de manhã, senhor Abílio, o Henrique teve um acidente, aqui mesmo à porta, senhor Abílio, o Henrique está no hospital, eu pensava que soubesse senhor Abílio, foi um carro, foi a porcaria de um carro, senhor Abílio, eu pensava que soubesse.

UM ANO, SOZINHOS — I

Olha o carrinho, filho
Olha o carrinho, Henrique, popó, faz popó, bruuuuummm
O carrinho tem rodas
Olha as rodas, amor
Tem rodas
Olha, olha para mim

Que fazes, amor?
É o boneco? É o boneco e a bola?
Bo-ne-co
Bo-la
Bo-la
Olha para as imagens, amor
É o pássaro, é o passarinho
Uma gaivota, voava, voava,
Asas de vento, Coração de mar.
Como ela, somos livres,
Somos livres, de voar.
Palmas, palminhas para a gaivota.

Olha, queres fazer um *puzzle*?
Fazemos o do bambi?
Ou o dos carros?

Qual deles queres fazer?

Anda cá, senta-te no meio das minhas pernas e vamos fazer um *puzzle*

Escolhe tu

Vá lá, escolhe tu

Está bem, eu escolho

Fazemos o do bambi.

Tu gostas do bambi, não gostas?

Lembras-te dos desenhos do bambi?

Do bambi, da mãe e do pai do bambi, que querem sempre ajudá-lo e que o amam

Como os pais te amam a ti

Muito, muito

E querem-te muito, Henrique

Mais do que tudo no mundo

Boa, é aí mesmo, filho

É a cabeça do Bambi, olha a cauda, olha onde é a cauda

Não, ao contrário, ao contrário

Não, o outro contrário

Boa filho, aí mesmo

És o mais lindo e o mais esperto

Tens xixi?

Tens, filho?

Estás a mexer na pilinha, tens xixi?

Vamos à sanita, amor?

Vamos? 'Bora, dá a mão à mãe

Senta, vá lá filho, senta na sanita,

Senta e faz o xixi, a sanita quer o teu xixi

Não sejas egoísta, dá o xixi à sanita!

Chhhhhh, chhhhhhhhh
Xixi, xixi, xixi!
Vai, filho, a mãe fica aqui à porta a ver
A mãe até se esconde para o Henrique fazer o xixi
A mãe já não está
Faz o xixi, Henrique
Faz para a mãe

Não queres fazer o xixi?

Pronto, não queres fazer o xixi, mas o xixi é na sanita, amor
O xixi é na sanita
Anda, vamos comer, que deves estar com fome
A mãe vai fazer o lanche,
Anda comer, amor, senta aqui na mesa
Isso
Não comas as migalhas, não come os restos, Henrique
Vamos sacudir a toalha
Para não te sentires tentado

Vá, com preceitos
Comer a pêra e as tostinhas
A mãe ajuda
Não queres que a mãe ajude, óptimo!
Perfeito, o Henrique sabe comer sozinho
Isso, amor, um de cada vez
Muito bem

O que é isto?
Molhei os pés
O chão está molhado...

Fizeste xixi, Henrique?

Tu fizeste xixi agora, tivemos tanto tempo na casa de banho?

O xixi é para a sanita, filho

O xixi não é para o chão

Anda para a sanita

Anda, senta aqui na sanita e ficas de castigo

A mãe vai buscar um balde

E a esfregona

Para limpar o teu xixi

Mau, és mau, Henrique

Vais ficar aí

Henrique, onde vais?

URGÊ CIAS — I

O primeiro sítio a que Rogério acorreu foi ao balcão de informações do hospital, afogueado, no pingo de uma corrida interminável, que começara quando recebera da escola o telefonema em que lhe diziam, entre soluços e pedidos de desculpa, que o filho tinha sido atropelado e que seguira para o hospital, de urgência, numa ambulância que fazia gemer as sirenes, para que se percebesse, nos cruzamentos e nos semáforos, a emergência vital da carga.

No balcão de informações estava uma senhora de provecta idade a perguntar pela consulta de reumatologia. Rogério, inquieto, olhava por cima do ombro da mulher, que, além de problemas nas articulações do corpo, devia também já sofrer de alguma audição selectiva, pelo que obrigava a rapariga, que padecia de uma espécie de olheiras de panda, atrás do guiché, a repetir, monocordicamente, mas cada vez mais alto, que a reumatologia ficava no décimo piso, mesmo atrás do laboratório, e dizia isto de cada vez como se lhe houvesse entrado um Sísifo na língua e a repetição fosse um *karma* impossível de ser interrompido no seu fluxo.

Quando a senhora, percebendo ou não, largou o osso do guiché, Rogério já conseguia dizer duas palavras sem que o compromisso do fôlego se interpusesse e foi lesto a atirar uma frase, na qual articulava a necessidade de saber do filho e do local específico onde estaria internado. A recepcionista pediu a Rogério um momento e desatou a inquirir pelo teclado as informações que Rogério pretendia. Durante o compasso de espera entre a urgência e a disponibilidade, Rogério teve tempo para mirar à sua volta e ver aquela gente a passear os calhamaços dos exames debaixo dos braços, em sacos de plástico, contemplando a frieza das placas, que anunciavam, num branco asséptico sobre fundo azul, a localização dos diversos serviços. Aqueles seres parados, à porta dos elevadores, à espera de serem sorvidos num andar e cuspidos noutro, todos eles indo ou vindo de algum lado; sossego só na sala de espera, onde meia centena de criaturas sentadas definhavam em frente de dois televisores que regurgitavam telejornais.

No balcão de informações, a recepcionista voltava da viagem pelo fósforo do LCD e informava Rogério de que o filho se encontrava nas urgências, um edifício pequeno e cor-de-rosa mesmo à direita, quando se entrava, e que não confundisse com o das urgências gerais, avisava-o, aquele era mais específico, tinha inclusivamente uma sala de cuidados intensivos muito apetrechada, e na placa que o indica falta o N de urgências e a administração não a tem reparado porque facilita a distinção, sabe, e a rapariga dizia tudo aquilo sem tirar os olhos do ecrã, de onde parecia colher os elementos para fazer aquela espécie de resenha cinematográfica, pela qual Rogério devia ficar impressionado, interessado, ou ambos.

Rogério aproveitava para perguntar se era possível obter mais elementos, porque aquilo das urgências era um bocado vago, mas a rapariga dizia que dali lhe era impossível, tinha de lá ir ao local, perguntar, em suma, fazer pela vida, e Rogério saiu, despedindo-se com pressa, virando-se apenas para apontar para uma direcção e perguntar se era por ali o caminho, se ia bem, porque a direita variava consoante se estava de costas ou de frente e ele não queria ir parar à radiologia, do lado oposto do complexo de edifícios, só por ter desprezado perguntar pelo norte a quem soubesse dele.

Rogério entrava por um complexo de veredas onde floresciam ocasionalmente umas placas com direcções e encaminhava-se para as urgências. Passados alguns carreiros quase a correr, Rogério deu com um edifício cor-de-rosa, a modos que pequeno, e à entrada do edifício estava um segurança, fardado, a ocupar-se, pelos vistos, da regulação do rádio. Rogério dirigiu-se-lhe,

Olhe, desculpe, estou à procura das urgências, disseram-me que era um edifício assim como este, para não confundir com as urgências gerais, pode dizer-me se é aqui, e onde posso conseguir informações, é que tenho o meu filho nas urgências, internado, sabe, um acidente.

O segurança, a manusear o rádio para vazar o vagar das mãos,

Sim, de facto é aqui as urgências, mas não lhe sei dizer se o seu filho está aqui, mas se conseguiu essa informação no balcão geral é porque deve estar. O melhor é esperar que entre ou saia alguém; aqui não há recepção, há uma campainha ali dentro,

e apontava para o interior do *hall* de entrada das urgências, uma espécie de corredor largo ladeado por cadeiras e horas de espera, onde as pessoas se deixavam afundar sob o peso da preocupação.

Pode experimentar tocar e talvez venha alguém abrir a porta e falar consigo, nem sempre acontece, eles são muito ocupados, sabe, estão sempre a entrar pessoas em situações muito urgentes, pelo que é preciso ter paciência aqui, porque aquela campainha nem sempre dá resposta.

Rogério, agradecendo com o esgar de um sorriso, passava pela porta de entrada, de abertura automática, refugiando-se do calor no átrio que dava para as urgências, e dirigia-se depressa para a campainha. Meteu-lhe o dedo tanto tempo quanto lhe pareceu socialmente apropriado. À sua volta as pessoas que também esperavam — alguns grupos espalhados, ao acaso das cadeiras — iam acordando da letargia da espera, à medida da insistência de

Rogério. Devagar, num despertar de charco à pedrada, as pessoas iam levantando o pescoço e mirando aquele homem que parecia não conseguir sair da convulsão de um choque eléctrico, pelo tempo que levava a despegar-se daquele botão que zunia intempestivamente.

Aos poucos, Rogério ia afastando a pressão da sineta electrónica, e o ruído contínuo dava lugar a uma espécie de soluços que interrompiam o discorrer do som. Perdendo a esperança de que alguém o atendesse e embaraçado com os efeitos da sua insistência, Rogério acabou por largar de vez o interruptor e refugiou as mãos nos bolsos, soltando algumas palavras de frustração, à medida que dava as costas à porta.

De um lado e do outro do corredor das urgências atamancavam-se pessoas cujos olhares vagueavam entre o chão e os olhos dos outros. Todos quantos estavam ali se comportavam como almas intranquilas, à espera do barqueiro que lhes trouxesse notícias daqueles que, transposta a porta, se encontravam do outro lado, marionetas de tubos e algálias de cujos corpos soluçava aos solavancos compassados um *bip*, cuja função era sossegar médicos e enfermeiras.

Rogério, à porta, a fumar, segura no cigarro e fixa numa paralaxe um ponto do chão, a ansiedade sobe-lhe à garganta como se fosse uma bola de pêlo pronta a ser cuspida num estertor de gato. Em golfadas de fumo, mira o telemóvel. Se tem chamadas, mensagens, notícias do mundo exterior ao das urgências. Se Rogério pudesse escolher, não era este limbo que escolhia. Estaria lá fora, num trabalho qualquer aborrecido, que lhe enchesse a cabeça o suficiente para que ele só se lembrasse da família quando, num soslaio, ocupasse o olhar com o canto superior direito da secretária, onde habitam mulher e filho numa caixinha metálica que os protege do pó e das dedadas.

Rogério espera por Marta, a mãe de Henrique, e enquanto espera arruma o cabelo pela enésima vez com a língua dos dedos. Um enfermeiro passa, e toda a gente que está naquela secção de túnel de metro liliputiano acorre para ele em simultâneo, porque lá dentro joga-se um jogo cujos resultados provisórios só transitam pela boca de alguns escolhidos, aqueles que têm o diploma e as credenciais adequados, que podem transpor a porta pela qual entram estropiados ou pessoal técnico, aqueles que sabem interpretar os valores da glicose ou da pressão sanguínea, numa inflexão de áugure.

Enfermeiro, sabe dizer-me, enfermeiro...

As pessoas acotovelam-se e cada um acode ao enfermeiro na sua mais polida e urgente linguagem, ele que se vê de repente agarrado por meia dúzia de mãos, ele que profissionalmente se desembaraça daquela gente esboçando o véu minúsculo de um sorriso, um sorriso que não quer dizer nada, que não pode ser confundido com esperança ou com pesar, uma microexpressão treinada, cujo intento é veicular, nos movimentos orquestrados de uma dezena de músculos faciais, toda a empatia e toda a compreensão que podem ser dadas numa passagem pelos olhos de um desconhecido, a salivar a urgência de uma resposta que lhe pode trazer a redenção ou o desmaio. E o enfermeiro

Ouça, não lhe posso dizer nada; é familiar de alguém que esteja lá dentro?

Rogério acena que sim.

Olhe os médicos estão a fazer tudo quanto é possível, e à medida que tivermos notícias vamos-lhe dizendo, não se preocupe que lhe vamos dizendo e ele está em boas mãos.

Assim, tudo de seguida, como quem não soubesse ler o teleponto, tudo regurgitado numa liturgia repetida tantas vezes quantas perguntas lhe fizerem, e o enfermeiro afasta-se, certamente feliz por ter menos um braço a tolher-lhe os movimentos, menos uma mão a travar-lhe o andamento, e enquanto passa pelos outros suplicantes vai dizendo muito do mesmo, mudando os actores principais, e mesmo cercado por uma família cigana, que não arreda pé nem está disposta a abrir mão de quem quer que tenha informações sobre quem está do outro lado, o enfermeiro, sem perder a compostura e enquanto fala, debita aquele discurso mesmerizante, no qual as pessoas se fixam como no movimento perpétuo de uma espiral, e vai tirando, uma a uma, as mãos tisnadas de bronze e de fumo que calharam em colar-se na sua bata numa urgência de quem procura sequiosamente um copo de água e, quando toda a gente trava a língua num momento único e sincronizado de silêncio, ele marca o código e passa pela porta sorrindo, mas, desta vez, de alívio.

É isso que fica da porta das urgências: um sorriso a encimar uma bata verde, umas palavras de conforto tiradas ao calhas do arquivo de memórias que se foi construindo lentamente entre crises de fé e episódios de choro, e todos quantos ali estão voltam às cadeiras velhas, que os acolhem rangendo um cansaço metálico, e Rogério, entretanto, sai do túnel para receber uma chamada

Estou?

Sim, sim, onde estás?

Ainda?

Não sei, ele está lá dentro, e não me dizem nada.

E Rogério tenta compor as cordas vocais, lassas como uma corda velha de secar roupa na qual houvessem pendurado um cobertor molhado, e dá por ele a gaguejar, porque a ansiedade da espera dá-lhe cabo dos nervos e não há tabaco suficiente para domar os surtos de adrenalina que lhe circulam pelo corpo, não há respiração que lhe assista na tarefa de normalizar o ritmo cardíaco e tem de fazer um esforço para responder,

Olha, vou desligar, pode vir aí o médico e posso ter de falar com ele; de qualquer modo estou à tua espera, despacha-te.

Eu sei, eu sei.

Quando desliga o telemóvel, aproveita para acender outro cigarro e afasta-se um pouco da entrada das urgências, o suficiente para acalmar o frenesim que lhe entra pelo corpo num pendor de força gravítica e, contemplando a entrada onde o segurança lhe parece uma bandeira desfraldada à porta de uma embaixada, Rogério sorve alguns bafos, enquanto vira a atenção para o vento, que leva algumas folhas a passear, rente ao chão, num deslizar em contínuo.

Olha lá, tens um cigarro?

Mesmo ao lado dele, um cigano, um dos daquela família que ora chora ora grita, a pedir-lhe tabaco com a tranquilidade de quem não espera por nenhum parente em grau próximo o suficiente para ter na cara estampadas as olheiras da urgência, o desconforto do saber em falta, um cigano que se juntou aos outros por já não saber, provavelmente, fazer nada sozinho, uma criatura que se torna gregária por habituação, que deixa de saber ter tempo para educar na alma o culto pelo isolamento, um homem entre os seus, uma colmeia zurzindo lenços e chapéus pretos.

Tenho.

Do bolso saca um SG Filtro, que o cigano aceita com a pinça dos dedos, malgrado o enjoo inicial que a marca lhe parece causar.

Tens lume?

Tenho.

Assim ficam ambos, um a compor com um lenço a desarrumação da cara, a absorver alguns pingos de suor que vão aparecendo à medida que o sol lhes cai verticalmente cabeça abaixo, um fogo despejado de uma caldeira ardente, e o outro parado, a puxar bafos de um cigarro emprestado, que enterra boca abaixo até ao filtro, e quem os visse ambos, ao longe, diria que vadiavam um compasso de tempo ou que tratavam de negócios. O cigano, apagado o cigarro com a sola da biqueira, vai ter com os dele e volta com uma caixa nas mãos e uma espécie de sorriso a embalar-lhe a cara, e vira-se para Rogério

Queres um *aifone*?

Hem?

Queres um *aifone*? Na caixa, tudo impecável, dás-me trezentos euros e ficas com ele; eu comprei-o para o velho, mas agora não sei se o velho vai ou se o velho fica, portantes ainda recuperava o dinheiro, que eu não tenho precisão disto.

Rogério mantém-se no mesmo sítio, mãos dentro dos bolsos, concentrado nas folhas que se mexem ritmadamente junto ao chão.

Não, obrigado.

Tens a certeza, pá? Olha que este é mesmo dos verdadeiros, não é aí esses que os chineses andam a vender. Se não tiveres dinheiro a gente vai aí a um multibanco, eu fico na boa, longe de ti, e a gente faz negócio; vá, duzentos e cinquenta, o que é que me dizes, sócio?

Rogério, no fundo, queria mandá-lo foder, sem mais, numa breve e assertiva declaração de intenções, e não o faz porque de alguma forma foi educado para recear os ciganos, para lhes aceitar o que não aceitaria noutras pessoas, porque ouviu, desde cedo, histórias nas quais os ciganos eram agentes insuperáveis de violência e de vingança; e mesmo que Rogério, bem debaixo da língua, tenha contentores de palavrões para despejar sem reservas por cima do cigano das negociatas, não o faz, porque tem medo da retribuição, de que todos eles se levantem, num despertar de matilha, e o persigam hospital fora, enquanto o segurança, cauteloso, verifica o estado do rádio e finge pedir apoio.

O telemóvel de Rogério toca, e Rogério

Estou?

Tapa o microfone do telefone com as mãos, faz uma conchinha para orientar o som e vira-se para o cigano, decidido,

Sai daqui.

Rogério, surpreendido consigo mesmo, vê o cigano, também ele surpreendido mas hábil de rins, desfazer-se em salamaleques de feirante, afastando-se, não sem se comprometer a respeitar a sua parte do negócio caso Rogério aceda, e quando Rogério abre as mãos para continuar a conversa ao telefone, o cigano é agora uma mancha que não se distingue da colmeia para onde regressou senão pela caixa branca com que ciranda por baixo do braço.

Estou?

Do outro lado, a mãe do Rogério desfaz-se num choro, convulsivamente, percebe-se metade do que ela diz, e dessa metade talvez um terço tenha sentido, a mãe do Rogério, que está no Norte, na casa dela, longe do hospital, longe daquele limbo onde acorrem os mutilados e os seus familiares, a mãe do Rogério, que, do outro lado, pede a Deus que o neto lhe sobreviva muitos e muito anos, e Rogério, contagiado pela empatia nevrálgica, tenta controlar-se e mentir, mentir tão pouco quanto lhe seja possível e em quantidade suficiente para acalmá-la, qualquer coisa vaga, que não diga nada nem deixe de dizer,

Mãe, ouve, está tudo bem, ele está nas urgências, mas a gente já vai ficar a saber mais alguma coisa, ele está mal, mas está bem, vai ficar bem, ele é forte, mãe.

Do outro lado o ouvido não foi feito para escutar, do outro lado existe um só desespero a desaguar numa tempestade de lágrimas, do outro lado a mãe do Rogério deixa de poder falar porque alguém lhe tira o telemóvel das mãos, uma vizinha, uma amiga,

Ó Rogério, você não se preocupe, trate do seu menino, Rogério, você não se preocupe que a gente trata da sua mãezinha, estamos cá para isso; você veja se o seu menino se põe bom, filho, está bem?

E Rogério, tão restabelecido quanto possível,

Sim, sim, obrigado. Trate dela, obrigado, não a deixe sozinha, diga-lhe que vai correr tudo bem, só não a deixe sozinha. Obrigado.

Ai, não precisa agradecer, Rogério, não precisa agradecer, que nós estamos cá para isto. Cuide do seu rapazinho e esteja descansado.

E quando Rogério se aprestava a consumar com natural pavlovianismo os cumprimentos da praxe, que implicam regra geral a troca bilateral de duas ou três expressões pré-formatadas de despedida, vê-se com o telemóvel na mão a gorgolejar um sinal de ocupado. Os velhos são assim, pensa Rogério, os velhos terminam as conversas ao telefone como as terminam em presença, mas sem os beijinhos, sem os apertos de mão, sem a parafernália de costumes corporais que constituem o prelúdio de uma despedida. Terminam com a mesma entoação, com a secura de uma frase que, só para eles e muito interiormente, poderá querer dizer adeus, mas partilham-na como se fossem óbvios a métrica e o sentido.

Rogério olha de novo para o telemóvel à procura do relógio. Puxa de um cigarro para entreter o tempo e a ansiedade, e o telemóvel toca novamente, é a Marta,

Estou?

Sim, é quando passas pela direita, no segundo edifício, viras e ficas mesmo de frente para as urgências,

Já te vejo, já te vejo.

A EDUCADORA

Olhe, chamei-o porque quero partilhar consigo algumas observações que tenho feito do Henrique e algumas conclusões provisórias. Esta reunião não tem qualquer carácter oficial, digamos, é uma mera apresentação de factos, uma conversa, se lhe quiser chamar assim, uma conversa entre educadora e pai, até porque estou convencida, cada vez mais, de que com os pais, alguns, é possível fazer frutificar os resultados das conversas que temos e modificar — devagarinho — as rotinas dos nossos educandos, para atingir uma determinada finalidade, e tenho a certeza de que o pai

Rogério,

de que o Rogério é um daqueles pais de que falei agora mesmo, consigo vale a pena manter um diálogo, porque sabemos que trará, como dizer, discussão, atrevo-me a dizer discussão, no sentido positivo, conversa salutar pela qual chegamos a conclusões e, zás, aplicamo-las. Porque esse é o segredo, é dizer e fazer, como costumo repetir, dizer e fazer.

Ambos sorriem, separados pela mesa onde se afundam lentamente pilhas de papéis e cestos de canetas, ambos tentam sacudir o desconforto do silêncio pela alegoria do sorriso.

Olhe, o Henrique está connosco

e remexe um molho de papéis onde procura com os olhos dos dedos uma data desde 2001, desde Setembro de 2001, e é um pequeno muito meiguinho, muito mimado, que não nos dá, salvo uma doençazita de ocasião, trabalhos de maior. Eu sempre que vou visitá-lo à ama — que o trata como se fosse filho dela —, vejo-o muito bem, muito entretido no tapetinho, onde anda de um lado para o outro a mexer nas coisinhas, e, sobretudo, vejo-o feliz, e isso é muito importante, ele estar feliz na ama, não acha?

Sem dúvida alguma, é o mais importante.

Pois olhe, isso posso assegurar-lho, ele está feliz. Também lhe posso dizer que a ama, a dona Amélia, é uma pessoa com muito jeito para as crianças e muito, muito asseada. No passado tivemos alguns problemas com o serviço de amas, ora porque tinham poucos preceitos com a casa ora porque pensavam que ser ama era uma forma fácil de ganhar dinheiro sem fazer nada, ora, enfim, sabe como é, maus profissionais há-os em todo o lado, mas este ano parece que acertámos nas escolhas, e as nossas meninas, como eu gosto de lhes chamar, são muito competentes e muito ternurentas, e para este trabalho há que ter alguma vocação, não é qualquer um que trata de crianças, e vê-se isso até pelas notícias, deverá ter visto ontem, até os próprios pais espancam os miúdos, uma coisa horrorosa, nem no tempo do Salazar se podia fazer aquilo, mas as pessoas agora são bichos, enfim, é preciso muito cuidado a quem se entrega os filhos e felizmente, aqui estou à vontade para dizer que podia deixar o meu — se agora tivesse um da idade do seu — à vontade, sem qualquer receio de que alguma coisa lhe pudesse vir a suceder sem serem os acidentes normais que sucedem a todas as crianças quando começam a andar, como o baterem com a cabeça nos móveis ou mesmo o caírem redondos no chão e pedirem-nos logo mimo e colo como são tão exímios a fazer, não é, os nossos pequeninos sabem-na toda, deixe-me que lho diga, eu já tenho mais de vinte anos de carreira e nunca conhe-

ci um que não tivesse a manha toda desde o berço, fossem os pais mais ou menos descuidados com a educação. Mas, voltando ao assunto — terá de me desculpar, que a minha cabeça, nesta altura do ano, anda uma roda viva com as festas de final de ano e as avaliações, e se me consigo concentrar não é por mais de cinco minutos e, como um passarinho, basta um barulho para que me esqueça do que estava a fazer, ainda no outro dia... — Ai, desculpe, vê, vê por onde eu já ia? Ah, ah, ah, ah, ah, o melhor que podemos fazer é rir-nos, porque isto de certeza que já não vai para melhoras.
A educadora ficou-se no final do riso à espera de que o interlocutor, por conformidade com as regras de decência civilizacionais, senão pela piada propriamente, mostrasse solidariedade para com o seu riso, num saudável intercâmbio de gengivas. Não vendo grande vontade de colaborar, por parte do homem defronte dela, prosseguiu, dando uma palmadinha na mesa,

Bom, o que interessa é que estamos aqui para falar do Henrique e ainda pouco fizemos disso, não é verdade? Deixe-me começar, se fizer favor; como já lhe disse, o Henrique porta-se muito bem e estamos muito orgulhosos dele e gostamos de o ter aqui, mas, como já lhe disse, tenho vindo a observá-lo e tenho alguns receios que gostaria de partilhar consigo.
A posição de Rogério, na cadeira, fora mudando, à medida que a educadora se acercava do cerne da questão. Cruzara a perna, encostara a mão ao queixo e fingia uma descontracção somente traída pelo eriçar involuntário e indagador das sobrancelhas, mesmo no meio da testa, a fazerem umas rugas que pareciam duas ondas prestes a rebentarem uma na outra.

Não quero que me interprete mal. Não tenho nenhuma formação em pediatria, pelo que aquilo que vou dizer deriva da minha experiência com crianças ao longo destes anos.

Ora essa!

Ambos sorriram, se bem que o sorriso, naquele momento, significasse que a tensão crescera, e não o contrário.

O Henrique, como sabe, está com 25 meses e não fala, e isso, não sendo alarmante, preocupa-nos. Regra geral, as crianças começam por balbuciar algumas palavras entre o primeiro ano e o segundo ano de vida e no final do segundo ano — normalmente mais depressa as meninas do que os rapazes — já articulam algumas frases com sentido.

(Mas esta gaja...)

Ora com o Henrique não temos verificado nada disso e até temos incentivado a ama a deixá-lo expressar-se mais para conseguir aquilo que quer, mas ela diz-nos que é inútil, porque ele não tem grandes interesses, talvez tirando a comida, pela qual chora e resmunga alguma coisa, tirando isso...

(Esta gaja armada em pediatra)

A gente não consegue que ele nos dispute um brinquedo ou que se mostre mais assertivo relativamente a um objecto que queira, veja lá que os coleguinhas

(Uma imbecil vocacionada, esta estúpida que nem numa CERCI entraria com cunha, aqui a lambuzar-me na cara uma desconfiança fundada no ócio do funcionalismo público, intrometendo-se na vida dos pais porque lhe dá a mania de folhear os ficheiros dos putos entre a *Maria* e a *Hola*.)

lhe tiram coisas das mãos e ele não vai atrás, não reclama, deixa-se estar com o que tem na mão, horas a fio, e não procura outras coisas,

(Este despropósito de mulher, o cabelo é os restos de um gato persa electrificado, uma gaja tão interessante como uma larva, desocupada de cérebro e de humor, incapaz de ver que o Henrique é um miúdo muito mais delicado do que os outros, muito mais introvertido, esta ranhosa habituada às conservas e aos bairros periféricos onde o desempenho numa brincadeira se mede pelas feridas que se conseguem infligir.)

fica-se, satisfeitinho com o que tem na mão, e continua a brincar, sendo que notamos também, e tenho a certeza de que já notou,

(Uma desavergonhada completa, incapaz de fazer um trabalho decente, incapaz de ver um palmo para além da burocracia que lhe entope as sinapses num desaguar de esgoto, uma mulher ressequida de homem e de hormonas, um atafulho de base esborratada de um batom que lhe rasga a cara de lado a lado.)

que a capacidade de imaginação simbólica não é a mesma que nas outras crianças. Aliás, eu não sei se tem mais crianças ou se tem crianças na família.

Temos um sobrinho que tem um ano de diferença dele.

Ah, pois, mas isso não dá para ver ainda convenientemente os estádios pelos quais as crianças passam e fazer uma comparação adequada; ele é muito novinho, mas deixe que lhe diga, porque eu vejo-o sempre aí com os outros meninos, meninos mais ou menos da idade dele, o Duarte por exemplo, já viu o Duarte?

Já, mas só de passagem, pelas escadas, quando vou levar ou buscar o Henrique.

Oh, bem, é pena, um dia dê uma espreitadela lá em casa, a horas em que toda a gente ainda esteja, e vai ver como ambos brincam, e não é só uma diferença de personalidade, como se pode erradamente supor, quer dizer, eu não o suponho,

(Esta desemplumada de ideias a comparar o meu filho com um troglodita anão que varre tudo à sua passagem na fúria própria dos mononeuronais, um miúdo escavacado de pancada e de gritos, uma criança que aprendeu a arte do afecto na ponta de um cinto de couro.)

mas a verdade é que, sem querer ser demasiado intrusiva e até porque as minhas competências acabam aqui, achava adequado, se os pais concordassem, que o Henrique fosse avaliado por um pediatra do desenvolvimento, até porque a área do desenvolvimento não é uma especialidade dos pediatras comuns e

(E daqui a nada está a passar-me um cartão de um pediatra qualquer com quem tenha sociedade, um idiota cuja arte é aproveitar-se da cova da desconfiança que esta gaja cava nos pais, um tipo que nem é médico provavelmente, um artista com jeito para sorrir e para sacar uns cobres pela fluência da língua.)

às vezes ganha-se com uma opinião fundamentada e estou certa de que no caso do Henrique seria muito proveitoso ter alguém com competências a avaliar o menino — não no sentido de fazerem um diagnóstico, claro está —, mas no sentido de darem um conselho, pelo qual a escola, os pais, os educadores do Henrique se possam guiar para potenciar as suas capacidades, que estou certa de estarem presentes, para que vejamos o nosso menino finalmente a desabrochar,

(O que tu queres sei eu, grande puta.)

e a dar-nos grandes alegrias. Mas antes, pai,

Rogério,

pois, Rogério, gostaria de saber o que acha do que tenho vindo aqui a dizer-lhe, e queria muito que não me interpretasse mal, pois só desejo o bem do Henrique e nada mais, como deve ter consciência.

Ambos ficaram em silêncio uns trinta segundos. Devagar, Rogério inclinou-se para a frente, movimento que foi acompanhado pelo crescente fértil do sorriso da educadora, que esperava, com alguma ansiedade, a opinião de Rogério.

Doutora, eu estou de momento a fazer um curso de doutoramento em teoria e crítica literária, e para isso, como deve imaginar, tenho de ler muita literatura estrangeira, no original.

Pois, compreendo, é muito interessante, crítica literária é uma área de estudos muito gira. Eu, se voltasse à faculdade, ia fazer isso ou filosofia.

(Ou broches.)

É de facto muito interessante. Olhe, quando estudo em casa, o que acontece cada vez mais frequentemente, e leio em voz alta — ajuda-me a fixar os conteúdos, sabe — um texto em francês, em inglês ou em italiano, se o Henrique estiver perto de mim, fica muito espantado, a ouvir-me com atenção, e nota-se pela cara dele que sabe que eu não estou a falar português. Às vezes até me fecha o livro com as mãos e olha-me nos olhos tão intensamente que tenho de ir ler para outro sítio, com medo de que o facto de estar a falar outra língua o confunda.

(Percebes, puta?)

UM ANO, SOZINHOS — II

Qual é o filme que queres, amor?
Escolhe pelas imagens
Queres este outra vez?
O dos carros?
Queres o dos carros, amor?
Vamos ver o filme?
Vamos, para a mãe poder tomar um banho enquanto tu vês isso pela centésima vez?
'Bora lá
Iupiiiiii
É o DVD dos carros, amor
Aponta lá para o carro
C-A-R-R-O
Isso filho
Aponta
Só uma vez
Vá lá, amor
Aponta para o carro, para a mamã pôr o filme
Olha para mim, amor
Queres apontar?
É assim, com o dedo
Olha, assim
É fácil

Tu sabes apontar
Já soubeste
Porque é que não apontas?
Não custa nada amor, é só fazer com o dedo
Anda
Aponta para a mãe
Aponta
Se faz favor, filho
Só uma vez
Para este dia valer a pena
Aponta, amorzinho
Está bem
Não chores
A mãe põe
A mãe põe o filme
Já está
O comando
Onde é que está o comando?
Calma, só se ouve o som
O teu pai tem isto tudo confuso
São tantos botões e tantos aparelhos
Calma, filho
A mãe põe já isto a funcionar
Calma, bebé
Onde é que está a merda do comando?
Onde está esta merda? Foda-se!
Ainda agora te vi com ele na mão Henrique, ainda há cinco minutos!
Onde está?
Onde está?
Queres ver o filme?

Se queres ver o filme tenho de encontrar o comando
O comando
Está aqui
Pronto
Está aqui
Estava debaixo de mim
Estava escondido
Tu não tens a culpa, amor
Tu não tens a culpa, a mãe é uma tonta
Desculpa
Desculpa

Isso é xixi, Henrique, é xixi?

URGÊ CIAS — II

Como é que ele está, Rogério, diz-me tudo, o que te disseram?

Não sei, não sei como é que ele está. Eu cheguei aqui e eles já o tinham levado pela porta das urgências e ninguém aparece a dizer-nos nada; há bocado saiu um enfermeiro, mas toda a gente queria falar com ele, isto está cheio, ele não disse nada a ninguém. Marta acerca-se de Rogério numa torrente de lágrimas que lhe talha ambas as faces, enquanto tenta articular algumas sílabas de um fraseado habitado pelos fantasmas da morte. Rogério puxa de um cigarro e acende-o, sorve algumas golfadas e tenta não se deixar contagiar por aquele eflúvio interminável que os liga, como dois continentes em que a dor floresce lado a lado com o medo.

Voltaste a fumar?

Voltei, a caminho de cá tive de parar para pôr gasolina, tinha o carro na reserva, e quando entrei na bomba e fui pagar, levava a carteira na mão e pedi um SG Filtro, sem saber, fiz tudo em modo automático para evitar desatar aos gritos à frente daquela gente, e quando entrei no carro acendi um cigarro, e o mais incrível é que me senti como se nunca tivesse deixado de fumar, e enquanto o Henrique estiver aqui...

O nome do filho derrubou a última estaca que sustinha o comportamento fisicamente distante de Marta e Rogério. Numa empatia magnética, caíram nos braços um do outro e deixaram-se levar pelas lágrimas. A dor às vezes vem ao corpo assim, em esguichos de quem enceta um limão, salpica a roupa, a pele, deixa a sua marca de sal por onde passa e traz à cara uma ruborização involuntária e aos olhos umas olheiras de enfermeiro em final de turno. A dor tudo muda, mesmo as convicções mais enquistadas na consciência. A dor é o grande revolucionário pelo qual são feitas as revoluções mais sangrentas no interior de cada um, e é pela dor que se conhecem presencialmente as várias personagens que ocupam o palco do teatro contínuo do eu. A dor separa, e depois une, e volta a separar, consoante os graus de desespero e de necessidade, e enquanto age no sentido de manter a mão de Rogério no cabelo de Marta e a boca desta última no pescoço do primeiro, já está a preparar o desenlace da separação física, o momento no qual será menos custoso sofrer separadamente, como as rochas em alto-mar, fustigadas em contínuo pelo mar indomado, as rochas que se quedam como presenças arcanas de persistência, como se quisessem provar que não precisam de nada e que nada as pode demover e estivessem dispostas a desaparecer para o conseguir, demonstrando que só o tempo na sua infinita paciência pode sobreviver à infinita teimosia.

Vamos entrar, preciso de falar com um médico.

E nisto, Marta a Rogério apartam-se, e ela puxa-o pela ponta dos dedos para que ele a siga. Chegam ao túnel de espera pelo qual passam enfileiradas as macas carregadas de carne às peças, que os cirurgiões, numa paciência virtuosa de quem faz *puzzles*, recompõem o melhor que sabem e podem, cosendo tudo como se fizessem vestidos de bonecas ou mantas de retalhos, esperando que a criatura sobreviva à montagem tanto quanto à desmontagem, enquanto litros de sangue e de soro pendem de bolsas transparentes, num desfile de *capri-sonnes* multicolores pendurados, tudo isto alimentado pelas máquinas que debitam em contínuo números para estatística ou voltagem para reanimação, uma gigantesca fila de restauro de fora da qual Marta e Rogério têm de ficar, barrados por aquele mecanismo alfanumérico de controlo de entradas e por uma tendência natural, civilizacionalmente adquirida, de respeitar as regras, mesmo as que vão ao arrepio dos instintos parentais. Marta, tanto quanto pode, sorri para o segurança e pergunta-lhe onde pode obter informações, e este acede a dizer-lhe muito menos do que sabe mas tanto quanto permite a si próprio contar, que o botão pelo qual podem falar com alguém está no fundo do corredor, ao alto, à esquerda, mas que nem sempre respondem, do outro lado, e que neste momento em concreto decorre uma mudança de turno, pelo que o mais certo é que quem esteja ocupado com os pacientes não se distraia com a campainha e que quem esteja a preparar-se para ir para casa deposite em quem chegue a obrigação de atender quem espera por notícias. Marta, resoluta, avança para a campainha, sem hesitações, e toca-a. Tantas vezes quantas as necessárias, na cabeça dela, para que alguém saia de cima da suturação de uma jugular ou interrompa uma muda de roupa e lhe responda, exasperadamente, do outro lado, mas o que é que você quer, você não sabe que isto são urgências, que tem de esperar, e ela dispõe-se a ouvir toda a ladainha, porque as mulheres são mais práticas, menos dadas à pueril autopreservação do ego, as mulheres perguntam onde ficam as coisas, como se põe o filme a dar na televisão, quem pode ajudar a preencher uma papelada qualquer, e os homens, pelo contrário, são como as moscas trancadas em casa, batem na janela até caírem, sem forças, esgotados da tara da insistência, mas são incapazes de perguntar pelo puxador. Do outro lado, ninguém atende, esgota-se a Marta na deposição de todos os ângulos possíveis da sua impressão digital no botão da campainha, os ciganos miram-na em grupo, falam entre si, de vez em quando um diz-lhe que já tentou o mesmo e que ninguém respondeu, que o melhor é esperar com a família, esperar ali que alguém saia ou entre, e num salto de abutre calcar-lhe as unhas na carcaça fresca de respostas e largá-lo unicamente quando o bicho da curiosidade estiver satisfeito, e que se ela quiser eles arranjam-lhe qualquer coisa para que o tempo passe mais rápido, uns óculos escuros baratos ou um Iphone, dos verdadeiros, um na caixa com os acessórios todos, que era para o velho que está do outro lado mas que se calhar não vai precisar dele, e Marta acaba por afastar-se da campainha, sem saber se desiste por causa do silêncio do outro lado ou pela persistência dos ciganos.

Rogério está de pé, a remexer as coisas que tem nos bolsos, as chaves, a carteira, o telemóvel — um Iphone, dos verdadeiros, pensa ele amiúde — e dá por si a pensar que não devia deixar a Marta aventurar-se tanto, tocar sem fim a campainha, porque podem ficar manchados por isso, podem ser confundidos com os ciganos, que se acotovelam sem modos, e alguém resolver que àqueles não há que prestar contas, eles que esperem aí sem fim, até se fartarem ou até se civilizarem, o que vier primeiro, e Rogério sabe que a informação — a par da vida — é o bem mais precioso a circular naqueles corredores e chama Marta, que está de frente para a porta que dá para o outro lado, chama-a baixinho, não vão confundi-lo com um barraqueiro sem educação, chama-a quase que sussurrando, aproximando-se dela com as mãos nos bolsos, e dá por ele a sobrecomportar-se por pensar excessivamente onde deve ter as mãos, como deve verticalizar a espinha, como colocar a voz e, por momentos, cai-lhe um desespero de chumbo aos pés e o último "Marta" já sai com um travo de desistência.

Marta vira-se e dá com ele mesmo atrás dela.

Sabes o que estive a pensar?

Não, diz.

O segurança disse que estão a mudar de turno, pelo que nós vamos esperar aqui que saiam aqueles que estão lá dentro e que naturalmente, mesmo que só por proximidade ao caso, saibam qualquer coisa sobre o Henrique e não os deixamos passar sem que nos dêem uma informação.

Eu tentei há bocado com um enfermeiro que vinha a entrar e não consegui saber de nada.

Sim, mas isso é porque ele estava a entrar e era mais difícil que ele te desse mais tempo, porque certamente tinha coisas que fazer que lhe ocupavam a cabeça, mas à saída, à saída é diferente, eles vêm mais disponíveis, acabaram o turno.

Querem chegar a casa, estão fartos.

Sim, mas são pessoas, e sabem ler o desespero nas nossas caras, e só queremos a verdade, a verdade mesmo que seja tão digerível como um pão bolorento que a gente se esquece de comer e que deixa de prestar até para a açorda, a verdade liberta, Rogério, é só o que quero, mesmo que seja uma merda, uma verdade que me liberte mesmo que me pese como calhaus, eu tenho este nó e não consigo desfazê-lo, preciso de saber do meu filho, nem que tenha de me ajoelhar aos pés de um médico como se houvesse visto o Messias, percebes Rogério, a gente tem de sujeitar-se a tudo agora, tudo, porque as pessoas vão começar a telefonar e querem saber, e que raio de pais somos nós se não tivermos nada para lhes dizer, Rogério, se as pessoas se aperceberem de que desconhecemos o que é do nosso filho...

Calma, Marta, calma, vamos fazer o que dizes. Olha para mim, vamos fazer o que dizes. Está bem?
E Rogério tenta esboçar um sorriso com o qual sossegue Marta, um sorriso que lhe diga que sim, que confia nela.

Olha lá, e se eles saírem por outro lado, e se houver uma saída que eles utilizem para não serem incomodados pelos familiares? É que não devemos ter sido os únicos a pensar nisto.

Tens razão, tens razão, deve haver outra saída.

E os dois ficaram a olhar para o chão, como sempre acontece quando as pessoas procuram por dentro, no arquivo espinhoso da memória, retalhos de memórias pelos quais consigam improvisar uma solução para o problema com o qual se deparam.

Olha, perguntas ao segurança se há outra saída.

E achas que ele me vai dizer, Marta?

Não sabes, se não lhe perguntares.

Eu preferia dar uma volta aqui em redor, a ver se há outra porta.

Rogério, por favor, deixa-te de aventuras, se podes ter a resposta imediatamente à mão, porque é que vais andar aqui às voltas, sendo que os médicos podem sair a qualquer instante?

Está bem, está bem, eu vou perguntar-lhe, mas de certeza que ele não me vai dizer, eles já devem ter ouvido esta pergunta mais de mil vezes.

Mente-lhe. Diz que és familiar de uma médica qualquer e que estás à espera dela, se isto é o sítio certo ou não; não lhe fales do Henrique.

Mas ele já me viu por aqui, ele deve saber que espero um familiar.

Ele nem deve ter reparado no que fazias por aqui. Falaste com ele?

Sim. Perguntei-lhe pela recepção, pela campainha.

Ele nem se deve lembrar.

E tu também falaste. E ele viu-nos juntos, e continua a ver-nos. Não podemos estar juntos e esperar por duas coisas diferentes?

Rogério, do que é que gostas mais, da lógica, ou do teu filho?

Marta deixou-se ficar, no fim daquela interrogação, com os olhos postos em Rogério. A pergunta não exigia resposta.

Eu pergunto ao segurança, mas tenho a certeza de que não nos vai ajudar.

Experimenta.

Rogério virou costas e lá foi, cabisbaixo, de mãos nos bolsos, direito ao segurança, como se fosse tratar dos papéis para a morte, e Marta deixou-se ficar, por um lado para não aparecer com Rogério ao lado do segurança e, por outra parte, porque na cabeça dela havia a necessidade de construir, tão cedo quanto possível, uma lista de perguntas a formular em cadeia à criatura mais à mão, para não perder tempo a pensar, ter as perguntas memorizadas e não dar tempo a que a pessoa se afaste, pela conveniência de um silêncio.

Rogério, para o segurança,

Olhe, se faz favor, eu tenho o meu filho aqui nas urgências.

Já sei, diga, diga.

O segurança era um homem nos seus cinquenta anos, incapaz de segurar o que quer que fosse, nem o ar, numa queda, uma figura que alguém decide espalhar pelos sítios, numa dispersão de coníferas num cemitério, um homem cuja função é estar quieto e intervir quando necessário, e cujo desempenho se resume a nunca deixar de tagarelar com os passantes, com o rádio, com outro segurança que calhe a passar nos arredores ou mesmo com o pessoal da limpeza, se outro segurança não calhar a deambular nos arredores para assistir à indevida mistura de classes, um homem que nunca poderá fazer o que é necessário quando o for, que chamará a polícia se tiver de intervir, que nunca perseguirá um malfeitor ou escorraçará um brigão com tiques de pugilista. A figura do segurança, discorria Rogério, tentando ganhar confiança suficiente para alçar da pergunta fundamental quando necessário, é mais um dos oximoros que aceitamos sem pensar nisso, uma contradição fardada, que não deixará de nos desiludir quando for absolutamente necessário que não o faça.

Eu não tenho conseguido notícias do meu miúdo, as pessoas do outro lado não atendem o intercomunicador e estamos a desesperar, aqui a minha mulher e eu,

Olhe que eu não posso ajudá-lo nisso, amigo, tem de tocar à porta e ver o que lhe dizem.

Sim, sim, eu sei, mas não é disso que quero falar consigo, eu e a minha mulher estamos à espera que aconteça a mudança de turno,

É uma boa altura para falarem com alguém.

O segurança não deixava de interromper as frases de Rogério, com medo de prolongar a conversa o suficiente para que algum pedido lhe fosse feito.

Sim, de facto, mas mesmo a respeito disso, estamos com algumas dúvidas, pois não sabemos se o pessoal técnico sai por outra porta que não esta que tem o intercomunicador, sabe? Às vezes podem ter outra saída e nós ficarmos tempos aqui à espera para nada.

Rogério não queria perguntar directamente ao segurança pela possibilidade de haver diversas saídas, entradas, passagens medievais por onde a corte médica entrasse e saísse a salvo da plebe esganada de respostas.

Olhe, eu não lhe disse nada, mas isto não é segredo nenhum, pelo que não me preocupa muito contar-lhe, e você não tem aspecto de quem vai bater em ninguém; já aqueles ciganos ao canto, se a coisa correr mal para o velho, não sei se não me verei forçado a chamar a polícia. Olhe, aqui por detrás do edifício

e apontava com as dobradiças das falanges

há uma porta verde que só abre por dentro, que os médicos e o pessoal ali de dentro usam às vezes para sair daqui, especialmente nos dias em que se junta muita chungaria à porta das urgências. Não me admirava nada que eles saíssem hoje por lá.

É só dar a volta, então?

Sim, é dar a volta e mesmo atrás do edifício está a porta verde que só tem puxador por dentro. Eles devem estar a desfardar-se e a mudar de turno e não devem demorar.

Obrigado.

Rogério sorria, prazenteiro, tirava as mãos dos bolsos e sentia-se reconfortado por ter lidado com um assunto relativamente espinhoso sem cair na esparrela de seguir as directivas imoderadas de Marta. Dirigindo-se a ela,

Olha, há uma porta lá atrás, diz o segurança, uma porta por onde saem por vezes os médicos quando querem evitar o burburinho das entradas, sobretudo em dias como o de hoje.

O que têm os dias de hoje?

Rogério acenou com o canto da boca, fazendo sinal de que se referia à família cigana que ocupava metade do espaço do túnel de entrada das urgências.

Ah, pois, olha, está bem, então vais tu para lá ou vou eu?

Eu vou para lá. Ficas tu aqui e um de nós apanha-os de certeza. Eu ouvi as explicações do segurança e estou mais preparado para descobrir a misteriosa porta verde de que ele falou. Tens carga no telemóvel? Eu tenho o meu a meia carga, mas aguenta de certeza a próxima hora. É importante que nos mantenhamos contactáveis. Ouvi há bocado a minha mãe, está meio desmaiada, e os teus pais devem vir a caminho. Do meu pai não sei nada, mas é de esperar tudo.

Não te preocupes com os outros, porque as pessoas hão-de saber o que precisam quanto mais rapidamente nós o soubermos. Vai e certifica-te de que falas com um médico ou com um enfermeiro que esteja a sair na mudança de turno.

Rogério sai do túnel de entrada para lhe cair a pique o sol de Julho, que lhe escorre a língua de calor pelas costas da camisa. Tacteia os bolsos à procura dos óculos escuros, e por um instante sente-se mais livre do que no limbo das urgências. Pela primeira vez desde o acidente, pensa no que sucedera. A mãe levara-o para a escola, como sempre, e a meio da manhã recebeu uma chamada na qual a urgência se confundia com o histerismo, e ele próprio, enfiado num cubículo ruidoso onde desembocam tubos de ar condicionado e máquinas de fax, teve dificuldade em perceber a frase completa, a frase onde acidente e gravidade se misturavam com escola e com Henrique, numa centrifugação de palavras onde não se distinguia, senão com tempo e muito custo, o que de urgente e de grave acontecera na escola, ao Henrique ou a quem.

O trilho que o levava às traseiras do edifício era como quase tudo quanto se podia encontrar um pouco por todo o país, uma coisa esguia e artesanal, feita a contragosto do arquitecto, que planeara a obra com um empedrado de qualidade que nunca chegou a chegar, por via dos dinheiros gastos a suprir os excessos cometidos na cobertura do telhado ou nas máquinas de frio, um trilho aberto por dois pedreiros a ziguezague do melhor caminho, enfeitado por uns bulbos quaisquer de cores patrióticas, umas coisas semeadas numa ambliopia de canhoto, que um cantoneiro tem de cortar, regularmente, para que o trilho não seja interrompido por uma parede vegetal. O trilho estava pejado de beatas, que sobravam de meses de urgências e da exasperação que consumiam aqueles que da porta só viam o lado de fora.

Rogério não teve dificuldade em encontrar a porta verde de que falara o segurança. Era uma porta de vidro com um puxador de emergência interior, e só devia ser mecanicamente possível abri-la do lado de dentro, o que fez Rogério perguntar-se o que fariam os médicos para entrar sem ser pelo tumulto da porta principal, em dias como estes, em que pode, a qualquer momento, morrer o patriarca de uma família de ciganos, que há-de querer apurar responsabilidades, nem que seja pelo vexame continuado de uns berros dados à entrada ou de umas escarradelas na cara ou no cabelo. Se Rogério fosse médico e estivesse nessa situação, telefonaria a alguém que estivesse no interior do edifício, a um colega de trabalho que estivesse para sair de turno, por exemplo, e pedir-lhe-ia que lhe abrisse a porta à chegada, para que desta forma pudesse evitar o átrio superior, que dava a sensação de ter sido desenhado para que se cumprissem rituais de praxe, com duas fileiras de académicos foliões ladeando o corredor, por onde caberia, à vez, um homem ou uma maca.

Rogério aproveitava cada instante para voltar a fumar. A novidade do primeiro cigarro fora substituída pelo imenso prazer de que ele se recordava amiúde e em sonhos. Quando deixou de fumar, Rogério passou um ano a sonhar, todos os dias, que fumava. Estes sonhos, dos quais acordava com um sabor a ausência na boca, faziam com que ele, na verdade, ainda não fosse um não-fumador. Era um fumador não-praticante. Sentia-se mais perto dos fumadores do que dos puritanos da nicotina e dava por ele, não infrequentemente, a perseguir o rasto de fumo de algum passante que sorvesse umas golfadas generosas de SG Filtro ou de cachimbo. Com a vida dupla que levou durante o ano em que a dormir fumava o que não fumava acordado, Rogério não soube, em próprio, o que era deixar de fumar, porque entre a realidade e o sonho sobra como diferença, meramente, o estatuto que não chega para ser critério. As considerações sobre a metafísica do tabaco foram interrompidas pelo desaguar de pelo menos uma dúzia de pessoas, que saíam pela porta verde que Rogério tinha sido incumbido de vigiar. Rogério, imbuído do espírito de missão, apressava-se a interromper a marcha dos debandantes hospitalares, munido da sua curiosidade e da sua insolência, que havia de temperar com alguma educação para não os afugentar como a um bando de pombos.

Enquanto fazia o caminho, Rogério deu pelo enfraquecimento súbito da vontade de lhes falar. Tinha uma vergonha entalada na garganta, um constrangimento, por sentir que ia, de algum modo, saltar por cima dos procedimentos habituais, mesmo que isso tivesse que ver com a vida do seu filho, e Rogério dava por si entalado entre o verniz civilizacional e uma curiosidade primitiva. A verdade é que não era a falta de iniciativa que lhe estava a custar a possibilidade de um interrogatório esclarecedor, mas, como em quase tudo, a sua incapacidade para, defronte de dois argumentos interessantes, decidir-se em prol de um deles. Rogério acabou por deixá-los passar sem sequer lhes perguntar pelas horas. Deu por ele a contemplar-se a si próprio no acontecimento próprio do fracasso e a pensar como se poderia justificar perante Marta sem originar uma discussão que aumentasse ainda mais a ansiedade que cada um já nutria.
Na volta do trilho, angustiado pela sua ineficácia, buscava Marta com os olhos, dentro ou nas imediações do átrio de entrada, mas não a via; ela é pequena — ou maneirinha, jeitosinha, compacta, declinações da linguagem privada deles — mas visível. Devia ter entrado, pensava Rogério, estaria com um médico, e Rogério apressava-se a sair do átrio para fumar mais um cigarro, quando, mesmo à porta, deu de caras com Marta, de óculos escuros, olhar cabisbaixo, cigarro aceso.

Voltaste a fumar?

E de repente um telemóvel toca, é o toque do telemóvel da Marta, abafado pelo aconchego da mala, e a Marta mete as mãos à mala como quem vai à conquilha na praia, no Verão, e de uma das mãos pende um fio de ouro, que não tarda em voltar para a mala, e na outra o telemóvel, contorcido pela captura e vibrando numa palpitação de mamífero assustado, e ela coloca-o na posição correcta e atende,

Sim, olá, pai, olá, do que é que precisas? Não ocupes a linha muito tempo.

Ai é, então onde é que meteram o carro? Olha, já te digo, não é conversa para se ter ao telefone. Venham cá ter, sobem as escadas do parque e viram à esquerda.

Marta tem o cabelo preto e liso, um cabelo a lembrar plumagem de um corvo, que resplandece azul sob o sol picado do Verão. Segura no cigarro e sorve umas passas enquanto aguarda pela conversa que se vai fazendo do outro lado da linha.

Despachem-se, que nós estamos aqui à vossa espera. Marta fez com os sobrolhos uma expressão que a caracterizava para quem a conhecesse bem, era um franzir de que ela não se dava conta, um w que lhe nascia dos pêlos que fazem o tejadilho dos olhos, e Rogério pôde adivinhar que do outro lado da linha se deviam dizer coisas que para Marta não faziam grande sentido.

Que conversa é essa aí? Eu tenho dificuldade em ouvir-te, parece a voz da mãe a sobrepor-se à tua e não consigo perceber-vos. Ela está a gritar? Vocês estão bem?

Está bem, venham que estamos à porta das urgências, é só perguntar. Até já, pai.

Marta mete o telemóvel na mala, e por debaixo dos óculos escorre-lhe um riacho pequeno e tímido, uma correnteza gestacionária,

Os teus pais vêm para cá?

Marta acena que sim, enquanto dá um bafo mais no cigarro, que tende a desaparecer num eclipse de cinza.

Marta, mas tu estás a fumar. Como é que dizes que não voltaste?

E Marta tira os óculos, puxa-os para o cabelo para fazer deles bandelete e olha para Rogério tragando-o com o olhar, como se de repente Rogério fosse uma criatura descerebrada e pequenina, um insecto ao qual se chega a sola sem sequer alguém se dar conta, e, com a boca semiaberta, no sustentar de uma tensão interior que lhe revolvesse o corpo em busca de um orifício generoso por onde escapar,

Ele está muito mal, Rogério, o Henrique corre perigo de vida.

RUA DA ROSA

Marta e Rogério, afastados das lides sociais desde que o Henrique tinha nascido, aceitaram um convite de um casal, que não se esquecera de que Rogério era, desde que relaxado quanto chegasse, um excelente animador social e de que Marta, em qualquer ocasião, fazia vibrar uma casa, na extensão do seu sorriso, luminoso e contagiante.

O programa das festas não diferia daquilo que numa época pré-Henrique costumava acontecer: jantar, conversa, umas garrafas sortidas de vinho (algumas de qualidade duvidosa, porque aquele que as comprara prezava mais o volume da carteira ou o efeito do álcool do que os taninos de cuja degustação nascia uma fidelidade devota ou uma repulsa sem fim à vista), convidados heterodoxos, cujos pontos de encontro, sobre os quais o mundo brotava numa argúcia de trepadeira, eram a música independente, o cinema independente, a arte independente e, basicamente, tudo quanto estivesse entre o *mainstream*, ao qual torciam o nariz de *dandies*, e a erudição árida de que desgostavam com igual e intenso fervor. Como toda a gente, julgavam-se no meio, e essa posição relativa, uma espécie de achinesamento do ponto de vista, fazia a estética e os seus critérios insondáveis serem tanto seus como certos. Eles eram os escolhidos, a fruta da época, o reduto e o enclave derradeiros nos quais uma longa linhagem chamada civilização ocidental acabava o seu demorado processo de decantação.

Ao mesmo orgulho de pertencer ao justo meio intelectual, sobre o qual se agigantavam em discussões sem fim acerca de Baudelaire ou de Nietzsche, contrapunha-se a incómoda sensação de serem, de algum modo tão trágico quanto injusto, as borras da história, aqueles que ninguém coroaria, em virtude de para eles o plano do gosto funcionar de modo inversamente proporcional ao plano do poder. Se algum deles se lembrasse de uma definição adequada para a geração a que pertencia, perdida entre o trabalho, a filosofia, a literatura, a paternidade e o vinho, seria, porventura, "a escória que brilha". Talvez o mais ousado daquele grupo, um dia, entre duas ressacas e a espera de um voo *low-cost* em sempiterno atraso, vertesse num poema aquele amargo de boca que não advém do estômago ou da vesícula, ou da deficiente condição do fígado, ou mesmo de um tumor pancreático tão inesperado como fatal. Aquele travo de derrota nascia por debaixo das meninges, lá onde Freud encontrara, num monte indistinto, tomates, pila e vagina, um território vasto e árido onde se intersectavam Pasolini e *Alice no País das Maravilhas*, alumiado de quando em vez por uma bebedeira de afinamento solene ou uma pedrada que fugisse ao controlo. Pela mesa passavam, de mão em mão, entre piadas, a comida que cada um trouxera e, à altura, uma garrafa de Alabastro, acarreada por alguém cujo mérito enólogo haveria de ser sublinhado em uníssono. O apartamento na Rua da Rosa, como todas as casas do Bairro Alto, era pequeno, mas acolhedor. O *mainstream*, bêbedo de espaço, haveria de desprezar aqueles cinquenta metros quadrados entre pisos. Com o mesmo dinheiro, diriam, ser-lhes-ia possível arrendar um desafogado T3 na Póvoa de Santa Iria, com vista para o antebraço do Tejo e estradas novas por onde alcançar a Lisboa que confessavam não amar assim tanto. Para aqueles que optavam pela Rua da Rosa, por exemplo, ou pela Graça, ou pelos Sapadores, ou por Santa Engrácia, a questão era sentar o cu em cima da história e sentir o estremecimento dos séculos a galgarem a espinha, numa ressonância genética. Ali habitaram aqueles que ergueram as muralhas do castelo de São Jorge e aqueles que definharam, esfaimados, entre resmas de folhas escritas e promessas adiadas de posteridade. Respeitar a família era habitar-lhes o legado urbano, mesmo que carcomido pelo verdete e pelo negrume da humidade, mesmo que desenhado, de raiz, para a plebe desovando continuamente catraios. Havia que sofrer para ser-se digno de portar o estandarte da tradição, ainda que, sob microscópio, a tradição encorpasse tantos membros heterogéneos que a maior parte dela, para "a escória que brilha", acabasse por ter um cariz meramente acessório ou mesmo negativo. Todavia, como a tradição chegava à boca e aos ouvidos sob a forma de uma ideia dulcificada pela imaginação, esse problema não se punha.

O jantar, magro de variedade conceptual, apesar de a tradição carregar no regaço o resultado de incontáveis experiências gastronómicas, desde as tripas do Porto ao cozido das Furnas, passava, ora em *tupperwares* generosos ora em travessas, de mão em mão, e os convivas iam escavando, nos recipientes, vazios simbólicos, pelos quais se podia calcular, por alto, a fome que portavam ou o gosto que tinham pelo petisco. Esta gente tradicional, reunida entre pratos e copos, desfiando risos e chalaças sofisticadas, não sabia cozinhar quase nada do que os seus pais lhes tinham posto à mesa anos a fio. Com o advento da macrobiótica, do veganismo e das dietas saudáveis, o interesse dos comensais recaíra em temas lusitanamente heterodoxos, como as lentilhas, ou os tomates *cherry*, casados com um feta grego e doses generosas de manjericão. A cozinha tradicional, as tripas, os caracóis, o bacalhau com broa eram coisa de fim-de-semana com os pais, intervalos de imersão no passado e na infância, ocasiões propícias para o reforço verbal da tese da melhor mãe do mundo e de que ninguém faz um gaspacho assim ou umas filhós assado, apesar de o esparguete lhe sair sempre como atacadores empapados e o arroz lhe ser tão malandro que se prestaria a fazer de massa entre dois tijolos amigados. Além de Rogério e de Marta, à mesa estavam outros dois casais, o João Pedro, engenheiro de profissão e poeta nas horas que lhe sobravam do trabalho e das mudas de fralda, o João Pedro que se juntara, havia pouco, com a Sílvia, arrendatária do apartamento, arquitecta e professora de música para miúdos da primária, tudo em *part-time*, tudo suspenso, de momento, dado estar em casa, a amamentar, há pouco mais de três meses, uma criaturinha minúscula, contorcendo as terminações de corpo enquanto chilreava o choro da fome ou do sono. A estes dois juntavam-se o Miguel e a Patrícia, um casal que viajara pelo mundo na esteira da profissão da Patrícia, advogada cuja origem emigrante a provera de sólidos conhecimentos de alemão, que se provaram indispensáveis nos diversos países de idioma lusófono onde passavam temporadas de meses, ele a gravar, em casa, as composições em guitarra portuguesa destinadas a resgatar da ombreira do outrora o fado, que se esvaía numa inevitabilidade de hemofílico, ela a desfazer a fricção que a organização germânica encontrava, sempre, no contacto com África ou com Portugal. Como viajavam muito, não tinham oportunidade de constituir uma biblioteca, um património de livros e de prazer, tão prezado naqueles meios como a roupa de marca na baía de Cascais. Descobertos, porém, o Kindle e os *e-books*, era vê-los passearem, para onde fossem, a biblioteca electrónica, que iam recheando de clássicos e de literatura anglófona e alemã, apresentando o *gadget* em jantares, piqueniques e encontros como *the next big thing*. Júlio, o único solteiro do grupo, era um pianista de *jazz* promissor, cuja devoção ao instrumento e cuja inabilidade social não permitiam mais do que encontrar, em imaginação, as mulheres bonitas que vira ou conhecera e com as quais povoava o património masturbatório, do qual nasciam, perpendiculares, todas as suas erecções, quase sempre acompanhadas da auscultação em baixo registo de um Keith Jarrett ou de um Glenn Gould a respirar ao microfone uma possessão insusceptível de ser expressa de outro modo. Enquanto se entretinham a debulhar garrafas de vinho sob o pretexto de empurrar uma garfada de lentilhas ou um naco de pão com *chèvre*, a conversa ia carambolando livremente entre a inexistência de Deus e a compossibilidade de uma ética cristã. Esta gente, criada nas universidades, pastando súmulas de filosofia e de literatura russa, sentia-se em casa nos assuntos em que a existência, desnuda, se deixava dissecar sob o foco árido de um microscópio conceptual. Como filhos legítimos de uma época e de uma era, a miscigenação de culturas, correntes e práticas era a única ortodoxia possível. Jesus, Platão, Friedman, Espinosa, Lacan, Michaux, Heidegger, Keynes, Pessoa e Montaigne confluíam, dentro do hemisfério cerebral reservado aos pensadores do ocidente, do cérebro para a epiglote, vertidos em estrofes ou em máximas, cujo efeito gravítico silenciava, ainda que por segundos apenas, as bocas famintas, no entreter do mastigar ou no prenúncio de avançar com uma refutação.

Findo o repasto, e satisfeitos os estômagos de verduras, petiscos e sobremesas, Rogério, tocado pelo efeito apaziguador do vinho, repousava, sorridente, numa cadeira, que o acolhia num abraço de colo, e Marta, ligeiramente mais alerta, ria-se do pingue-pongue de piadas que os machos aportavam à mesa, num despique inconspícuo, através do qual cada um, à vez, se esforçava por aporcalhar de forma acrescida tudo quanto já se tinha dito. A piada consistia em ir ao extremo do indelicado e do mau gosto, na roupagem de um Byron. A piada era este travestismo cultural, este fingimento perpétuo de uma aristocracia decadente a assistir ao fim do mundo do primeiro balcão. E nisso eles eram bons, bons decadentes e ainda melhores fingidores.

A Patrícia, aborrecida com o tomar de rédeas pelos homens e com a posição subserviente das mulheres, público que se limitava a rir ou a aplaudir consoante a justeza da imprecação, apoquentava-se na cadeira e repetia, de cinco em cinco minutos, sem se coibir de interromper o portador do microfone virtual, quando é que fazemos qualquer coisa, dizia, o que pretendem fazer, repetia, já chega disto onde nem toda a gente participa, e o namorado, habituado aos surtos de inconformismo, ia-lhe dizendo que estava quase, que culpasse o vinho bom que alguém trouxera ou o medronho inédito que circulara pela mesa; era como a faculdade, redobrava, se ela se lembrava da faculdade, e a Patrícia, cruzando os braços numa marcação profunda de desdém, erguia o lábio inferior e fazia um beicinho de primeira água, a que ninguém, nem o mais empedernido dos comediantes em potência, resistia. Pouco tempo depois, a discussão, que já incluía toda a gente, era sobre o filme que poderiam ver e sobre a quantidade de álcool ainda passível de ser consumida.

Depressa se constituíram dois grupos, um deles com a função de ir buscar cervejas e tabaco a uma tasca qualquer no Bairro, uma barata, aqui por cima há uma, alertava Sílvia, apontando para uma parede de casa como se estivesse na rua, enquanto os restantes, munidos de uma erva trazida do éden psicotrópico de Amesterdão, se revezavam a enrolar charros suficientes para as duas horas e meia que *Stalker* demorava a ser deglutido pelos olhos.

Quando uns chegaram, os outros já estavam instalados no bem-bom do sofá pequeno, defronte de uma televisão minúscula, antiga, legada em vida da mãe de alguém, que houvesse sofrido, ela própria, a solidão silenciosa de um ecrã mudo, que tivesse morrido entre o Goucha e o Jornal da Uma. Como no sofá cabiam apenas três pessoas, magras e apertadas, e uma gata preta a cirandar de colo em colo, os restantes dispuseram-se nos pufes e nas almofadas, que abundavam em redor do sofá, numa sementeira pobre mas confortável. As luzes foram apagadas e o soturno *Stalker* irradiava, do ecrã, a sua plumagem sépia, onde se podiam adivinhar, concorrencialmente, o conforto da terra e a solidão do confronto com a natureza. Enquanto o filme ia decorrendo, Rogério, Marta e os restantes, à excepção de Júlio, iam fumando um dos muitos charros que se haviam feito enquanto um dos grupos fora buscar as cervejas, com as quais atenuavam a secura que lhes atacava o palato. À uma hora de filme, Júlio, sem grande jeito para o contorcionismo social da despedida, levantava-se e fazia um sinal de mão, com o qual queria dizer adeus ou até logo. Os restantes, sem forças para exercerem o politicamente correcto acto de o convencer a ficar, faziam que sim com as pontas dos dedos, numa coreografia de bonecas de caixa de música. Aos poucos, e dadas as condições do visionamento, a bebida ingerida e a droga fumada, os cinéfilos caseiros iam fechando os olhos, embalados pelos russos, que, no ecrã, se revezavam a escalpelizar o sentido da vida. O sono chegava, a todos e sem demoras, e raros já eram os que atentavam no esforço hercúleo de Tarkovsky para, com uma mísera câmara de filmar e meia dúzia de planos, mostrar, despudoradamente, as almas desnudas no seu vaguear periclitante. Perto do final do filme, sobravam Rogério e João Pedro, e ambos, tão bêbedos como drogados, trocavam olhares cúmplices de cada vez que uma das personagens abria o compêndio existencial de onde brotavam os aforismos, que se repetiriam, doravante, em jantares ou festas, quando o que estivesse em causa fosse a vida ou um dos seus derivados. Marta, com a cabeça no colo de Rogério, dormia tranquila um sono em que a despreocupação pelo Henrique, que havia ficado com os pais dela, se notava na forma como se deixava afundar num dos pufes, que lhe acolhia o corpo num abraço materno. Rogério tinha especial sensibilidade às últimas cenas do *Stalker* e, potenciado por tudo quanto ingerira, já se adivinhava a choramingar na cena da crise de fé do protagonista, e concebia que talvez conseguisse que o João Pedro, também ele afectado pelos excessos da noite, não reparasse em duas ou três gotas de chuva salgada que lhe rolassem pelas maçãs do rosto até serem absorvidas pelas costas da mão.

Quando o momento chegou, Rogério, envergonhado, deixou-se apanhar pelo futuro que traçara e, com os dedos sobre as pálpebras numa pressão tão ineficaz como dolorosa, consentiu ser tomado pela melancolia e chorou o que tinha de chorar, sozinho, naquela casa onde apenas o João Pedro podia ser testemunha da sua sensibilidade epidérmica. Sorrindo, enquanto tentava descortinar como se leria "fim" em russo, Rogério olhou para o companheiro de viagem e deu por ele, como os outros, adormecido. Aguentara até à cena da sala onde ninguém se atreveria a entrar e já não teria tido forças para o diálogo que versava a falta de fé e a desistência do transcendente.

Rogério, sozinho e incapaz de se movimentar, sob pena de acordar Marta, deixou-se ficar no seu pufe e, de olhos fechados e neurónios inquietos, imaginava as últimas cenas do filme, o próprio Tarkovsky, de bigode negro e cabelo espetado, tão artista como um talhante de bairro, imaginava o que seria ter entrado naquele filme como actor ou como argumentista e fazer agora parte de um panteão reservado àqueles que conseguem expor as vísceras sob a capa queratinosa da filmagem ou da fala.

Em pouco tempo, Rogério também se deixou dormir. Do que sonhou não se lembrará nunca.

Sem saber se passara muito ou pouco tempo desde que se apagara, à frente da televisão, que emitia um contínuo de nada, Rogério acordou, sobressaltado, porque debaixo das costas tinha um comando de aparelhagem a massacrar-lhe as costelas flutuantes e, como se sabe, ninguém dorme em condições com dores na caixa torácica, sendo que, a esta regra, Rogério não era excepção. Na bússola vagarosa do despertar, deu pelas criaturas circundantes ainda dormindo, afogadas de cansaço e de vinho. Marta, com a cabeça no colo de Rogério, já haveria dado meia volta, porque agora se encontrava virada para a parede da casa, ao passo que, antes de Rogério sucumbir a Morfeu, dir-se-ia que Marta ainda via televisão, se bem que de olhos fechados. Às apalpadelas, deu pelo último charro, amortalhado e pronto a fumar, e, sem reservas, acendeu-o. Enquanto não pensasse o que fazer ou não se decidisse, podia usufruir da vantagem de estar drogado mais algum tempo, antes de regressar, dali a poucas horas, à função de pai responsável, com a qual se apresentava à família e à maior parte do mundo. A televisão, ainda ligada, emitia agora um programa qualquer num daqueles canais em que se pretende resumir o mundo, visualmente, por época, motivo, secção ou assunto, ao modo do documentário literal ou encenado, para que todos quantos vêem possam, numa alavancagem da auto-estima, sentir-se mais cultos por memorizarem meia dúzia de datas e algumas imagens com *panzers* alemães a marcharem sobre Varsóvia.

Naquele apartamento da Rua da Rosa, só Rogério era incapaz de se entregar sem reservas ao sono. Findo o charro, e sem nada que lhe ocupasse as mãos, Rogério deu conta de estar a prestar inusitada atenção ao programa televisivo. O cansaço, a droga e a bebida induziam-lhe uma semi-hipnose, através da qual Rogério, fixado no documentário que lhe passava pelas meninas dos olhos, se ia deixando ir, sem deixar de assentar que o programa incidia sobre a realidade das crianças autistas na América e era apresentado por um senhor careca, de meia-idade, que, entre gesticulações de emergência, declarava o autismo como uma epidemia mundial, de custos inconcebíveis, a que ninguém estava a prestar atenção. No fundo, imaginava Rogério, de olhos tão abertos quanto possível, todos os apocalípticos falam neste tom, todos reclamam a cassandrice de uma visão do final dos tempos, seja na modalidade aquecimento global, seja na da ecodiversidade ou na do mercúrio nos peixes. Este não devia ser diferente, e os seus argumentos eram tão vociferados como convincentes. Se tudo corresse como o homem previa, desembestado no seu desespero, daqui a duas gerações haveria autistas suficientes para ocupar um país territorialmente generoso e impor a mais perfeita anarquia. Seriam um problema, dizia o careca, para a segurança social, para o sistema de saúde, para os pais, para o país, para o ecossistema urbano e para a evolução humana em geral. Um desastre anunciado. Rogério, no pico da sua moca, sensibilizara-se de repente pelo assunto e já pensava, quando Marta acordasse, em contar-lhe o formato do fim do mundo.

De repente, o careca desapareceu de cena e um miúdo de dois anos, mais coisa menos coisa, ocupava o ecrã. A criança, aos olhos do Rogério tão normal como um miúdo normal pode ser, rodava uns carrinhos no chão, entretido a transformá-los em piões, sob o olhar de um terapeuta, que explicava, em voz contida e pesarosa, como se o miúdo pudesse perceber a evolução, ao vivo, de um diagnóstico diferencial, que rodar objectos era um dos possíveis sinais de autismo, assim como a deficiência no apontar e no contacto visual, tudo coisas insusceptíveis de serem cridas, porque para Rogério aquilo era normal, o Henrique também não apontava, também rodava coisas, também evitava olhar olhos nos olhos e nem por isso era autista, que diabos, era uma ideia ridícula rotular as crianças em sendo tão pequenas, tão impassíveis de se explicarem e de se esperar delas a normalidade tranquilizadora de um sim ou de um não.

O miúdo, a quem o terapeuta tentava chamar, não respondia. Mais uma vez Rogério conseguia ver, na criaturinha em destaque, o Henrique, os seus comportamentos, as suas excentricidades, que Rogério e Marta atribuíam de boa vontade a uma inteligência superior, a ter dificuldades de integração num mundo que exigia muito e dava pouco. Nunca Rogério pensara que o filho podia ser autista ou atrasado ou coisa semelhante e, mesmo a ver, no programa, que o miúdo televisivo era o decalque quase perfeito do seu Henrique, os mesmos maneirismos, a mesma incapacidade visual, aquela surdez aparente que impossibilita saber se o miúdo é realmente surdo ou apenas distraído ou mesmo potencialmente mal-educado, os gestos com os braços, repetitivos, que o miúdo da televisão fazia, enquanto o apresentador, modulando a voz na tristeza da aferição de um diagnóstico, dizia serem um sinal clássico, *textbook* (sem tradução, para conservar a ênfase), de um grau mais ou menos grave de autismo, mesmo assim Rogério continuava a sorrir, como se o careca fosse apenas um desmiolado a quem tivessem dado tempo de antena para anunciar indevidamente o apocalipse.

Ao mesmo tempo, sentia o conforto a diluir-se na cara, num esborratar de rímel à chuva, e, aos poucos, o miúdo de dois anos, anónimo e angelical, como todos os miúdos de dois anos, desaparecia de cena, para dar lugar ao Henrique e, de repente, era o Henrique que estava na televisão, sob o olhar indagador do mestre de cerimónias, que em cada movimento ou expressão encontrava um indicador clássico de autismo ou de perturbação do desenvolvimento; e Rogério, tão atento como seria neuronalmente possível, já só via o Henrique, em *close-ups* ou planos contrapicados, a mexer nos carros como quem roda uma torneira, a desprezar as chamadas de atenção, a abanar os bracinhos numa frequência de libélula, tudo isto com a voz *off* do careca a sublinhar as subtilezas do autismo e das

suas manifestações e a alertar os pais para a necessidade de uma intervenção precoce, porque, como em todas as maleitas, quanto mais depressa atentarmos na sua correcção, melhor.
Rogério já não era capaz de ver senão o Henrique, e até o careca pedante se tinha diluído do ecrã, num esmorecimento de espectro aborrecido. Era o Henrique a substituir-se ao menino e a fazer a sua parte naquele documentário tão inesperado como surpreendente, e Rogério queria acordar Marta, mas não sabia se confiava no que estava a ver, no sentido das coisas que tinham de saltar as barreiras do vinho, da droga e do cansaço, até passarem, já muito magras do esforço, pelo postigo da compreensão; e Rogério não queria alertá-la para nada, sobretudo não queria dizer,

Marta, olha ali o Henrique, não o vês, é aquele miúdo que roda os carrinhos, sabias que ele entrava neste documentário, sabias que ele é autista, sabes o que é um autista, sabes que afinal não é o *Rain Man*, sabes que é uma epidemia na América, e se chega aqui, o que é que fazemos?

ANDA, MEXE-TE!

Quando cheguei a casa dei com o estafermo a tentar enfiar uma perna numa meia, sem grande sucesso. A cena, não fora a pressa, tinha o seu quê de cómico. Ela puxava a meia, contorcia-se para a frente até onde os debruns da banha a deixavam chegar e quando atingia um limite, que para ser superado exigia um esforço adicional e decisivo, através do qual toda a meia naquela perna chegaria finalmente à encosta da virilha, desatava num pranto, e a elasticidade da meia, que ora comprimia aqueles volumes de sebo ora tentava recolher-se à sua posição original num descanso de polímero estafado, escorregava perna abaixo, num vagar glaciar, dobrava a curva do joelho e só não saltava pela rampa do pé porque ficava sem forças entretanto. Eu assisti pelo menos duas vezes ao número. Foi o suficiente para que saísse da letargia hipnótica em que me encontrava e me decidisse a dar ordens à casa.

Amélia, despacha-te, vamos para o hospital!

A surpresa de me ouvir dentro de casa sem que notasse a minha entrada pareceu imprimir novo alento às crises de choro que, como as contracções, tinham fases de menos fulgor. Amélia desatou num pranto solto e linear e ficou-se, a olhar para mim, sentada, a segurar uma meia de vidro a meia canela.

Amélia, o miúdo teve um acidente

apontava-lhe

vamos para o hospital já; o pai e a mãe já lá devem estar, e a gente aqui não faz nada! Levanta-te e vamos, Amélia.
Amélia, coitada, tentava a custo superar o transe em que se enfiara. O choro esmorecia, a cara compunha-se, e até se podia adivinhar que, em momentos, Amélia fosse capaz de falar. Eu andava pela casa à procura das chaves do carro, que, na minha idade, ou estão no sítio do costume ou a tarefa de as encontrar envolve contornos de missão.

Abílio, oh, Abílio, que nos foi acontecer, Abílio.
Amélia falara. Não era exactamente aquilo que se pretendia ouvir nem a circunscrição de um pensamento que viesse pôr ordem na cabeça de Amélia ou as chaves nas minhas mãos, mas era um princípio.

Amélia, veste-te por amor de Deus, ajuda-me a procurar as chaves, que estou aqui aflito.
Amélia, sem o travão elástico do choro, foi finalmente capaz de enfiar metade da meia pela perna acima e a proeza deu-lhe forças para pensar que seria capaz de completar a coisa com a feitura mais ou menos idêntica da metade em falta.

Abílio, as chaves estão aqui, Abílio, as chaves estão aqui. Eu não ia esperar por ti, eu não sabia onde estavas, eu ia agora para lá; a Marta ligou-me, coitadinha, está a caminho, já deve ter chegado, e nós aqui, feitos parvos, nem atamos nem desatamos; ai, já chorei tanto, Abílio...

Tens as chaves? Então vá, dá-mas para a gente se meter à estrada, temos de lá chegar o quanto antes. Ela disse onde era o hospital?

Disse, disse.
E nisto, Amélia parecia outra, aparentemente regenerada pela minha presença, cujo efeito era equivalente ao reverberar de uma gota de água, cuja queda pusesse todo um lago a ondular até às extremidades.

A gente saiu de casa, não sem antes fechar a porta e dar duas voltas ao trinco, que com as pressas nunca se sabe. Esperámos pelo elevador encostados à porta, num suplício de autocarro lotado. Entrámos, para nos depararmos com os vizinhos mais metediços e indispostos do prédio, que nos olharam numa insolência de quem lhes devesse dinheiro. Cumprimentámo-los, bom dia, como estão, que dia de calor, o Verão chegou, só se está bem na praia, que grande verdade, e tudo quanto fosse naturalmente conversa de ocasião, epidérmica. Claro que a Amélia soluçou por duas vezes, mas conteve o choro, e eles logo, mas está tudo bem?, e a gente sim, sim, é o calor, o tempo, uma fartura que comeu ontem, e eles mortinhos por saber se o soluço vinha do estômago ou dos olhos, porque a Amélia é transparente, lê-se como se lê Paulo Coelho ou as instruções de uma torneira. Chegados ao rés-do-chão saímos na bisga e corremos, correr é uma maneira de falar, talvez marcha seja mais adequado, marcha mas sem aquele menear de anca que torna o desporto uma causa fracturante. Marchámos directos ao carro, que jazia inerte onde o deixamos sempre, entre duas árvores, onde o sol não logra espaço suficiente para abrasar.

Põe o cinto, Amélia, tu esqueces-te sempre de pôr o cinto. E dei à chave, à espera de que alguma coisa pudesse correr mal, porque alguma coisa sempre corre mal, se pode, e nada, o carro pegou sem engasgos, a mudança entrou, e antes que desse conta já tinha saído da praceta e estava na estrada.

Quando me senti mais à vontade para poder não estar unicamente concentrado na condução — só conduz bem quem não está a pensar no que faz, é uma coisa que está a um nível entre o andar e o respirar — voltei ao Henrique e cuidei de como estaria ele, pensei no que teria acontecido e no como, e sobretudo no porquê, porque mesmo sendo ateu não conseguia imaginar que deus ou qualquer instância superior ao tejadilho das nossas cabeças fosse capaz disto, de cercear a vida de uma criança desta forma, como quem sopra uma lâmpada que bruxuleia, e por mais que metesse na cabeça que são coisas que acontecem e que acontecem a despeito de vontades supramateriais, não conseguia deixar de considerar que devia haver qualquer coisa, qualquer coisa ou ente ou criador, uma superioridade que se estivesse nas tintas para os velhos e para os adultos em geral mas que deitasse um olho às crianças, que lhes pusesse a mão por baixo, como diz o ditado, que ao menino e ao borracho põe deus a mão por baixo, e não pode haver sabedoria popular que tenha sido consolidada tanto tempo, resistindo ao crivo das épocas e das modas, que não tenha um fundo de verdade, uma estrutura de veracidade pela qual a gente possa respirar fundo, como num filme triste que já se sabe de antemão que acaba bem, com os heróis feridos e desgastados e cambaleantes, mas bem, rudimentarmente bem, bem como nos contos de fada, a viverem para sempre, sobretudo a viverem, sobretudo para sempre.

Ó Abílio, porque é que conduzes assim, que me dá medo, suspirava a Amélia, agarrada ao cinto com ambas as mãos.

Mas que tem a minha condução?

Não travas Abílio, não travas.

Não travo porque não é preciso, Amélia, engato as mudanças consoante convém e reduzo o suficiente para não ter de travar, porque o travar desgasta o carro, não sabes, Amélia? O travar e o abusar das mudanças, como os miúdos fazem quando pensam que estão a aprender a conduzir.

Amélia não estava convencida da eficácia dos meus métodos, mesmo que eles resultassem da decantação rodoviária de anos sem acidentes de carro aos quais me pudesse ser imputada culpa. Isto, de qualquer modo, era habitual, e estendia-se a todos os domínios da existência. Fosse onde fosse, nós tínhamos divergências e chegávamos a tê-las só por reacção negativa ao outro. Se era no carro era a condução, se era na cozinha era a comida e só na cama concordávamos porque na cama abraçavam-se unicamente dois silêncios.

Como é que aconteceu o acidente, Amélia? A Marta contou-te?

Dizer acidente, nestas circunstâncias, era o equivalente a carregar num botão que abrisse uma comporta ou as bocas efluviosas de um dique. Amélia desatava num pranto e num soluçar que só amainava quando o pensamento original da catástrofe era substituído, devagar e tanto quanto possível, por outro qualquer. Via-se-lhe a luta interior para que fosse capaz de relatar, mesmo que a espaços, mesmo que entre convulsões de choro e lamentos a Deus, a história tal como lhe fora contada ao telefone, pela filha, duas ou três vezes, decerto, tendo a primeira sido recebida com a estupefacção natural que tolda o ânimo e o entendimento, como se a cabeça fosse atingida por um remo que a abanasse estruturalmente, deixando ideias e neurónios encavalitados uns por cima dos outros, numa balbúrdia de cesto de roupa suja, e a Marta deve ter-se repetido tantas vezes quantas as necessárias, com o coração, ele próprio refugiado de um vazio que lhe crescesse de repente à volta, a bater-lhe na garganta.

Eu... eu não te sei dizer muito bem, Abílio, a Marta contou-me as coisas à pressa e eu estava muito nervosa e ia ficando mais com o que ela ia dizendo, sei que o portão da escola, aquele que tem de estar sempre fechado, aquele que tem uma campainha que temos de tocar quando o vamos buscar ou levar fora de horas, sabes, Abílio,

Sei, sei...

Pois esse portão ficou aberto, não se sabe como, alguma desleixada que se esqueceu de fechá-lo, e o Henrique saiu; aparentemente foi no intervalo da manhã, ele apanhou o portão aberto, saiu e

É difícil para ela falar do acidente, do acontecimento próprio da tragédia, e eu até agradeço não ter de ouvir. Seria como aquelas pessoas que enjoam quando se menciona a palavras pus, porque consubstanciam na cabeça a matéria e não a palavra, e com o acidente do Henrique seria o mesmo, e eu tenho de fazer um esforço para não ver o carro, o corpo dele a ser atirado contra o passeio ou a rojar pela estrada.

Saiu e aconteceu a desgraça.

Mas sabe-se quem é o condutor? Sabe-se quem ia a conduzir, e foi numa passadeira ou fora dela?

É sempre importante ter a noção de como aconteceu o acidente, pelo menos formalmente, se o estômago não aguenta a descrição integral. É importante saber quem tem a culpa, se há culpa a imputar ou se foi uma distracção, se o miúdo se atirou para a frente do carro ou se pelo contrário o carro o foi colher com a língua do pára-choques perto do passeio ou num dos rectângulos da passadeira. Saber as coisas é importante, mesmo que não consiga, pelo menos por ora, decidir-me pela versão de que menos desgostaria.

Olha, isso não sei; a Marta estava tão aflita que não me conseguiu explicar as coisas como deve ser.

Ou tu fizeste confusão e não te lembras do que ela disse. Há sempre espaço, mesmo na desgraça, sobretudo na desgraça, para fazer germinar a dúvida, para acicatar os ânimos.

Achas que a rapariga estava em condições de grande coisa, Abílio? A pobre da moça disse aquilo que podia, e eu estou-te a dizer o que ela disse. Não sei porque queres implicar comigo agora, ainda por cima com uma coisa tão séria.

Na verdade eu também não sabia porque de repente havia inflectido o tom da conversa e começado a espicaçar Amélia. Por um lado estaria naturalmente nervoso e necessitado de descarregar a frustração acumulada em quem calhasse a estar mais próximo. Esta é uma realidade que, a meu ver, não poupa ninguém. As pessoas juntam-se, para o melhor e para o pior, e o pior não é um acontecimento exterior à relação, que se intrometa naquilo que, por si, funciona às mil maravilhas. O pior está dentro das pessoas, inere à forma como as pessoas se ligam, e o pior é aquilo que acabamos por mostrar a quem nos está mais próximo, o pior são os peidos, a higiene deficiente que uma roupa lavada disfarça, o hábito impróprio de fazer bolinhas com os macacos que se tiram do nariz para colá-los debaixo das cadeiras da sala. As pessoas que se juntam, com sorte, partilham tudo isto na cumplicidade do silêncio. Por outra parte, não me era natural, mesmo nesta situação, conversar com o estafermo como se estivesse tudo bem. Não gostava da hipocrisia que isso exigiria; seria falso. Éramos um casal desligado, cada um fazia a sua vida e juntávamo-nos para comer, ela passava a ferro, eu conduzia, ela fazia alguma comida e eu mudava uma lâmpada fundida. Nem o euromilhões fazíamos juntos. Não fodíamos sequer. Concordávamos sobre discordar.

Se tu não fosses tão distraída, se calhar agora sabíamos o que tinha acontecido ao miúdo.

Se tu não tivesses deixado o telemóvel em casa e não tivesses andado a manhã toda no laréu, já estávamos no hospital e já sabíamos o que se passava com o Henrique.

Eu nunca ando com o telemóvel, Amélia, eu deixo sempre o telemóvel em casa, eu não gosto de andar com o telemóvel, tu sabes disso.

E agora já sabes porque é que devias andar com ele, sobretudo quando vais tratar de um assunto que diga respeito ao teu neto. Oh, céus, será que me esqueci da comidinha dele ao lume? Eu estava a fazer a comidinha dele quando a Marta me ligou. Será que desliguei o bico do fogão?

És uma distraída, é o que digo, és uma distraída e a casa ainda não pegou fogo por sorte.
O silêncio era o nosso *habitat* natural. Fora os almoços de família, durante os quais fazíamos alguma ginástica de rememoração, por via de terceiros, para falar da nossa vida em comum, e do que ela tinha tido de bom e de mau e do que ela tinha de estranho, agora, do que ela tinha de fora-de-jogo, como se fosse a vida de outras pessoas ou como se fôssemos outras pessoas que partilhavam, por acaso, um passado como quem partilha as recordações de um filme, aquilo tinha acontecido mas não éramos nós, eram outros, mais jovens e mais iludidos, que a dada altura morreram ou emigraram e de quem toda a gente fala com o saber da perda e alguma saudade. Fora os rituais diários que exigiam um mínimo indispensável de palavras, não dizíamos mais nada, não falávamos, nem sequer discutíamos; só nos acontecia discutir quando tínhamos de ultrapassar aquilo que inconspicuamente aceitáramos como sendo o nosso padrão habitual de conversa, um radical mínimo de grunhidos e de perguntas feitas de costas. Sobre o Henrique, porém, fazíamos algumas concessões.

Se não fosse eu a tratar todos os dias da tua comida, mesmo distraída, o que é que tu comias?

Olha, se calhar comia melhor.

Tu não tens juízo nenhum, Abílio; dizes as coisas por dizer.
O arrufo que estávamos a ter tinha o condão de fazer com que o tempo não fosse ocupado só pelo silêncio. Estávamos já próximos do hospital e não tardaríamos a chegar e a obter mais notícias da Marta e do Rogério.

Olha, Abílio,
dizia Amélia, depois de alguns minutos em que a cara se lhe fechara numa acidez de limão,

tu pensas que me tomas por parva, tu pensas que tomas

toda a gente por parva, por saberes umas coisas que lês nos jornais, mas desengana-te, que eu não sou tão parva como tu me fazes.
Eu não sabia onde ia dar a conversa que a Amélia iniciara, mas tinha toda a cara de não ser uma coisa que morresse na praia, pois ela estava a agarrar a carteira com ambas as mãos, com aquele ar decidido que metia quando corrigia a Marta, explicando-lhe em detalhe o que ela devia e não devia fazer com a vida, o como, o quando e o porquê.

Eu tenho vindo a pensar, e acho que isto que aconteceu ao Henrique me abriu os olhos, porque a minha vida tem sido tratar-te das coisas e tu não tens feito muito mais do que o serviço mínimo, e nem isso muito bem, Abílio.
Eu não estava obviamente interessado em ouvir o que o estafermo pudesse querer opinar sobre a nossa relação ou sobre qualquer um de nós em particular. Para mim, a coisa como estava funcionava. Ou, não funcionando, tinha deixado de ter importância. Não era agora, a caminho do hospital onde jazia o meu neto, inerte ou estropiado, ou ambos, que ia resolver o problema insolúvel da nossa vida a dois, que teria uma resolução imediata quando um de nós, gloriosamente ou não, esticasse o pernil. Tirei o telemóvel do bolso e, como estava prestes a chegar ao hospital, resolvi aproveitar para perguntar à Marta onde ela estava e, simultaneamente, abafar a conversa da Amélia, que eu cheirava-me que ela ainda ia na segunda mudança de um longo percurso em aceleração.

Quando isto acabar e se Deus quiser o nosso menino se puser bom, eu vou-te deixar, Abílio, porque eu não te aguento mais.

Estou, Marta? Estou. Sim, é pouco tempo, é só para te dizer que estamos a chegar.

Estás a ouvir? Estás a ouvir-me, Abílio? És gordo, Abílio, és porco, tomas banho quando Deus faz anos, deixas tudo desarrumado, não te penteias, não tens orgulho, não te vestes como deve

ser, andas aí ao deus-dará, que não há nenhum homem que não pareça mais que tu, e parece que não te importas, porque calas dois ou três bêbedos que te dão alguma atenção,
Amélia dizia isto tudo com as mãos em cima da mala, como se fosse prestar reverência a Cristo, mas notava-se-lhe uma crispação na voz, um azedume concreto que andava a ser destilado há anos, talvez há décadas. Na verdade, íamos os dois em piloto automático e, como sempre, o facto de um falar não queria dizer, em caso algum, que o outro estivesse a ouvir, ou vice-versa.

Chegámos, Marta, acabámos de estacionar. Sim, estacionámos no parque, na parte norte; como está ele?

E és azedo, Abílio, foste-me tirando a alegria de viver. És malcriado e azedo. Só vives para mostrar às pessoas o pior que elas têm ou o pior que elas fazem. Eu já não aguento mais. É como se vivesse com o diabo em casa, Abílio, e eu todos os dias rezo a Deus, rezo para que mudes, para que a nossa vida mude, mas tu não mudas, a vida não muda, e eu estou cansada, Abílio, estou gasta. Eu já não te posso ver deitado naquela cama,

Está bem, já falamos, é só subir os degraus, dizes tu, e virar à esquerda?
Mesmo já tendo estacionado, sustinha uma mão no volante, como se ainda estivesse a conduzir. Parecíamos estar num daqueles filmes antigos nos quais as pessoas podiam fazer tudo dentro do carro, porque a viagem estava a ser projectada no pára-brisas traseiro.

Com aquelas cuecas cheias de manchas de xixi com que andas semanas a fio, a cheirares mal, Abílio, a cheirares a mijo e a suor, feito estafermo na cama, seboso, tresandas, e eu tenho nojo de me deitar ao pé de ti e de acordar — quando consigo dormir — tantas vezes à noite por causa do teu ressonar ou do teu cheiro da boca, que nem os dentes lavas, semanas, tens os dentes todos amarelos e sujos e cheiras mal, Abílio, cheiras mal e és porco e eu cansei-me de tentar mudar isso, Abílio.

Ó Marta, não é nada, é a tua mãe, estamos aqui estacionados e ela está a disparatar, já sabes como é a tua mãe, isto já lhe passa, a gente está a caminho.

Eu a tentar disfarçar a vontade que tinha de lhe responder à letra, de lhe chamar gorda nojenta, aquela criatura disforme que não excitaria um contentor de marinheiros vindos a terra depois de uma década de mar e de tesão acumulada, aquela gorda nojenta a chamar-me, a mim, gordo nojento.

Tens as unhas dos pés cheias daquela doença que as faz cair; estão podres, Abílio, estão podres como tu e só não caem porque são piores do que a doença, e eu quando estou deitada ao teu lado morro de medo de que tu te vires, de que te reboles e de que me toques, e passo noites a fio em que não consigo dormir, com medo de que te encostes a mim e de que me sujes, Abílio, de que me sujes para sempre.

Até já, filha; até já, Marta.

Tu não nasceste para viver com uma pessoa, Abílio, e eu descobri, recentemente, que não nasci para ser infeliz. Eu tentei. Tu não mudas e eu não te aguento assim.

Eu saía do carro, ainda a segurar no telemóvel apesar de a Marta ter desligado, e fingia que estava a ouvir com atenção as coisas que ela ia dizendo, umas orientações, umas curiosidades quaisquer que me faziam franzir o sobrolho numa concentração de xadrezista, e Amélia, dentro do carro, continuava a falar, sem se dar conta, aparentemente, de que a conversa tinha acabado, de que a conversa nunca tinha começado, de que eu não estava nem nunca tinha estado ali; e eu dava a volta ao carro e, enquanto lhe via o queixo a mexer-se de cima para baixo como uma marioneta articulada, ela olhava na minha direcção e eu abria-lhe a porta com a ponta dos dedos e convidava-a a sair, fingindo que terminava a chamada,

Até já, Marta, beijinhos, tem calma.

E punha o telemóvel no bolso (desta feita iria levá-lo), punha-o no bolso e ficava-me especado ali, com o sol a pique, por cima,

Amélia, sai, Amélia.

Amélia levantava-se do banco, quando finalmente se calara, e depois de piscar os olhos com o barulho que a porta fazia, ao fechar, dizia,

Esta conversa não acabou, Abílio.

O MIÚDO É ESTRANHO, TEM QUALQUER COISA

Era um dia de Verão como outro qualquer, e Marta e Rogério regressavam da praia, à qual Marta acedia ir por especial favor para com Rogério ou porque Henrique amava a água do mar e as ondas como só as crianças sabem amar — sem reservas — as coisas que não possuem e que não podem possuir. Marta e Rogério vinham felizes, de mãos dadas, leves, como não era costume neles. Vinham a sorrir um para o outro, e se Rogério já mostrava sinais de lhe ter sido activada, em quantidades generosas, a melanina que lhe traçava as marcas do calção por baixo da barriga e acima dos joelhos, Marta estava impecavelmente branca, protegida que fora com um creme qualquer de factor 50, com o qual se barrava de duas em duas horas. Além disso, era muito raro sair da sombra generosa do guarda-sol, seguindo-lhe o traçado numa geometria de girassol enlouquecido.

Naquele dia tinham deixado o Henrique, que tinha completado vinte e sete meses havia dias, com os avós, que cuidavam da tarefa recorrendo à bonecada na televisão e aos inúmeros parques infantis, aos quais acorriam com espírito de safari. Fora outro dia e Henrique teria vindo com eles, mas estava adoentado, tinha um pingo, uma ponta de febre que ia e vinha consoante a hora do dia e o efeito do paracetamol, e como o caso não havia feito três dias — a regra de ouro dos hospitais infantis — o pediatra optara por deixar que a coisa evoluísse num sentido ou noutro, medicando-o

unicamente para lhe baixar a febre para níveis toleráveis e, aproveitando o pretexto do calor estival, recomendara que lhe dessem umas chuveiradas ao longo do dia. A coisa estava controlada, e podia mesmo dizer-se que era por isso e por estarem juntos sem o Henrique que Marta e Rogério apresentavam aqueles semblantes descarregados do peso que costumavam mostrar no dia-a-dia.
Os casais precisam de espaço próprio, de tempo de intimidade, diz-se. Os casais são, na gíria semitécnica dos psicólogos e de outros aspirantes a bruxos de feira, uma terceira criatura que advém da junção de outras duas, assim a modos de um filho, mas sem a independência ontológica deste último. Sobrevivem enquanto as criaturas do qual advêm estão juntas e, como são um ser à parte, têm necessidades particulares que não coincidem com as necessidades de cada um dos membros que os compõem.
Atender às necessidades de toda esta gente que se esgatanha por conseguir ser a trepadeira que, na floresta da vaidade, tem mais folhas ao sol é tarefa que exige organização e gestão de tempo, porque o tempo, na verdade, é o bem mais escasso, perante a multiplicação de entes cuja sede de atenção tende para a exigência de um monopólio e não para o estabelecimento de uma concorrência saudável.
Rogério e Marta estavam, neste final de dia de praia, a atender a duas criaturas de requisitos distintos: aos egos de cada um e ao casal, que, há já tanto tempo, por via do nascimento de Henrique, estava votado ao mesmo esquecimento do que o gato que lá por casa deambulava tristonho, desde que Marta fora mãe e emprestara definitivamente o colo a uma criaturinha tão imberbe como barulhenta. A paternidade, tida por este prisma, era uma espécie de emprego a tempo inteiro, uma voragem excessiva, que lhes amassava um ego à beira da catatonia. Cada dia de cinema, de praia ou de restaurante sem o Henrique era uma espécie de in-

terrupção voluntária e bondosa da realidade quotidiana, que, não sendo má por si, deixava pouco tempo e ainda menos espaço para que tanta criatura sedenta pudesse ser atendida como devia ser.
Não era difícil ver, em Marta e Rogério, para lá e por cima das olheiras cavadas pela intensidade da vida adulta, a redenção possível que só o tempo sabe alicerçar. Rogério sorria e não se coibia de algum humor de ocasião, com o qual, pelo caminho, ia oferecendo a Marta o sabor de umas risadas. Ambos vinham trajados de Verão, ela com umas sandálias que lhe subiam como trepadeiras de couro até meia canela, uma saia por cima do biquíni e um chapéu largo de palha a fazer de guarda-sol portátil, óculos escuros e adereços vários e ele com uns calções de praia de que ela desgostava em silêncio e ambas as toalhas de praia ao ombro, a fazerem uma espécie de almofada onde repousava depois o chapéu-de-sol. De mãos dadas, iam seguindo por um caminho de pó, desde a praia até onde tinham o carro. Deveriam faltar talvez uns dois quilómetros, mais cem metros menos cem metros; não tinham querido arriscar procurar lugar mesmo em cima da praia, porque era fácil ficar-se atascado, e só quem tinha jipe ou levava gente com músculo é que se atrevia a escolher estacionamento tão perto.
Aquele fim de tarde, que lhes descia pelo corpo à medida do sol poente, era tudo quanto necessitavam para reaprenderem na gíria dos sorrisos o porquê de terem decidido juntar as escovas de dentes e uns trapitos mais, que congregavam dentro do mesmo roupeiro. Marta era dada a silêncios contemplativos, a momentos nos quais nada cá fora parecia corresponder ao que ela, lá dentro, nutria, apaixonada; durante esse tempo limitava-se a olhar para um sítio imediatamente atrás das coisas que fixava com a retina e deixava que o interior e o exterior, com o tempo, voltassem a harmonizar-se na mesma frequência disposicional. Rogério sabia disso e limitava-se a fixar-lhe a beleza, e nunca se esquecia de que

Marta era a única mulher, até àquele momento da sua vida, para a qual olhara sempre com a mesma admiração. Acompanhara-lhe as mudanças de rosto e de corpo num embevecimento adolescente, achando sempre que os sulcos que se instalavam aqui ou ali, ao lado dos olhos ou nos cantos da boca, eram decalques perfeitos da oportunidade do tempo, marcas indeléveis da generosidade dos dias a dois ou a três, grafias que iam compondo, progressivamente, numa linguagem afectiva comum, a felicidade. Olhar para ela era amá-la, de tal modo eram sinónimas as coisas. Nunca lhe acontecera estar apaixonado tanto tempo e de forma tão intensa. Das mulheres que conhecera acabara por se fartar, o que não raramente tinha efeitos perniciosos sobre a apreciação que lhes fazia da beleza. Como se a inflexão passional fosse acompanhada de um sábio mecanismo de desvalorização estética, que actuava ao mesmo nível e proporcionalmente. O amor, para Rogério, acabava quando um dia, ao acordar, descobria no corpo atravessado na cama um sinal na pele ao qual lhe começava a crescer uma aversão, um sinal alienígena, que, no entanto sempre estivera lá, uma realidade da qual brotavam alguns pêlos insofisticados, uma coisa que mesmo reduzida à insignificância de um calhau no deserto ia alastrando a sua influência, e se portava doravante como um farol que derramava a poluição da repulsa sobre o corpo que placidamente o albergava. Rogério, quando dava conta, era refém do sinal, não conseguia desfazer-se da sua influência, e o sinal tornava-se o prisma pelo qual a mulher aparecia, num caleidoscópio onde o desamor se abrigava em figuras geométricas. Era o sinal de que as coisas haviam terminado. Rogério tornava-se soturno, andava cabisbaixo umas semanas, sem coragem para assumir o desamor que jorrava em golfadas generosas daquele ponto epidérmico, e quando dava conta de si já lhe era insuportável estar perto da pessoa outrora amada, não lhe suportava a presença, as piadas caíam-lhe como pedras no estômago e as demonstrações de inteligência confundiam-se com presunção intelectual. Acabava assim, duas pessoas nos braços uma da outra, a chorarem o cadáver da relação, aliviadas por se desfazerem daquilo que começara simplesmente num sinal no rosto, que no início lhes parecia tão amável como a luz do Sol. Na Marta, contudo, todos os sinais eram louváveis, símbolos máximos da necessidade que a pele tem em povoar-se de excepções que lhe confirmem a infinita presença de beleza.

De mãos dadas e corações ligeiros, encarrilavam pelo caminho de pó, onde passavam às vezes uns jipes mais afoitos, que iam ou vinham da praia. Insensíveis à presença de outras criaturas da mesma espécie nos arredores, limitavam-se a tapar a boca e o nariz com as toalhas, improvisando máscaras que filtrassem o pó que as rodas faziam ao galgar os buracos.

Quando estavam a cerca de mil metros do sítio onde haviam deixado o carro, começaram a ouvir, atrás deles, no caminho de quem vem da praia, gritos de jovens em crescendo. Rogério olhou primeiro e alertou Marta: era um grupo de miúdos, na casa dos vinte anos, a vir da praia como se acabassem de saquear uma aldeia na costa de um país inencontrável no mapa. A felicidade adolescente vinha pendurada nas janelas do jipe como um conjunto de bandeiras. Gritavam, o condutor acelerava, o jipe andava de duna em duna numa pincharia de canguru e os miúdos vinham estrada fora a avisar o mundo de que existiam e que o mundo, onde quer que estivesse, se tinha de sujeitar à tirania das hormonas. A princípio, Rogério teve algum receio, pois pensou que as criaturas podiam já ter no bucho uma dúzia de mínis ou qualquer coisa equivalente, na forma de fumo fumado. Depois, como Marta achara piada ao frenesim adolescente, pôs-se a levantar o braço e a gritar, sinalizando comunhão de disposições. O mundo, afinal, podia ser transversalmente percorrido por diferentes gerações em distintos estados de felicidade. Por momentos, não interessava em que sítio a felicidade estava instalada e como se manifestava, fosse aos gritos no banco de trás de um jipe ou pela mão, silenciosa, a reverenciar a profusão da natureza que a estrada cortava como uma cavada cicatriz. Por momentos, não interessava o quê, mas o como.

No momento em que a felicidade intergeracional se cruzava, cada qual na sua forma muito particular de se manifestar, um dos miúdos de dentro do jipe, maravilhado com as inúmeras e infindas possibilidades de estragar a vida alheia com uma ponta de audácia, ao passar por Rogério, lembrou-se de que talvez uma toalha de praia a mais não lhe ficasse a menos e, enquanto Rogério esbracejava em comunhão com as restantes criaturas, cheias até à boca de testosterona, o rapazito lançava mão de uma das toalhas que Rogério tinha ao pescoço e, enquanto cada ponta estava na posse de cada um deles, Rogério, que caminhava a uma velocidade muitíssimo inferior àquela à qual o jipe se deslocava, largava a mão de Marta para suster o esticão a que estava a ser sujeito e, com as duas mãos bem cravadas numa das pontas da toalha e a respiração travada, tentava que fosse o outro lado, igualmente determinado, a largar o turco. Os restantes miúdos, entretanto, tinham-se calado, estavam surpreendidos, e alguns haveriam, mais tarde, de censurar o comportamento arruaceiro do adolescente de mãos atrevidas, enquanto outros haveriam de culpar a cerveja ou o mau ambiente que se vivia na casa da criatura, e que, como se sabe, a condicionava a agir com alguma maldade para obter atenção, tal qual como se via em todos os filmes onde a componente psicológica tivesse algum relevo.

A luta não demorou mais de cinco segundos a ter um fim. Uma miúda qualquer a olhar para Rogério, de dentro do jipe, assustada, gritava,

Trava!

O condutor, indeciso, resolvia-se a pisar em definitivo o acelerador, dando azo a um arranque brusco, que acabava por ser decisivo na manobra à Isadora Duncan que Rogério executou, dando um salto em frente com a toalha agarrada pelas pontas dos dedos e estatelando-se na areia fina que cobria a estrada, enquanto a toalha se lhe escapava das mãos, num desfraldar de bandeira de derrotado.

Marta levara as mãos à boca para instintivamente conter um grito, que acabou por passar pela porta pequena dos dedos. Viu a cena toda desenrolar-se sem saber o que fazer, além de deixar escapar o som da surpresa. Quando aquilo tudo se concluiu, o jipe seguia, veloz, e Rogério estava no chão, esticado pela queda de uma bicicleta imaginária. Passada a surpresa, Marta apressou-se a ajudar Rogério a levantar-se, a ver se estaria ferido, a tirar-lhe o pó da roupa, sacudindo-o enquanto repetia que os miúdos eram uns filhos da puta, uns malcriados, uns inconscientes com visíveis deficiências de educação, e Rogério ajudava no ajudar, sacudindo-se, olhando aqui e ali para os braços, onde lhe doía mais, e juntando-se ao lamento de Marta nos impropérios que votava à geração Sumol, que passara por eles como uma tempestade de areia.

Passados poucos minutos, ambos conseguiram certificar-se de que as únicas coisas que haviam perdido no episódio haviam sido a toalha, algum amor-próprio e a boa disposição que os fazia luzir ainda há pouco. Rogério não estava ferido, sentia-se enganado apenas, sentia-se estúpido por não ter interiorizado que um homem com um filho não podia, mesmo que a título de empréstimo de curto prazo, manifestar-se solidariamente com a gaiatada que andava de jipe a carburar mínis e hormonas. Sentia que aquilo era uma consequência de se ter imiscuído num mundo do qual acabara de sair

definitivamente, era como que um castigo, uma reprimenda por ele não saber respeitar os espaços da idade, os comportamentos adequados, a forma correcta de expressar a alegria.
Em pouco tempo acercaram-se do carro, mesmo com Rogério a coxear ligeiramente. Abriram as portas e cuidaram de tirar tanta areia e tanto pó quanto era possível, antes de entrarem. Atafulharam as coisas na bagageira, um pouco ao calhas, e entraram. Rogério, para suprir o silêncio que se fazia sentir, ligou o rádio antes de ligar o carro e aproveitou para ajeitar o assento — tinha sido Marta a última a conduzir —, pôr o cinto e afinar os espelhos. Marta, por sua vez, sentada no banco do passageiro, mexia no cabelo, ao espelho, lamentando-se do que a pouca água salgada lhe fizera, e tentava, também ela, resgatá-los daquele baixio onde ambos se tinham enfiado, para que pudessem aproveitar, pelo menos, o resto da noite, que estava mesmo a nascer. A viagem durava uma meia hora ou um par de horas, dependendo do trânsito. Se tivessem sorte, as pessoas, por esta hora, já estariam a caminho de casa ou do restaurante, e a estrada, com uma faixa de cada lado, estaria relativamente deserta. Se tivessem azar, apanhariam todos quantos tinham tido a mesma ideia, ao mesmo tempo, de fazer a mesma coisa, e os carros transformar-se-iam em pequenos compartimentos de espera amovíveis.
Quando se meteram à estrada, traziam no coração a última coisa que lhes tinha acontecido. Por cansaço ou inacção, nenhum deles fora capaz de ultrapassar o episódio da toalha volante, e ambos queriam, mais do que tudo, chegar a casa, dar por findo o dia e deitar-se, depois de muito beijado o Henrique. Rogério, assim que começou a conduzir e chegou a um entroncamento, verificou que a sua viagem de carro ia coincidir com muitas outras e disse a Marta que seria adequado ligarem aos pais dela a notificá-los, que fizessem vida normal e que não contassem com eles, dizia Marta

ao telefone, enquanto Rogério suspirava, metido que estava entre dois carros, num pára-arranca que, segundo o pai dela, era propício a devorar a embraiagem e a gasolina. Rogério, impaciente, bufava de cada vez que punha e que tirava a primeira e sentia algum alívio quando conseguia meter a segunda e fingir, mesmo que por instantes, que não estava preso numa fila que não desaguaria tão rápido como ele gostaria.

Quando deu por ele, quando caiu finalmente em si e começou a reflectir, na tentativa de produzir um pensamento pelo qual pudesse iniciar o curso de uma conversa, Rogério estremeceu em silêncio. Ocorria-lhe apenas ter deixado o Henrique com os pais dela e ocorria-lhe tudo quanto o Henrique tinha de especial e que, de algum modo ou de outro, as pessoas iam reportando, ainda que sem urgências, sem precipitações, sem a marcação indubitável de uma urgência pedagógica. O miúdo era especial, pensava Rogério, essa malfadada palavra que não quer dizer nada até ser trocada pelos cêntimos de realidade a que corresponde, e Rogério pensava, não sem mágoa, que o seu filho era especial num sentido em que ele gostaria que ele fosse normal e que era normal num sentido em que ele talvez gostasse que ele fosse especial, porque assim talvez se equilibrassem os pratos da balança, talvez se quadrasse o balancete, talvez os prós e os contras se integrassem no miúdo sem repelões. Agora, Henrique era especial sem que ninguém houvesse dado um nome para isso. Era só especial, no sentido em que uma criança ou um adulto pode ter uma característica que o diferencie da normalidade sem que o afaste dela em demasia. Rogério também sentia, por exemplo, que Marta era especial ou que ele próprio, infimamente, também tinha a sua quota de especialidade, isto é, uma qualidade positiva que fazia com que ambos sobressaíssem da média, na apreciação de um conjunto de pessoas em que se enquadrassem.

Henrique não era especial no sentido que Rogério queria. Se bem que não soubesse exactamente o que Henrique era, sabia que era menos do que aquilo que desejara, quando soube que iria ser pai. Henrique começara a andar tarde, e tinha muito medo de o fazer. Andava sempre encostado às coisas ou às pessoas e não sabia, como o resto dos seus coleguinhas na ama — que Rogério observara com redobrada atenção desde a entrevista que tivera com a educadora —, cair sobre a almofada da fralda, como os outros, para se proteger, por instinto, de uma ferida numa zona mais descoberta do corpo. Henrique, quando caía, caía desamparado, como ele próprio caíra ainda há pouco na estrada. Caía como se não soubesse cair e andava como se não soubesse andar. E isto era apenas uma das particularidades que Rogério notara nele, desde que começara a atentar mais na evolução do primo de Henrique, um ano mais novo, e na evolução, em geral, das crianças.
Marta e Rogério seguiam no carro como se a única vontade que partilhassem fosse a de sair do carro. Calados, deixavam-se estar nos seus pensamentos. E se os de Rogério não eram fonte de onde brotassem sorrisos, os de Marta não eram também os mais adequados para desenhar o contorno de uma banana na cara.
Marta pensava também em Henrique. Pensava sobretudo na voz de Henrique, que nunca ouvira modulada até agora. Sendo mãe pela primeira vez, não sabia até que ponto era normal que o filho não falasse ou não apontasse quando queria qualquer coisa. Parecia-lhe até estranho, sobretudo por contraste com as outras crianças, que o seu filho fosse tão pouco decidido. As outras crianças, quando queriam coisas, faziam birras monumentais. Marta, por sua vez, nunca testemunhara uma birra de Henrique por este ou por aquele brinquedo, por esta ou por aqueloutra actividade. Henrique parecia satisfeito por estar onde estava, a fazer o que estava a fazer. Parecia não aspirar a mais, e Marta formulara, não raras

vezes, a hipótese segundo a qual ele não desentalaria as palavras enquanto não se visse forçado a preencher uma lacuna volitiva. Para Marta, querer era falar, e ao filho, mais do que faltar falar, faltava querer. Uma coisa dependia da outra, e assim que conseguissem que o filho desprendesse a mola da vontade, não conseguiriam mais calá-lo. Esta era a hipótese e a esperança de Marta, que, como todas as mães, queria ser chamada de mãe, pela primeira e não única vez, porque essa evocação primeva exortaria definitivamente os fantasmas da culpa e do amor, aqueles que se originavam nela por ter passado a amar Henrique tão extraordinariamente sem que desse amor resultasse o milagre da palavra ou a retribuição apaixonada de um abraço. Quanto mais amava Henrique, mais Marta se culpava por ocupar todos os andares do coração com a presença dele e quanto mais o fazia mais punha em causa os efeitos do seu amor, num círculo vicioso que Marta se convencera de que seria interrompido quando Henrique dissesse mãe pela primeira vez, porque aí sim, aí ela seria de facto mãe, digna portadora do título, e nesse dia rebentaria num estalar de dique o reduto de preocupações que alimentava, ora porque o filho não falava ora porque dormia demais e podiam viver o resto das suas vidas, eles os três, tendo a consciência de que tinham selado hermeticamente, para sempre, um período do qual nenhum havia de ter saudades.

Se bem que, em separado, qualquer um deles já tivesse pensado nas particularidades de Henrique, se bem que já as tivessem expressado aos dois pediatras que, sucessivamente, haviam acompanhado o Henrique, nunca haviam, entre eles, arranjado uma moeda comum pela qual congregar todas as perguntas sob o conforto de uma designação. Até agora, tudo no Henrique podia ser resumido a uma questão de peculiaridades diversas numa criança normal. Ou seja, à volta do título normal gravitavam alguns satélites de excentricidade que não eram suficientes para que eles, a família, os pediatras ou a instituição escola operassem uma revolução corpernicana a partir da qual o miúdo passasse a ser, de repente e sob a alçada de uma designação precisa, especial. Rogério andava, já desde há algum tempo, desconfiado. Os pais sabem, pensava Rogério, sabem sempre, mesmo que sejam incapazes de se exprimirem de modo claro. Os pais sabem, porque a cegueira do amor, pela qual tudo é aceite sem reservas, não tapa os olhos. Rogério andava há algum tempo a fazer pesquisas na Internet sobre aquilo que parecia estranho no Henrique. Henrique gostava de rodar objectos, era um dos seus passatempos favoritos. Ficava-se tempos infindos na sua mantinha ou de nalgas no chão, a rodar, ao contrário, com muito jeito de dedos, um carrinho, por exemplo. E toda a gente achava fantástico e inusitado o facto de ele gostar de o fazer e de o fazer tão bem. A ninguém parecia que tal facto seria uma peculiaridade passível de integrar o complexo de um diagnóstico. Ter manchas na pele ou seis dedos nos pés, sim, rodar objectos, não. As pessoas, interiormente, tinham uma demarcação precisa, mesmo que sub-reptícia, do que era passível ser material de diagnóstico e do que era apenas uma forma de comportamento estranha e, afinal, para todos os efeitos, eram estas coisas, não raras vezes repetia a avó materna, que nos diferenciavam, enumerando, para suporte de tese, as diversas excentricidades que haviam caracterizado cada um dos seus filhos até uma idade pré-púbere, sem que por isso eles fossem diferentes dos outros, no sentido pejorativo. A Marta não suportava que lhe pegassem ao colo, chorava baba e ranho, só comia comida esmagada com o garfo até uma idade muito tardia, e chorava cada vez que tinha de ir à casa de banho; a Joana, a irmã, tinha uma resistência muito elevada à dor (de tal modo que por uma vez confundiram uma apendicite com uma indisposição e quase que Deus a levava), não gostava de trocar de sapatos (se pudesse andava sempre com os mesmos e não era infrequente que os calçasse ao contrário sem que por isso se queixasse) e tal era normalmente atribuído a grande resistência à dor que lhe era marca registada. Tudo paranormalidades que nem por isso as desviavam do carril da integração mais ou menos conseguida no meio em que habitavam e, posteriormente, no restante mundo que cada uma abraçara voluntariosamente e no qual contavam realizar-se. Para Rogério, desde que a Internet havia deixado de ser uma curiosidade para passar a ser um manancial quase infinito de informação, rodar objectos não era, doravante, uma coisa entre outras que uma criança pudesse fazer, uma estranheza que desse alguma cor à normalidade acinzentada. Rodar objectos era, para Rogério, um sintoma. Um sintoma de uma coisa que nem ele conseguia expressar bem, porque, por um lado, desconhecia a inteireza das consequências que advinham de semelhante designação e porque, por outra parte, lhe era difícil dizer qualquer coisa que pudesse, como um ferro ardente, marcar indelevelmente o futuro de Henrique. Nomear é chamar uma coisa à realidade, e esta, depois de convidada a instalar-se, bebe os melhores vinhos que temos, peida-se à mesa, apalpa a anfitriã e desaparece à noite, num carro descapotável, com a filha mais velha da família e regressa pela manhã com um simulacro bêbedo e desbotado da rapariga acertada que crescia à sombra da leitura. Rogério tinha uma intuição do nome a dar ao que Henrique tinha, mas tinha medo de dá-lo. Tinha medo de partilhar esse medo com Marta, não fosse ela sucumbir à voragem da Internet e ler meio mundo até sucumbir a um terror cognitivo que lhe tolhesse os movimentos e a vontade. Mas era impossível, a Rogério, esquecer o que havia visto e era-lhe igualmente difícil admitir que o que tinha visto e lido se adequava ao seu filho, e que talvez o seu filho fosse mais especial que normal e mais diferente do que ambos desejariam que ele fosse.

Além de rodar objectos, Henrique fazia um movimento de braços, de cada vez que estava excitado ou que queria demonstrar satisfação, que Rogério havia encontrado algures numa lista de sintomas, descrito como *hand-flapping*. À letra, abanar de mãos. Olhar para Henrique pelo filtro da Internet era trocar as lentes da normalidade pelas do diagnóstico e ficar surpreendido pela forma como, não trocando as coisas, se alteravam os seus estatutos, só pela coloração que algum conhecimento fornecia. Era terrível, porque além de rodar objectos, de não falar, de andar e de cair de formas estranhas, Henrique também evitava olhar nos olhos e era, de certo modo, um bebé frio, indiferente à presença de outros e pouco dado a imitar os adultos, a fazer as gracinhas que toda a gente estimula na criançada para que o cirquinho da pequena infância fique montado para apreciação geral. Henrique não fazia adeus — já fizera —, não cantava a música da galinha e do ovo nem lhe fazia o *karaoke* da coreografia, não mandava beijinhos, não dizia que tinha sede, fome, frio ou sono, não abraçava a mãe ou o pai nem lhe importava em demasia que eles estivessem ou não presentes e andava, desde há algum tempo, a fazer alergias a fotografias e a tudo quanto implicasse um contacto com o olhar alheio.

Desde que a educadora levantara a lebre da possibilidade da diferença, Rogério não tinha deixado de colocar a hipótese. Primeiro como uma coisa absurda e perfeitamente alarmista e, pouco a pouco, afastado o repúdio inicial, como uma possibilidade cada vez mais concreta. A tudo isto faltava o corolário de um nome. Rogério já sabia qual era, mas, por todos os motivos do mundo, não queria dizê-lo.

Para Marta, o conhecimento não vinha de forma tão definida, tão marcada por *checklists* de sintomas ou ditirambos *wikipédicos* sobre esta ou aquela enfermidade. Marta socorria-se do seu instinto de mãe como instrumento de diagnóstico. Sabia que Henrique tinha diferenças marcadas, mas não estava ainda convencida de que Henrique era diferente. A revolução copernicana, através da qual Henrique veria o seu estatuto alterado, não chegara ainda, mesmo que Marta lhe formulasse a possibilidade, por mais de uma vez, quedando-se curta apenas no nome a dar à coisa.

Dentro de ambos, dentro do carro, ia crescendo uma angústia que estava batida sobre um terceiro ocupante ausente. Marta e Rogério, cada um para o seu lado, deixavam-se ir em considerandos sobre o Henrique que talvez decorressem da sua ausência, da distância que dele haviam criado naquele dia e que permitia, por contraste, que nele pensassem tão activamente. No fundo, e calados, cada um deles queria falar o mais que pudesse sobre todas as dúvidas que o assaltavam, em incertezas de apaixonado. O silêncio sobrevivia pelo medo que cada um tinha de acender o rastilho de uma conversa cujos sentido e finalidade eram imprevisíveis.

Rogério tinha uma frase entalada na garganta. Tinha-a desde que entrara no carro e que se pusera a pensar no filho. Não sabia como dizê-la, nem quando, nem se seria capaz. Não sabia preparar o terreno. Para ele, homem dotado para a oralidade, era ainda mais depressivo e frustrante que não a conseguisse materializar. Mas as consequências de dizer as coisas, de as chamar pelos nomes, aterrorizavam-no. Rogério lembrava-se da primeira vez que tinha dito eu amo-te a alguém, neste caso a uma namorada da adolescência que lho arrancara a ferros, e lembrava-se da dificuldade que tinha tido para dizer uma coisa aparentemente inofensiva e de todo verdadeira. Era uma dor de parto, se lhe fosse permitida a comparação. Ele queria exteriorizar e sentir o alívio da comunhão intersubjectiva da sua verdade pessoal. Aquilo vinha de dentro como um vómito, em crescendo, a gente quer porque vai ficar melhor e não quer porque ficar melhor é no futuro e, para isso, tem de se passar pela angústia do presente e é tudo confuso e a coisa vai e vem aos repelões até que sai, até que por fim sai, enquanto pensamos que vamos morrer naquele instante preciso, e não morremos, por milagre apenas não morremos, apesar do suor, das palpitações cardíacas e das dores, não morremos e até ficamos melhores, subitamente melhores, mais leves, mais optimistas e mais felizes.

Rogério e Marta, fechados no carro, entre a praia e a casa dos pais de Marta, alimentavam em surdina a urgência de falar e o medo de o fazer. Cada um, secretamente, acalentava a sua fantasia, que versava a possibilidade de alguma coisa acontecer ao carro, por exemplo, que os salvasse de terem de falar. Marta pensava que seria possível dar um toque suave no carro anterior ou posterior ao deles, o suficiente para partir um vidro ao carro alheio sem que ao deles sucedesse nada, o suficiente para preencher uma declaração amigável, entre sorrisos e declarações de compreensão mútuas e intercambiáveis. Assim se perderia o resto da noite, ficando talvez a sensação de que as coisas não podiam ter corrido pior, mas a verdade é que Marta acreditava que só uma desgraça menor podia salvá-los do desastre absoluto de terem de falar, de ela própria iniciar uma conversa que não sabia como iria ser recebida por Rogério; talvez ele encolhesse os ombros e lhe desvalorizasse a urgência e o tom trágico, talvez, na pior das hipóteses (a qual ela em segredo também desejava), ele se risse, gozasse com ela, com a sua paranóia aberrante, que transformara um miúdo normal e saudável num enrolado de esparadrapos e de etiquetas, e depois de lhe descer o rubor do escândalo talvez Marta concordasse e depusesse toda a confiança em Rogério e naquela segurança absoluta que lhe permitia demitir dúvidas legítimas com escárnio declarado e cinismo incontido.

Para Rogério, tudo se resumia já, decisão tomada, ao momento do pára-arranca em que assumiria o ónus da conversa. Não aguentava mais silenciar e chegava a um ponto em que o horror da nomeação era suplantado pela angústia que lhe crescia na garganta, que ameaçava entupir-lhe a fala para sempre, se não fosse desfeito pela ejaculação tardia de uma frase capaz de estilhaçar a redoma de silêncio que sobrevivia ao barulho dos motores e das buzinas.

Queria falar-te do Henrique, Marta.

Era a primeira coisa que ambos ouviam dizer um ao outro desde que haviam saído da praia. Marta, tomada pela surpresa de verificar que, possivelmente, ambos tinham vindo a pensar no mesmo, sentiu-se sacudida de um frémito, daqueles que escolhem a espinha para galgar com celeridade o corpo até se aninharem no cérebro, no local exacto onde se podem entreter a estimular o medo, e Marta ficou-se, hirta, com os pés bem calcados no chão movediço do carro, à espera do resto.

Eu acho que o Henrique,

E neste momento Rogério sentia-se tal qual o adolescente enfartado com a bola de pêlo do eu amo-te, as lágrimas desciam-lhe dos olhos, sem que ele fizesse por isso, e o resto da frase viria ao sabor das contracções, sem epidural, sem anestésico, a violência toda cuspida numa naturalidade de gato embaçado e Rogério, sacudido pelo choro,

Eu acho que o Henrique é

Faltava só uma palavra, era o parto ao contrário, já tinha saído o corpo todo e faltava unicamente a cabeça da frase, o cérebro da frase, o complemento que dava o significado integral à frase, e Rogério, como um carro que desaprendesse de arrancar à primeira, soluçava num martírio solitário as sílabas, até que a frase, gradualmente, fosse na cabeça só som, perdesse o contorno do significado e fosse apenas a música aleatória que as consoantes fazem quando se acasalam com algumas vogais seleccionadas, e Marta, do seu lado, esperava pelo fim da frase com os pés bem calcados no chão do carro, com as mãos a agarrarem os estofos com a força possível, com todo o corpo eriçado, como um gato a quem quisessem tirar da caixa, no veterinário.

O Henrique, Marta, eu acho que ele é autista.

Assim, de chofre, sem a preparação propedêutica de uma lição sobre o fenómeno do autismo, sem a preparação clínica que um diagnóstico desta natureza poderia envolver, sem o psicólogo, o assistente social, o pediatra, a mãe e o pai, para desdizerem, com base nas milhentas histórias de crianças que não falaram até quase aos seis anos e que, de repente e sem motivo, começaram a papaguear tudo quanto ouviam e a debitar sermões infindos, sem a almofada de um técnico de saúde que dissesse, mesmo sem significá-lo, lamento, sem o conforto do diagnóstico alheio, sem o chão que ainda há pouco, para ambos, se estendia sem fim sob os seus pés.

Marta trocava em acto contínuo a rigidez da postura pela flexibilidade das lágrimas. Em pouco tempo, a tensão no carro ia-se dissipando e dando lugar à tristeza que parecia querer fazer ninho perpétuo em cada um deles. Marta, surpreendida apenas por estarem a pensar na mesma coisa com nomes diferentes,

Eu sei.

E finalmente aquilo tinha nome, um nome que soava a agressão, a incerteza e a insegurança. Tinha-se operado a inversão pela qual o Henrique deixava de ser uma criança normal com peculiaridades, para passar a ser uma criança especial com aspectos comuns a todas as crianças. Era a revolução copernicana a operar a reviravolta do centro gravitacional e a submeter qualquer visionamento futuro à escravidão da perspectiva que acabara de se instalar.

Ambos enfrentaram o resto da viagem com o estoicismo possível. Ambos calados, como se o término do caminho não fosse a casa dos pais de Marta, mas o matadouro ou a morgue. Passado o choque inicial da nomeação, quedara-se instalado um silêncio que ia e vinha sob a capa espessa da música aleatória da rádio e dos inúmeros barulhos que os carros, à frente e por detrás deles, faziam. Até casa dos pais de Marta, mantiveram-se ambos assim, a choramingar em silêncio, cada um para o seu lado, como se fosse impossível partilhar num registo adequado a explosão de possibilidades que adviera da menção da palavra autista. Por uma vez roçaram as costas das mãos, involuntariamente, quando Rogério conseguira por fim pôr uma segunda e Marta baixar o volume da música, e nem isso chegou para que olhassem um para o outro. Marta sabia que Rogério lacrimejava e Rogério sentia o choro de Marta. Nenhum deles estava preparado para ser o conforto do outro ou para levar mais longe o jogo das explicações. Ambos queriam que o carro chegasse ao término do caminho ou que o caminho chegasse a um fim, o que quer que acontecesse primeiro.

Quando finalmente aparcaram, à porta da casa dos pais de Marta, vinham ambos destroçados, mas secos. O frio da noite percorria-lhes o corpo com língua de gelo e apressaram-se a fechar o carro para se meterem no prédio, directos ao terceiro frente.

À espera deles estavam Amélia e Abílio, ambos a ver um programa do qual se queixavam por razões diferentes, e o pequeno Henrique jazia adormecido no sofá mais pequeno. Amélia, olhando para a cara da filha e do genro,

Meus Deus, que se passou com vocês, que estão com uma cara que nem vos conto?

E Marta e Rogério olharam um para ou outro, inexpressivamente, e Marta,

Olha mãe, nem sabes, o Rogério foi assaltado.

Amélia levava as mãos à boca e Abílio levantava-se do sofá para ouvir melhor.

Assaltado?

replicava Amélia, que deixara as palavras passar pelos postigos dos dedos.

Marta, mais descontraída, concluía,

Sim, mas só levaram uma toalha; sentem-se, que vos vou contar.

UM ANO, SOZINHOS — III

Estou?

Sim, olá, sou eu.

Não, acordámos já há umas horas, tenho estado aqui com ele na brincadeira.

Sim, hoje está a correr bem.

Já sabes que é preciso estimulá-lo, ele não dá nada de graça.

Agora? Está a ver uns desenhos.

Ó Rogério, é só uma meia hora.

Até que me recomponha.

Eu sei que combinámos que não haveria desenhos.

Mas eu tenho necessidade de ter um momento para mim durante o dia todo.

Ou pensas que é fácil estar aqui a estimulá-lo durante dez horas de seguida?

As terapeutas, ah, ah, ah, ah, ah.

As terapeutas vêm uma hora por dia e não é todos os dias.

Quem é que achas que toma conta do barco quando elas não estão?

Às vezes tenho a sensação de que não vês o óbvio e de que não me dás o devido valor.

Eu estou calma, Rogério, eu estou muito calma, para aquilo que me tens estado a dizer.

Ou melhor, a acusar.

Queres trocar?

Queres vir tu para casa, que eu vou trabalhar?

Queres vir tu reinventar-te de dez em dez minutos para te assegurares de que estás a fazer tudo quando é humanamente possível para chegar a ele?

Não me venhas com a conversa de que eu chego melhor a ele do que tu.

Isso é uma conversa de merda.

É uma justificação de merda.

Eu não quero ouvir essa merda.

E depois? Ele não fala!

Estás com medo de que a primeira palavra que ele diga seja merda?

Quem me dera que fosse merda!

Eu passava horas e dias a repeti-lo, se ele dissesse um dia, merda, merda, merda, merda, merda.

Ouviste?

Estás escandalizado?

Eu estou calma.

Eu estou calma, Rogério, tu é que me tiras do sério.

Vou desligar, não estou para te aturar.

Porquê?

Porque é que havia de te dar ouvidos?

Não, Rogério, isto não é a três, é a dois.

Estás enganado, só participa quem cá está.

Ouviste?

Não penses que entras no projecto só porque avanças com algum dinheiro.

Eu estou sozinha com ele o dia todo, ouviste?

Não sabes o que é isso.

Sozinha a tentar que ele diga qualquer coisa.

Que faça um xixi, um xixi somente na casa de banho.
Já nem queria que fosse na sanita.
Podia ser na tijoleira da casa de banho, que eu beijava-o todo.
Um só que fosse, Rogério.
Sabes o que é ter isso como máximo objectivo?
Claro que sabes.
Aí desse lado deve ser fácil saber tudo.
Olha, eu vou desligar, Rogério.
Não quero interromper o desenrolar do teu valiosíssimo contributo.
Não, vai trabalhar, que eu vou fazer o mesmo.
Não te preocupes com a gente, ficamos bem.
Já o vou trazer para o quarto para brincarmos.
Já consegui descontrair, graças a ti.
A tua prestabilidade é inestimável, Rogério.
Qual cinismo?
Deixa-te de merdas.
Pois desliga.
Estás à vontade para desligar.

Idiota.
Idiota chapado.

Anda amor, anda com a mãe
Vamos brincar?
O que queres fazer?
Vamos brincar com os carros?
Diz carro
C-A-R-R-O
Vá, diz lá só uma vez

C-A-R-R-O
Tu já disseste uma vez, há tempos
Lembras-te, amor?
Olha para mim
Olha para mim, Henrique, pára de rodar isso
Diz qualquer coisa para a mamã
Diz qualquer coisa, só para a gente saber que vale a pena
Que ainda estamos aqui vivos
E que isto ainda quer dizer qualquer coisa
Porra, Henrique, merda!
Olha, diz merda
Diz M-E-R-D-A
Para o teu paizinho
Diz-lha quando ele meter a chave à porta e te vier dar um beijo
E se esquecer
Como se esquece sempre
De me dar um a mim

URGÊ CIAS — III

Mas quem é que te disse isso, de onde tiraste essa ideia? Estamos aqui à espera há que tempos e não soubemos ainda de nada; quem te disse isso?
A Marta, acabado que estava o cigarro, tremiam as pontas dos dedos, tremia de um nervoso miudinho que devia reflectir o que dentro dela se passaria numa potência infinitamente superior. Incapaz de expressar-se com adequação num registo apropriado ao contexto, Marta deixava-se estar, encimada nos seus saltos altos, tremelicando um pouco por toda a parte, como um campo de bambu onde lavrasse o vento, e dizia baixinho, como a repetir um mantra ou uma convicção,

Ele está muito mal, ele está muito mal, ele está muito mal.
E aquilo ia-lhe saindo assim, em transe, a despeito de Rogério lhe sussurrar que não, que ele ia ficar bem e que ela estava só a ter um ataque de pânico ou uma natural crise de fé (quem não a teria ao fim de tanto tempo à espera), ela devia até estar cheia fome, devia ter sede, devia ter vontade de fazer um xixi, pelo menos, ambos se descuidavam das necessidades mais básicas porque serviam os interesses superiores do cuidado e da paternidade, mas não podiam olvidar-se de todo de que tinham um corpo para gerir, um habitáculo para a preocupação, que precisava de cuidados permanentes para não empanar, para não dar de si, como acontecia obviamente com Marta.

Rogério pensava em conseguir para Marta um copo de água com açúcar ou outra coisa qualquer com a qual ela pudesse entreter a tensão emotiva, mas não podia deixá-la sozinha, ali, num delírio a custo contido pela compostura social, que podia, a qualquer altura, fragmentar-se. Com algum receio, Rogério ia abraçando Marta, devagar, torneava-lhe o pescoço com os antebraços e tentava puxá-la para si, para que ela de algum modo encontrasse nele ninho e sossegasse, como quem volta a casa, para que ela deixasse de dizer aquelas tontices que nasciam da tensão e da fraqueza.

Ele está mal, ele está muito mal, ele vai morrer, Rogério, eu sei que ele vai morrer.

E encravara nisto, Marta, encravara nisto sem saber como sacudir ligeiramente o mecanismo que fazia a agulha mudar de registo, e Rogério, tanto quanto conseguia, abraçava-a para a confortar, dava-lhe a volta ao corpo e abrigava-a, e nem assim ela parava de repetir que o pequeno Henrique estava mal, que estava perdido, dizia ela, morto, que tudo ia acabar ali e agora e que não valia a pena sequer esperar pelos médicos, porque esses eram uns pulhas que não tinham a coragem necessária para comunicar a morte sem ser com os olhos fixos num ponto do chão onde escondiam um pensamento privado reconfortante.

Olha Marta, a gente vai saber dele, a gente vai outra vez até àquele intercomunicador e só saímos de lá quando nos atenderem, não fiques assim, por ora não sabemos de nada e não vale a pena antecipar o pior; não fiques assim, por favor.

Marta não estava para ser demovida por palavras. Ela toda tremia à superfície, numa antecipação de réplica e, com as mãos a cobrirem-lhe os olhos, ia repetindo o mantra a que Rogério começava a ganhar especial fastio. Com ambas as mãos, Rogério segurava-lhe nos ombros e tentava sacudi-la daquele transe. Devagar, a princípio, com medo de magoá-la ou de assustá-la, um pouco como se despertasse um sonâmbulo da sua correria nocturna e, verificando que Marta pouco ou nada cooperava, Rogério endurecia progressivamente o método, confiando em que de uma forma ou de outra haveria de conseguir tirá-la daquela hipnose auto-induzida. Pouco a pouco,

Ele está mal, ele está muito mal, ele vai morrer.

Rogério ia, também ele, começando a entrar no pânico de Marta, em vez de tirá-la de lá, porque era difícil não ceder, era difícil, mesmo que com camadas e camadas de progresso toscamente pinceladas por cima do lombo, não dar ouvidos àquele xamanismo primário que Marta parecia oferecer a quem quer que a rodeasse, e em primeira instância a ela própria, não ceder ao sufrágio do desespero, porque também a Rogério começava a pesar a fome, e a sede e a falta de uma informação que o sossegasse, e de um momento para outro, Rogério, também ele a perder o controlo,

Ele está mal, ele está muito mal, ele vai morrer, Rogério, eu sei que ele vai morrer.

Abanava Marta com violência e enquanto o fazia chorava, e com o choro ia perdendo as forças ou o ânimo, e quando dava conta estavam os dois parados e abraçados, Marta imersa na lengalenga de onde não conseguia sair, nem sozinha nem à força de esticões de braços; e Rogério, ele também exaurido, começava a sentir um tremelique a varrer-lhe os dedos, um sinal claro de fraqueza, o resto de uma tensão ou de uma fome,

Ele está muito mal, Rogério.

Aos poucos ambos deixavam que os membros inferiores flectissem, num abandono consciente, e iam-se deixando cair, Rogério a abraçar Marta, a não deixá-la, a fincar nela a mão para não permitir que aquela viagem contranatura se tornasse permanente, Rogério a trazer Marta para si enquanto folgava os joelhos para que ela lhe caísse no colo quando finalmente Rogério chegasse com as nádegas ao chão, e ambos, improvisando aquela coreografia de difícil sincronismo, acabaram sentados, Marta por cima de Rogério e este a sustê-la, a abraçá-la, a conter-lhe a fuga, e assim se deixaram estar, como dois vadios ou dois drogados, a empecilhar a porta das urgências, sob o olhar desconfiado e autoritário do segurança, tempos dos quais não tiveram noção, à espera que Marta fosse encurtando o seu mantra. O tempo em que estiveram assim, num enroscar de caracóis, serviu para que ambos purgassem as neuras que cada um nutria. Já conseguiam pensar em levantar-se para, sobretudo, gizar um estratagema pelo qual conseguissem obter alguma informação sobre o estado de saúde de Henrique, que, até ver, era grave, sem outra especificação que lhe desse uma cara.

Marta, estás melhor?

dizia Rogério.

Estou, estou melhor, desculpa, estou melhor.

Não faz mal, não te preocupes, é o *stress*, é este tempo todo aqui sem informações, sem comida, sem bebida. Olha, eu preciso de ir à casa de banho.

Marta sacudia o vestido do pó que pudesse ter apanhado no contacto com o chão e arranjava-se, puxando de um lado a outro a roupa, que, no processo de queda controlada, tinha ficado fora do lugar. Rogério olhava à sua volta, a tentar perceber se as poucas pessoas que esperavam nas urgências, numa letargia de mamíferos hibernantes, se haviam dado conta da pequena cena que ambos tinham protagonizado. O segurança sim, o segurança dera pelo número e se bem que, pela quantidade de vezes que os tinha mirado de esguelha, não lhe agradasse que dois descontrolados se prostrassem às portas da sua urgência, impedindo, por exemplo, que uma maca ou que um acidentado pudessem entrar sem perder o tempo necessário a contorná-los, optara por não dizer nada, em parte porque o dia estava inusitadamente calmo e em parte porque simpatizava, mesmo sem perceber a raiz do problema, com o sofrimento de quem esperava do lado de cá da porta. Enquanto Rogério voltava lentamente a si, de cabeça baixa e a sacudir o pó das calças,

Marta, eu tenho de ir à casa de banho, ficas aqui dois minutos?

verificava igualmente que a sua pergunta não obtinha resposta e, imaginando que Marta precisava de mais algum tempo para digerir o desconsolo que os acometera ainda agora, Rogério continuava a sacudir-se, a pôr-se apresentável, não tivesse de fazer uma cara feia a um médico mais afoito que lhe quisesse tirar a pinta pelo olhar, e,

Marta, ficas aqui?

Marta não respondia, e Rogério achava estranha a sua demora em soltar um sim ou um não descomprometido, pelo qual terminassem aquela porção inútil de conversa, e Rogério interrompia o vaivém das mãos nas calças para olhar para Marta, para lhe auscultar pela expressão se valia a pena esperar uma resposta e, quando se havia recomposto da tontura que está sempre implicada no levantar brusco da cabeça, verificou que Marta não estava nas suas imediações.

Marta dirigia-se numa determinação de tsunâmi para a porta das urgências, a porta da campainha, do intercomunicador, a porta dos códigos, e mal acabava de lá chegar, passando por todos aqueles que esperavam, de um lado e de outro, como se não existissem, pôs o dedo na campainha e deixou-se estar, como se a campainha fosse um fio descarnado e ela lá ficasse agarrada por via de uma corrente eléctrica incessante. Rogério, do lado de fora, só conseguia dizer,

Marta!

num tom e num volume absolutamente normais, como se ela estivesse ali mesmo, à mão de chamar, por assim dizer, como se ela estivesse no mesmo local onde ainda há pouco ele lhe confessara a necessidade de usar a casa de banho, sem se dar conta, agora mesmo, de que Marta dificilmente o ouvia, não só pela distância que os separava mas também, e sobretudo, pela estridência que a campainha fazia, vergada pelo indicador teimoso de Marta.

Marta, que fazes?

Insistia Rogério, à distância, cansado, com as mãos nos joelhos como se retomasse o fôlego de uma meia-maratona e, enquanto tentava sacudir de si próprio a modorra que lhe tolhia os movimentos, dava pelo segurança a olhar para Marta, a não lhe tirar os olhos de cima, o segurança que devia ter um relógio biológico interno que o alertava para o limite de tolerabilidade de uma acção daquele tipo, o segurança que devia estar treinado para dissuadir as pessoas de usarem as campainhas daquela forma, se não atendem é porque não podem, porque estão todos a conter uma enxurrada de sangue ou a suturar uma perna no seu legítimo dono, não é porque tenham feito da antipatia a marca d'água das urgências, o silêncio não é o estilo local, é o trabalho, é o recompor os filamentos pelos quais a vida vai mantendo contacto com as paredes que contêm a morte faminta de tudo devorar num deglutir de pássaro, é o trabalho que os ocupa, que os mantém afastados das campainhas e das respostas, porque se não respondem é porque não podem, é porque não podem.

Marta parecia alheia ao conceito que o segurança tentava, em vão, transmitir-lhe pela osmose de um contacto ocular. Marta estava determinada a não abdicar de uma resposta, de uma resposta qualquer, de uma resposta acerca do filho dela, de como ele estava, nem que fosse uma resposta curta, indisposta, nem que fosse uma resposta à qual ela tivesse de juntar, no fim, um pedido de desculpas pela insistência, nem que fosse uma resposta atravessada, uma resposta que lhe enumerasse num detalhe visceral o procedimento que acabariam por ter de interromper nas entranhas de alguém, porque a campainha não os deixava concentrar o suficiente para saberem o que cortar e saberem o que coser; a Marta era indiferente quem teria de pedir desculpas e quando, desde que ela ficasse a saber, sem grandes demoras, o que tinha acontecido ao Henrique e como ele estava. À volta de Marta crescia o burburinho. Quem esperava, como ela e Rogério, por notícias do interior, não estava alheio ao facto de a acção de Marta revelar, de certo modo, uma insubmissão, que podia, acaso continuasse, raiar a insurreição. E se havia um grupo que, ora por palavras, ora por anuência gestual, apoiava a revolução de caserna naqueles modos impróprios e ruidosos, havia outros que repudiavam liminarmente o feito, ora deixando no ar os seus bitaites sobre a propriedade indispensável da educação, ora acenando com a cabeça um não austero, com o qual se distanciavam socialmente da criatura visada e dos seus modos.

Rogério conseguira alguma energia para ir ao encontro de Marta e tentar dissuadi-la daquilo. Era uma maluqueira, talvez uma maluqueira com sentido, mas uma maluqueira, ninguém atende do outro lado, nem se sabe para que foi criado o intercomunicador, talvez haja até um código pelo qual eles comunicam, um espécie de toque em morse, três toques curtos, dois longos, um curto, para que lá dentro eles saibam que não é um pai ou uma mãe à beira do desespero mas alguém de dentro, alguém que é dos seus, dos deles, daqueles que, aparentemente, vivem no interior opaco e selado das urgências, protegidos do que poderá ser a inoportuna curiosidade dos familiares a quem eles prestam o serviço de recauchutar os entes queridos.

Marta, por favor, o que estás tu a fazer?

Marta, sem responder, deixava-se estar com o dedo calcado no botão da campainha, que gania tanto quanto lhe era possível a estridência de um chamamento para dentro das urgências, onde, pelos vistos, não acontecia nada.

Marta!

Era inútil tentar chamar à razão quem acha que já se encontra nela. O segurança, encostado ao átrio de entrada, ia abanando a cabeça e coçando os sobrolhos com o polegar e o indicador, consciente, desde logo, do cansaço e do trabalho que poderiam advir da sua intervenção. As pessoas, consoante a facção que apoiavam, iam encorajando ou reprimindo Marta, e em pouco tempo estava instalado um pé-de-vento naquele átrio minúsculo, onde os gritos já não se referiam directamente a Marta ou a Rogério, mas a quem estivesse do lado oposto da barricada.

Marta, por favor, já viste a confusão que está criada? Não queres parar por um instante?

Rogério dizia aquelas palavras nervoso, irritadiço, com vontade de pegar no braço de Marta e de torcê-lo até às costas e de levá-la dali para fora, mas ela mantinha-se firme e composta, como quem se tivesse delicadamente esquecido do dedo na campainha, uma falha transitória do mecanismo de educação, um simples desvio involuntário da norma, uma ninharia.

Dois dos velhos encetavam com outros dois velhos uma discussão sobre a importância da educação e a importância da audácia, e esgrimiam argumentos que tinham que ver com a antecedência do respeito. Se os médicos e o sistema de saúde em geral não respeitavam quem ali perdia anos de vida numa espera incompreensível por uma notícia qualquer, porque haveria a garota — como lhe chamavam — de ser mais educada do que eles? Do outro lado retorquia-se com o argumento pelo qual as prioridades médicas tinham a mesma questionabilidade do que os desígnios de Deus.

Se não sabemos o que eles estão a fazer mas sabemos que é importante, quem somos nós para questionar a oportunidade que eles têm ou não de atender uma campainha? Primeiro trata-se da vida, meus senhores, da vida em risco, da vida sustida apenas por uma filigrana generosa mas delicada que requer cuidados imediatos, e só depois se vêm trazer notícias aos vivos, que esses podem bem esperar na inteireza da saúde, esses não precisam de atenção imediata, esses, no máximo, precisam de esquecer que pai e mãe os mimaram em demasia e de aprender, se não for tarde, a virtude da paciência, porque é pela paciência que se ganha a alma, meus senhores, é pela paciência que se ganha a alma. Os ciganos, por sua vez, sem entrarem em demasia na argumentação, não deixavam de dar a aprovação ao acto de rebeldia, eles que também lá tinham uma pessoa, um ancião, um homem de idade ao qual os rins tinham falhado repentinamente, que precisava de uma operação complicada e sobre o qual já não sabiam nada há quase um dia, eles davam força a Marta, diziam-lhe que continuasse, que incomodasse os sotôres que lá dentro deviam passear os doentes pelos corredores e pendurar uns saquitos de soro, para além de se enfiarem em salas fechadas a comer do bom e do melhor enquanto quem sofria,

Ó Marta, estás-me a ouvir, pára com isso!!!!

ficava ali dentro, entregue à benesse de uns carinhos de enfermeira, se nesse dia elas para aí estivessem viradas. E com ciganos era pior, diziam, com ciganos não há respeito, tratam os ciganos piores do que gado de feira, não dão respostas, não dão sorrisos, olham desconfiados, como se os ciganos estivessem ali para lhes palmar a carteira.

O segurança estava definitivamente convencido de que o problema não se ia resolver por si e dispunha-se a intervir, num formato ligeiro, afinal sempre era uma mulher e uma campainha, nada de mais, assim

que conseguisse parar com a buzinadela aquilo tudo amainava, era como acabar com o líder da matilha, esta imediatamente se desmembraria e ele podia voltar a mandar e a receber mensagens de texto pelo telemóvel e a dizer escuto, alfa bravo, pelo intercomunicador do rádio, porque não era para aquilo que lhe pagavam.
Marta oscilava entre a determinação e o desespero. Os minutos que passara a calcar o mamilo da campainha transformavam-se, quanto mais ela esperava, numa forma rebuscada de destruição da auto-estima. Toda a gente à sua volta já havia feito dela tema de conversa, e nem assim, depois de tanto ganido de campainha, aparecia alguém do outro lado a mandar à merda ou a perguntar o que quer que fosse. O pé direito dela sapateava o chão, como os miúdos quando fazem birra. Toda ela voltava a estremecer e, sem aviso prévio, desatara, com a mão que tinha livre, a dar murros na porta e a gritar para que a ouvissem. O comportamento de Marta fizera subir o volume das conversas e ouvirem-se os incentivos e as reprimendas com mais frequência e intensidade. Quem assistisse ao desenrolar dos acontecimentos ficava com a sensação de que um motim estaria em curso. A adrenalina gerava adrenalina e, não sem alguma surpresa, já um dos velhotes que estava do lado dos amotinados se aprestava a pontapear a porta para ajudar Marta a obter uma resposta do outro lado, enquanto um dos velhotes da facção oposta se levantava, tão depressa quanto o corpo lhe permitia, para dar conta dos indecentes actos praticados por aquele ajuntamento de vândalos, contra quem, a despeito de ordenados ou de cansaço, lutava todos os dias para salvar vidas.
O segurança já ladeava Marta,

Minha senhora...

E Rogério apenas pensava em como tinha deixado que as coisas chegassem ao ponto ao qual tinham chegado, com Marta a gritar, a tocar a campainha e a socar a porta, tudo ao mesmo tempo, um dos velhotes a alçar a perna para se desforrar da espera, num arremedo de Chuck Norris, a velhota do velhote a levar a mão à boca de preocupação, e o outro velhote pronto a intrometer-se entre a perna do primeiro e a porta, para salvar a honra do convento medicinal, enquanto os ciganos, com a intervenção do segurança, mudavam repentinamente de campo e começavam eles próprios a desdenhar de tudo o que tinham dito, a dizerem que era pelo respeito que se chegava a algum lado e não pela invasão indevida dos espaços,

Marta, vou tirar-te daqui, quer queiras quer não

E Rogério agarrava Marta pelas costas, enquanto o segurança, atarantado, lhe perguntava se precisava de ajuda, e Rogério dizia que não, que cuidasse dos outros, dos velhos, do barulho, que ele tratava da mulher e, mesmo dando-se o caso de Rogério ser mais pesado do que Marta, e provavelmente bastante mais forte, o máximo que conseguia era arredá-la um metro para trás, para logo ela recuperar a distância e voltar a tocar na campainha e a bater na porta, como se disso lhe dependesse a vida.

Marta, anda comigo, vá lá,

E Rogério esforçava-se por puxá-la enquanto o segurança acorria a outros fogos, tentado acalmar o velhinho que se prestava a interpor-se entre o outro velhinho de perna alçada e a porta, arriscando, mesmo que isso significasse algum sacrifício corporal, impedir que o lado dos vândalos ganhasse. O segurança, sem perceber de facto para quem o velhinho apontava quando erigia o indicador trémulo na direcção do monte de corpos que se acumulavam perto da porta, acabou por meter na cabeça que o velhinho se referia a Marta, e tentava acalmá-lo, fazê-lo sentar-se, esse era o plano, fazê-los sentarem-se todos, um de cada vez, nem que fosse necessário percorrer-lhes a todos o presépio dos egos e persuadi-los de que teriam de mudar de convicções e de comportamentos se quisessem manter-se naquele local, se quisessem ter uma cadeira onde esperar notícias dos seus familiares.

Marta, não vens a bem, vens a mal

Rogério, num último esforço, levantava Marta do chão e rodava-a no ar, enquanto ela esbracejava e se debatia, tentando arranhá-lo e gritando aflitivamente para que ele a largasse. Rogério, sem ver exactamente para onde se dirigia, com o cabelo de Marta a tapar-lhe a visão, fazia fé de que quem quer que estivesse à frente se desviava, e foi com grande surpresa que sentiu um impulso vindo de Marta, como se os seus pés houvessem encontrado um local firme onde exercer força, e a mesma surpresa deve ter entrado em Marta, que por momentos parou de se debater e olhou em frente, assim como Rogério, e a cena que contemplavam tinha como base o velhote do pontapé, que com a perna puxada para trás se deixara apanhar pelos pés de Marta e caía no chão desamparado, talvez de costas, talvez de lado, ainda não dava para adivinhar senão que aquilo ia ser doloroso, fosse de costas ou de lado ia doer, naquela idade muito especialmente, e quando se fez um silêncio involuntário e sincronizado, metade da sala seguia o percurso do velhote.

Quando o velho caiu no chão, com algum estrondo, toda a gente parou o que quer que estivesse a fazer e logo todos se dirigiram a ele e à senhora que o acompanhava, a esposa, com toda a probabilidade, que entretanto sofria da incerteza do desmaio e ora fechava ora abria os olhos, revirando-os sem os sincronizar com o fecho ou a abertura, e o velho gemia no chão, tinha caído de lado, antes isso, pensava Rogério, de costas teria sido pior, de costas teria ficado paralisado ou parvo, e assim pode ser que não tenha feito nada ou que tenha dado cabo de um ossinho qualquer que nem grande serventia oferece ao corpo, talvez partisse uma costela, talvez, pensava Rogério ainda com Marta presa, no ar, pelos braços, uma costela que dói muito mais que mata, uma coisa dessas, que, nos dias que correm, nem necessita de emplastro para ir ao sítio.

Acalmem-se todos!

gritava o segurança, que se abeirava do velho, cuja respiração oscilava entre o ofegante e o profundo, manifestamente tolhido pela dor, desencaracolando-se aos poucos como um pássaro acabado de nascer, o velho que gemia e arfava alternadamente e que chamava pela Maria dele, a mulher que acabava por não se decidir se ia ou vinha do coma *light* em que podia entrar a qualquer momento, e Rogério ia soltando Marta, que, mais comedida, olhava para o velho com consternação e não evitava um pedido de desculpas, que só ela ouvia, de tão frouxo que saía. Em pouco tempo o velho estava de novo sentado na cadeira, Marta pedia-lhe desculpas sinceras pela violência do choque e pela dor que lhe causara, e o segurança insistia em que o velho o seguisse até às urgências para fazer uma radiografia e ser visto por um médico, coisa que parecia um disparate perfeito a toda a gente, dado que estavam, para todos os efeitos, nas urgências, mesmo à porta das urgências, era só tocar e estaria toda uma equipa de médicos pronta a varrer o velho de taques, ecos e radiografias, se atendessem, se atendessem à campainha, claro está,

Ó chefe, mas a gente estamos nas urgências,

dizia um cigano como quem não quer a coisa, mas se vê forçado a exibir o óbvio sob pena de ver cometida uma ignorância ou uma injustiça, e o segurança, do alto da sua capacidade de diagnóstico, dizia que não, que as urgências eram do outro lado, que onde eles estavam eram a urgências graves, para gente que vinha dos acidentes ou das paragens cardíacas, não para gente que caía e conseguia levantar-se pelos próprios meios, essa gente tinha urgência própria, onde podia esperar com uma costela partida ou uma anca

torcida, ali não era o sítio indicado, ali eram só os casos graves e os casos muito graves, e para ele, segurança, o velho não se enquadrava nem nuns nem noutros. Lentamente as pessoas voltavam para os seus sítios e as conversas tendiam a esmorecer, tal como a tensão. Marta sentia-se aparvalhada, tanto com o que acabara de fazer como com as consequências do que acabara de fazer, e Rogério, além da vontade de ir à casa de banho, que não passara, estava cansado, fisicamente exausto e a precisar, no mínimo, de um chocolate para repor o nível de açúcar no sangue.
Quando todos retomaram os seus lugares, de um lado e de outro do átrio que dava para a malfadada porta intransitável, já Marta e Rogério, também eles sentados, ajeitavam a roupa, torcida pelo contacto físico entre ambos, no qual Rogério só conseguira uma vitória porque Marta era relativamente leve, pelo que não tivera dificuldades de maior em erguê-la.
Marta, olhando pela porta e fazendo uma pala com os dedos para melhor discernir por entre os raios de sol, via que os seus pais, apressados e esbaforidos, vinham chegando, sem que, no entanto, conseguissem dar por eles, pelo contraste de luz que existia entre o interior e o exterior das urgências.

Rogério, os meus pais estão a chegar.

E Rogério também mirava o exterior, que lembrava uma planície alentejana distorcida pelo sopro do sol que movia as coisas dentro do espectro da visão, e, ao longe, Rogério deu-se conta de que ambos chegavam, apressados e baixinhos, o Abílio a dirigir a Amélia,

Então e já lhes disseste?

Marta levantava a cabeça

O quê?

Que me vais deixar?

Marta baixava imediatamente a cabeça, deixava-se estar e soltava o ar que acumulara quando Rogério dissera aquilo e, de repente, como se tivesse desaprendido de respirar, virava-se para Rogério, a três quartos,

Não, e nem fales disso com eles, por favor. Agora não.

Quando?

Agora não.

O FABULOSO DR. MIGUEL RELVAS

O consultório do fabuloso Dr. Miguel Relvas estava situado num bairro menos popular de Lisboa. Conseguiam-se rendas mais módicas e granjeava-se a fama de aproximar do bairro pessoas mais decentes, que passavam a olhar a zona de outro modo, influindo positivamente sobre a auto-estima dos residentes. O Fabuloso Dr. Miguel Relvas tinha nome na praça, sendo conhecido entre os pediatras do desenvolvimento, mesmo que, para o caso, houvesse apenas meia dúzia em Lisboa e fosse difícil não tropeçar em qualquer um deles, quando se fazia uma qualquer pesquisa que envolvesse uma matéria na alçada dos seus domínios. Ainda assim tinha reputação, tinha fama de ser bom e de ter um centro de atendimento que parecia uma versão em miniatura da fábrica de chocolate do Willy Wonka. Marta e Rogério souberam, antes de lá ir, que coleccionava desenhos de crianças sobredotadas, pelos quais desembolsava pequenas fortunas em leilões muito especializados, de que quase ninguém tinha notícia. Até saberem disto, Rogério e Marta desconheciam em absoluto o mercado das obras de crianças sobredotadas e pensavam, com alguma inocência e ingenuidade, que a obra de arte, vivendo por si, competiria no mercado geral da arte e não numa secção particular, onde coabitava com a secção de quadros pintados com os pés e a secção quadros de sinestésicos áudio-visuais.

A montra do centro exibia parte da colecção do Fabuloso Dr. Miguel Relvas. Diferentes quadros e desenhos de diversíssimos estilos, sendo que alguns deles eram reproduções das obras de mestres antigos e outros eram decalques imagéticos de fantasias interiores privadas. Visto de fora, o centro de atendimento parecia uma galeria de arte onde se vendessem cópias e se metessem uns originais à mistura, um pouco como os concertos nos quais os músicos tocam músicas de outros músicos e aproveitam para encaixar uma própria, de vez em quando, para auscultar a reacção do público.

A entrada do centro estava polvilhada de balões e de serpentinas, de brinquedos coloridos e de pufes, para onde os miúdos se atiravam de barriga e ficavam a boiar numa atmosfera de esferovite. A gaiatada corria um pouco por toda a parte, era o desembarque fortuito numa terra do nunca, e os miúdos, além de correrem e de fazerem imenso barulho, tinham *puzzles* para brincar, carrinhos de toda a espécie em madeira e jogos de construção de tipo lego, mas em blocos de madeira.

Quando se sentaram, com o Henrique, tímidos, depois de anunciar que tinham chegado para a consulta, Rogério e Marta puderam apreciar vagarosamente o local e as pessoas que o ocupavam. O espaço, como já haviam imaginado, era o mais parecido possível com uma catedral da pequenada. As paredes baixas, pintadas de forma multicolor, balões, serpentinas, todos os cantos de todos os móveis eram redondos, redondos a pensar nos pequenos que lá podiam arranjar um galo numa brincadeira de apanhada. Os miúdos, esses, variavam tanto como a paleta de cores utilizada. Havia os mongolóides, imediatamente reconhecíveis pelas feições características; os hiperactivos, cujas ligeireza e frequência motora contrastavam com o pesar que os pais, cansados, gastos, portando olheiras que podiam, sem generosidade descritiva ou exageros, chegar-lhes aos joelhos, exibiam; havia os meninos das paralisias cerebrais variadas, a destilarem baba em pequenas cadeiras de

rodas, onde jaziam como se alguém os houvesse atirado, com toda a força, de encontro a elas; os autistas, esses, eram mais difíceis de catar a olho, porque nem tinham feições distintivas nem Rogério e Marta estavam habituados ao convívio com crianças que estivessem dentro do mesmo espectro do filho deles. Dir-se-ia que um miúdo, ao canto, que não tirava uma ponta da *t-shirt* da boca era um bom candidato para o grupo dos autistas, assim como uma gaiata muito bonita, que não parava de saltitar no mesmo sítio.
Rogério e Marta, pela primeira vez, sentiam-se acompanhados. Sentiam-se como se tivessem chegado a um país onde a normalidade era a diferença e, sob esse lema, haveria sempre alguém que os aceitasse e que lhes explicasse, tintim por tintim, de que padecia o Henrique, se o Henrique, de facto, padecia de alguma coisa, e o que podiam fazer, tão cedo quanto possível, para limitar quaisquer danos que pudessem ocorrer por desconhecimento de caso. Ali nem tinham medo de deixá-lo andar à sua vontade, e não raramente davam por eles a comparar o que ele fazia com o que os outros miúdos faziam, como se fosse possível, a olho nu e sem a bengala da instrução médica, avaliar a seriedade de cada caso e aferir-lhe o prognóstico.
Em cima de cada mesa, estavam diversos panfletos fotocopiados em papéis de diversas cores, nos quais se falava do centro e das diversas patologias para as quais propunha solução. Desde o défice de atenção até outras mais complicadas, das quais Rogério, com o panfleto nos dedos, nunca ouvira falar, como a Síndrome de Rett ou o Cri du Chat, havia um pouco de tudo. As pessoas do centro pareciam, aos olhos dos pais de Henrique, extremamente informadas e competentes, de tal modo que ambos admitiam, com naturais reservas, exprimir um sorriso de ocasião quando Henrique lhes devolvia a raridade de um olhar. Como não era frequente estarem com crianças de tão diversas procedências clínicas, tinham

algum receio. Tinham receio de olhar, porque não sabiam se os pais iam gostar ou se no olhar de ambos não seria possível ler, no sismógrafo das expressões, alguma disposição de traços faciais causada pela surpresa, que os embaraçasse. Tinham receio de ver nas outras crianças coisas semelhantes às que viam em Henrique e, em simultâneo, coisas piores, o que poderia ser a indicação de que o Henrique podia vir a somar essas às que já tinha e, em vez de evoluir, regredir. Tinham receio de se chocarem com o que viam e de passarem o resto da vida num espanto difícil de deglutir, pelo qual estivessem condenados, de ora em diante, a ver o Henrique por um prisma que misturava, em iguais proporções, incerteza e estranheza. Quando foram chamados ao gabinete do Fabuloso Dr. Miguel Relvas, encontraram-no sentado numa poltrona rotativa forrada a pele, a gatafunhar umas folhas com um aparo clássico, provavelmente a tirar um excesso de tinta ou a estancar o negrume de uma sangria. O Fabuloso Dr. Miguel Relvas, sem olhar para os três directamente, ocupado que estava com o seu pequeno aparo, fez-lhes sinal para que se sentassem nos pufes que tinham a disposição, à frente da secretária enorme, onde o Fabuloso Dr. Miguel Relvas tinha dispostos livros, revistas, material de escritório, canetas várias e papel escrito e por escrever, tudo numa desarrumação tal que dava a sensação de que o método de diagnóstico dele se baseava na quantidade de caos que uma criança podia provocar, num determinado intervalo de tempo.

Os três ocuparam os seus lugares nos pufes, e quando a recepcionista se retirou, sorrindo-lhes por uma última vez, ficaram à espera de que o Fabuloso Dr. Miguel Relvas acabasse de tirar ou pôr a tinta que escorria em golfadas da jugular da caneta, os três muito alinhados, muito pacientes, com Henrique a comportar-se maravilhosamente na presença do médico.

A sala era composta por três espaços distintos. Aquele, onde eles estavam e onde deviam decorrer as conversas entre o Fabuloso Dr. Miguel Relvas e os pais; um espaço com brinquedos, onde porventura os miúdos podiam gerir a ansiedade enquanto os pais recebiam a liturgia de um diagnóstico, e um recanto onde estava um quadro branco magnético com uma linha vermelha desenhada, com dois pufes à frente. Não sendo um espaço exíguo, também não primava pelo tamanho, e o facto de estar pintado de tantas cores diferentes e de exibir tantos e tão diversos padrões de papel de parede não ajudava quem não estivesse habituado a não enjoar, e não era fácil perceber como alguém podia passar ali o dia sem que, perto das duas da tarde, não acabasse por engolir a língua ou sucumbir de um AVC cromático.
O Fabuloso Dr. Miguel Relvas, acabada a luta que mantivera com o aparo, sorria e levantava-se. Era um homem muito alto e magro, um homem a quem apetecia pendurar um casaco no nariz afilado que possuía, uma torre de homem, muito escanzelado, muito saliente de ossos por toda a parte, com um aperto de mão vagaroso mas firme. Cumprimentava os três que se encontravam à sua frente, com cordialidade, e enquanto cada um dizia o nome, o Fabuloso Dr. Miguel Relvas ia olhando para a criança, que metera os dedos na boca para se entreter, enquanto ninguém fazia nada para a tirar dali.

Então,

dizia o Fabuloso Dr. Miguel Relvas,

o que é que os traz cá, para além da Síndrome de Asperger de que o vosso filho será portador, em grau muito ligeiro, prevejo, daqui a uns anos?

Rogério e Marta, embasbacados, não sabiam se da pergunta do Fabuloso Dr. Miguel Relvas se esperava uma resposta adequada, uma resposta qualquer ou se, pelo contrário, o Fabuloso Dr. Miguel

Relvas só aguardava, daqueles que tinha em sua presença, uma incontida e generosa admiração sob a forma de dois queixos caídos até ao nível mínimo da epiglote.

Se calhar, e em primeiro lugar, eu devia começar por explicar aos pais o que é a Síndrome de Asperger, para estarmos todos conscientes do que falamos quando falamos do prognóstico do seu filho, assim como das consequências que daí advêm. Mirificados, ambos olhavam para o Fabuloso Dr. Miguel Relvas com uma surpresa que de certo modo lhes continha na garganta a torrente de perguntas que cada um tinha para fazer desaguar sobre a secretária do médico. Rogério, com alguma sorte à mistura e recompondo-se pela invocação de uma dose de saudável cepticismo, dizia, enquanto apontava para Henrique, Doutor, como pode avançar com um diagnóstico, se nem olhou para o Henrique dez minutos sequer?
O Fabuloso Dr. Miguel Relvas esboçava um sorriso, um sorriso daqueles que se esgrimem em meia cara apenas, um sorriso de quem se sente a cumprir o seu papel, com louvor, numa encenação que ultrapassa os restantes actores e, levantando-se da cadeira onde estava, começava a deambular atrás da secretária, explicando o como e o porquê das coisas, como se desse uma aula, gesticulando com os dedos como se os dedos fossem metade da conversa,

Quando os senhores entraram, o pequeno vinha em bicos de pés, o que é um sinal clássico e evidente de uma PEA, uma perturbação do espectro do autismo,
e ajeitava os óculos, que lhe desciam aflitos pelo nariz, com os mesmos dedos com os quais expunha o mistério do acto do diagnóstico

e quando o sentaram, ele fez um movimento com os braços a que chamamos *hand-flapping*, que dissipou o que restava das minhas dúvidas, para além de ter entrado no consultório sem ter

tido a necessidade de ambientar-se e de verificar onde estava, porque não dá conta totalmente, quando submetido a uma mudança brusca, do exterior e das diferenças que se vão materializando; e, também, *last but not least*, pelo facto de o garoto não falar, com esta idade, o que não deve propriamente descansar-vos, correcto?
Rogério, estupefacto,

Mas como sabia que ele não fala, doutor?

E o Fabuloso Dr. Miguel Relvas eriçava os cantos da boca num esboçar de sorriso, que se fazia entre o paternalismo e a empatia.

Ora, porque é que acham que a maior parte dos pais se vem a sentar nos lugares que os senhores ocupam agora?

Marta e Rogério seguiam tudo como se fosse uma aula de latim em que se debitasse um Cícero repleto de declinações complicadas, e eles tivessem de esfregar o nariz nos dicionários e nas gramáticas, para que, do total recebido, conseguissem verter uns vinte por cento para a moeda do português contemporâneo. Rogério, que começava a ambientar-se à forma como o Fabuloso Dr. Miguel Relvas expunha os assuntos, como se falasse de um púlpito,

Doutor, perdoe-me a interrupção, mas como pode ter visto a forma como ele estava a andar se o doutor olhava para a caneta que tinha em mãos?

Aparo

corrigia o Fabuloso Dr. Miguel Relvas,

Aparo

repetia, doutrinado, Rogério.

Simples; olhe, este candeeiro que tenho aqui à minha frente, de vidro espelhado, dá-me imenso jeito quando quero observar os miúdos sem que eles percebam que o estou a fazer e dá-me ainda mais jeito nas primeiras consultas, quando os pais entram com os filhos e eu estou a actualizar qualquer coisa que exige apenas parte da minha atenção. Já tenho feito muitos e parava, para procurar, dentro do gavetão de memórias, uma continuação adequada para a frase, enquanto Rogério e Marta, sentados nos pufes, baixíssimos, se sentiam esmagados pela sombra portentosa do Fabuloso Dr. Miguel Relvas, que desfiava, com precisão submétrica, os bilros da rendilhada operação de caracterização do Henrique.

e bons diagnósticos antes sequer que o paciente se chegue a sentar na sala. Quem não tem experiência nisto acaba por perder horas a perguntar aos pais

e o tom mudara para dar lugar a uma voz com tiques de alguma condescendência

se o miúdo faz isto ou aquilo, se come assim ou assado, se anda desta ou daquela maneira, tudo porque não se querem esforçar, não querem observar e ver, claramente, o paciente que está à frente deles, e socorrem-se da muleta dos pais, eu, se fossem outros os tempos e vivêssemos noutro país, nem deixava que os pais entrassem no consultório. Retinha-os na sala de espera, fazia entrar os miúdos e, se fosse possível, até os via pelo computador, com uma câmara escondida que colocasse num local estratégico enquanto apontava para os cantos superiores das paredes, como quem desenha um plano no ar, à espera de que da concentração do rasto de vácuo nascesse na cabeça de todos os presentes o mesmo boneco feito de traves-mestras impalpáveis.

E tudo isto não demoraria mais de cinco minutos, que me aborrecem de morte os diagnósticos demasiado alongados e não suporto quando os colegas me dizem que é necessário preencher um relatório para ter uma ideia clínica adequada,

Por esta altura, Marta e Rogério seguiam o homem, que mais parecia um traço na parede a ondular numa brisa de vaivém. O Fabuloso Dr. Miguel Relvas aportava novamente os óculos à base do nariz e era tão magro que dava a sensação de que as coisas não escorriam dele por algum estranho efeito de magnetismo que lhes imprimia.

Uma ideia clínica adequada! Tontices, tontices de miúdos! É preciso ter visão, instinto, arrojo. Quando nos entra aqui um miúdo, a gente tem de apanhá-lo o mais rápido possível, para poder começar imediatamente a construir à volta dele, a ver o que pode funcionar, a delinear um conjunto de terapias que o ajudem o mais depressa possível, porque o tempo
e parava com o indicador suspenso como se fosse fulminar um incréu

o tempo é o nosso grande inimigo, a par da falta de aceitação que a sociedade ainda nutre por estas crianças, o que faz de espaços como este
fazia um gesto à volta com os braços, como se lhes oferecesse a casa

que vos ponho à inteira disposição, uma raridade ainda; mas isso é outra coisa que tem de se mudar politicamente, nas mais altas instâncias, e não no consultório, ou talvez no consultório também, no dia-a-dia com os pais, que daqui levam uma visão mais clara do que é necessário fazer e daquilo com que não podem mais pactuar. Portugal é um país de brandos costumes, mas os portugueses que têm filhos como o vosso têm de saber bater o pé e de exigir aquilo que é justo e aquilo que é de direito, porque o estado social foi criado para isto mesmo e não para comprar votos com rendimentos mínimos e outras artimanhas pelas quais os partidos se mantêm no poder, à custa de delapidar o erário público.
Sem dar mostras de cansaço, o Fabuloso Dr. Miguel Relvas, às voltas atrás da secretária enorme, que separava clínicos de casos clínicos, ia exortando cívica e moralmente as tropas que tinha à sua frente reunidas para a batalha, que havia de vir, mais dia menos dia, e pela qual se jogaria o futuro das crianças especiais de Portugal, com o Fabuloso Dr. Miguel Relvas a substituir a lança

pelo estetoscópio e a cota de malha pelo DSM-IV, encimando um conjunto ordeiro de peões motivados, a carregar sobre a ignorância acéfala e voluntária das instituições e sobre os preconceitos obtusos dos políticos, que, da esquerda à direita, não sabiam senão distribuir prebendas indevidas pela populaça arrasada pela miséria e pelo laxismo, para serem reeleitos num círculo vicioso unicamente compatível com a mentalidade terceiro-mundista, que se instalara de Sagres a Valença.
Mais calmo, depois da dissertação, o Fabuloso Dr. Miguel Relvas sentava-se e voltava a olhar para Rogério e Marta, como se lhes auscultasse pelas expressões faciais o resultado da prelecção. Ambos se mantinham numa semi-rigidez, que era tanto consequência de se terem afundado em demasia nos pufes como resultado da irradiação energética a que tinham sido submetidos. Rogério ia até atrever-se a abrir a boca quando — pelo espelho do candeeiro — o Fabuloso Dr. Miguel Relvas se apercebeu de que o silêncio ia ser ocupado por outro orador e se antecipou,

Ora os senhores devem fornecer-me mais uns elementos, se me fizerem favor, para que completemos uma ficha de diagnóstico. Por mim, esta tontice não tinha lugar, mas o ministério e as direcções regionais insistem em que o façamos, e a gente, até poder inverter o sistema, tem de participar dele.

Claro, doutor, esteja à vontade.
A voz de Marta ouvia-se pela primeira vez.
O Fabuloso Dr. Miguel Relvas procurava sobre a secretária uma caneta e um papel adequado e, não encontrando uma coisa nem outra, chamava pelo intercomunicador de mesa a secretária, pedindo-lhe um aparo leve e um formulário de diagnóstico e, enquanto esperavam que alguém, do outro lado, trouxesse o que ele pedira,

Doutor, como é que ele vai ficar? No futuro, quer dizer, o que podemos esperar?

atrevia-se Marta, que, desde que redescobrira a voz, estava disposta a usá-la mais vezes do que o fizera até ali. O Fabuloso Dr. Miguel Relvas olhava para o tecto e para Henrique, alternadamente, como se procurasse a forma conveniente de expor o assunto.

Muito sinceramente, acho que vai ficar tudo bem, o que este menino precisa é de muita intervenção, de muita aprendizagem, de muita leitura.

Leitura, doutor? Mas ele não fala...

Mas há-de falar

dizia o reputado clínico, no final de mais um erecção de indicador,

e há-de aprender a ler primeiro, e pela leitura há-de chegar à fala. Verá, ou não me chamo Miguel Relvas! Nós temos um método...

E nisto tocavam à porta e entrava uma rapariga, uma administrativa com um maço de folhas e um aparo e entregava-as em silêncio ao Fabuloso Dr. Miguel Relvas, que, do mesmo modo, as recebia unicamente com um abanar de cabeça, que nele era como se fosse o estalar viçoso da ponta de um enorme chicote.

... pelo qual ensinamos os miúdos a ler, antes sequer de saberem falar, que funciona maravilhosamente: é com computadores e cores e coisas assim, os miúdos adoram, e vão ver que o vosso pequeno não será excepção,

Aqui entre nós,

dizia, em voz mais baixa, como que a segredar

se estivesse na América, estava rico só a patentear isto, mas estamos em Portugal e isto é o que se sabe a nível de propriedade intelectual; mas as autoridades e tudo o resto não ajudam em nada. Enfim, fico contente só de saber que estou a prestar um serviço aos miúdos que cá vêm e que não têm mais ninguém.

Marta, atrevendo-se a interrompê-lo,

Pois, nós não sabíamos de facto a quem recorrer. Vimos alguns centros na Internet e optámos por vir cá, sem saber muito bem ao que vínhamos.
O Fabuloso Dr. Miguel Relvas, de repente, perdera a torção involuntária nos cantos da boca, que lhe conferia, de certos ângulos, a dúvida de um sorriso, e ficara muito sério, largando inclusivamente o aparo, que se esvaía numa hemorragia negra sobre o maço de folhas recém-chegado.

Olhe, minha senhora, não sou pessoa de difamar os meus colegas, mas, como lhe disse, tenho diferenças muito vincadas relativamente aos métodos pelos quais se fazem diagnósticos e também sobre os prognósticos que as pessoas oferecem. Sabem o que há mais aí fora?
e apontava com o dedo para a porta da rua,

Pessimismo! A doença desta gente é pessimismo! Os senhores pegam na criança e levam-na a esses artilheiros da desesperança, e eles roem-vos a corda do futuro com os dentes do pessimismo. Esses tipos só vêem autismo por toda a parte e dentro do autismo ainda vêem coisas piores, das quais nem cito nomes, para vos deixar descansados. São burocratas,
e tirava os óculos do nariz para limpar a fronte com o punho

burocratas com a cegueira dos relatórios e das desgraças. Acaso tivessem ido a um desses, hoje saíam de lá com o humor ao nível da barriga da cobra, é o que vos digo. E quem fica motivado para tratar de uma criança dessas com o futuro desfeito? Quem?
Mais calmo, retomava a verticalidade espinal que o caracterizava, na sua pose catedrática, e continuava,

O vosso filho precisa é de estímulos e de muito amor. Vai ficar bom, e quando tiver seis anos nem se vai distinguir dos outros na escola. Precisa é de trabalho, esse menino precisa é de trabalho.

Marta e Rogério, perante aquela declaração de infalibilidade, sentiram-se simultânea e subitamente aliviados, e qualquer coisa que o Fabuloso Dr. Miguel Relvas dissesse doravante era só um dourar a pílula que já havia sido recebida, deglutida e que estava, pelos sorrisos que exibiam, em processo de digestão. Enquanto o Fabuloso Dr. Miguel Relvas desatava a escolher o papel menos manchado para preencher o processo de avaliação e diagnóstico do pequeno Henrique, que se mantinha quedo e mudo como havia entrado, Marta e Rogério davam as mãos, fazendo uma pequena ponte entre os dois pufes que ligavam as margens da esperança.

Ora digam-me lá a idade do pequeno.

Dois anos e seis meses, doutor.

Óptimo, óptimo, quando mais cedo chegam cá, melhor; há gente que só me traz os miúdos com cinco anos e depois quer milagres. Isto é começar cedo e trabalhar muito.

Tem algum hábito alimentar estranho?

Não.

Come do chão, come coisas que apanhe do chão ou da mesa?

Às vezes, diria; o que achas Rogério?

Não sei, acho que confirmo, coisinhas do chão, migalhas.

Vocaliza coisas? Faz sons? Tenta repetir ou imitar?

Não. Pouquíssimo, achamos que diz "mãe", mas de forma muito rudimentar.

Aponta para as coisas, quando precisa de alguma coisa?

Não. Pega na nossa mão e leva-nos.

Imita as brincadeiras dos outros? Repete-as? Participa?

Não, brinca sozinho. Ou então participa de fora, tipo, anda a correr à volta dos miúdos que jogam à bola, mas não interage com eles.

Tem diarreias?

Também, às vezes, talvez uma vez por semana, no máximo?

Obstipações?

Não, isso não.

Tem otites frequentemente, amigdalites, doenças dessas?

Tem uma otite serosa crónica, disse-nos o otorrino.

Vamos ter de tratar disso, para ter a certeza de que ele ouve bem.

Está bem, doutor.

Que doenças infantis teve? Trouxe o boletim de vacinas?

Marta lembrara-se de repente de que tinha trazido os documentos de Henrique todos dentro da mala, numa capa que os separava do resto das coisas que lá jaziam ao calhas, e depressa fez chegar ao Fabuloso Dr. Miguel Relvas os exemplares daquilo que pedira. Este remexia nas folhas e ia apontando coisas no formulário que preenchia.

Óptimo, tudo muito bem. Lá fora hão-de passar-vos depois um plano com as intervenções propostas, e eu próprio vos recomendo uma terapeuta exemplar que temos connosco. Mas isso já se vê, já seguimos para lá. Entretanto, queria convidar-vos a vir até aqui ao quadro branco, porque não queria que saíssem hoje de cá sem levarem alguma bagagem conceptual relativa ao que acabaram de ouvir.

E o Fabuloso Dr. Miguel Relvas levantava-se da cadeira, e fazia menção, com a cabeça, para que o seguissem até à parte do escritório onde tinha, de facto, o quadro branco de que falara. Os três, a custo — porque já há algum tempo ocupavam a mesma posição nos pufes — levantaram-se, não sem gemerem ocasionalmente por um ossículo que voltasse ao sítio depois de meia hora de torção involuntária, e ficaram de frente para o quadro branco, que tinha uma linha desenhada, uma linha vermelha que ia de um lado ao outro do quadro. O Fabuloso Dr. Miguel Relvas, pegando num marcador azul, escrevia de um lado AUTISMO e de outro ASPERGER e tapava o marcador.

Não sei se viram o filme, o *Donnie Darko*, aquele filme com um coelho gigante que anuncia o fim do mundo?
Rogério e Marta acenavam que não com a cabeça.

Não faz mal. Bom, no filme há uma personagem que o realizador distorce para que seja motivo de troça pelo público, ainda que seja uma personagem bastante interessante e inteligente. É uma professora daquilo que aqui em Portugal seria o equivalente a Educação e Moral, ou coisa parecida, que tenta ensinar aos miúdos, que são uns cínicos em potência, as disposições fulcrais pelas quais a vida pode ser vivida, traçando para isso no quadro uma linha que vai de AMOR a MEDO. Eu inspirei-me nela, confesso, para gizar esta explicação que dou aos pais, do autismo dos filhos. Ora o vosso filho,
e o Fabuloso Dr. Miguel Relvas punha um traço perto do limite ASPERGER e longe do limite AUTISMO.

está mais ou menos aqui. O que quer dizer que, com a idade dele e tendo em conta que o diagnóstico destas crianças, é um processo em curso, não temos um nome específico para lhe dar, porque não tem todas as características destes,
e apontava para ASPERGER

nem destes.
e apontava para AUTISTA.

Logo, há um nome, que é PDD-NOS, que vamos deixar ficar ao seu filho, por ora, enquanto não descalçamos de vez a bota do diagnóstico, coisa que só faremos com o tempo, mas que eu antecipo ser evidente que cairá para o lado do ASPERGER e que será, ainda assim, uma coisa muito ligeira, com a qual se lidará sem problemas de maior. Ora PDD-NOS quer dizer, em português — se quiserem depois saber mais vão ao Google, mas controlem-se porque há lá muito pessimismo instalado — Perturbação Geral do Desenvolvimento, sem Especificação Adicional.

Pode repetir, doutor, a sigla?

Pê, dê, dê, ene, o, esse.

Marta apontava numa folha a sigla.

Ora se eu vos deixasse pendurado com um diagnóstico destes, não era grande engenheiro, digamos assim. Porque isso é o que vocês já sabem, como pais: que ele tem uma perturbação que o afecta globalmente, comprometendo-lhe o desenvolvimento, não é verdade?

Marta e Rogério, sorridentes, a jogar o jogo do diagnóstico, acenavam que sim.

Pois é isso mesmo o que se faz nas outras casas. Diz-se assim, a seco, o que as crianças têm, muitas vezes sem grande fiabilidade, e entregam-se de volta aos pais, que vão para casa sem a esperança necessária para tomar conta destes miúdos como deve ser.

Muito orgulhoso, segurando o marcador como se fosse uma vareta pela qual desbravasse o safári de uma equação complexa, o Fabuloso Dr. Miguel Relvas apontava novamente para o ponto onde tinha posto o Henrique, mais perto do ASPERGER e mais afastado do AUTISTA, e prosseguia,

O vosso filho vai prosseguir nesta direcção

e movia o marcador de AUTISMO para ASPERGER,

com muito trabalho da vossa parte, com muita determinação e quando chegar aqui

e apontava directamente para ASPERGER

vai ainda continuar em frente. E vocês sabem o que fica depois disto?

Rogério e Marta, boquiabertos, resumiam as expressões a abanares de cabeça e a encolheres de ombros, fazendo que não.

A NORMALIDADE!

gritava emocionado o Fabuloso Dr. Miguel Relvas, a normalidade boa e sadia, pela qual ninguém vai conseguir distinguir o vosso filho dos restantes miúdos que brincam no recreio! É aqui que queremos chegar com ele, transportando-o se for necessário, às costas se for necessário, ao colo se for necessário! É aqui que tencionamos deixá-lo, com a bagagem suficiente para que se faça à vida autonomamente e que nunca chegue a recordar as sessões que terá de frequentar para chegar aqui! Mas vai valer a pena! Ai vai! Quando vocês virem o vosso filho a chamar-vos pai e mãe e a perguntar-vos as milhentas coisas que agora vos parecem impossíveis de acontecer, vocês vão dar-me razão e ver que tudo valeu a pena! A normalidade! A normalidade!

A forma entusiástica pela qual se exprimia não caíra no goto de Henrique, que, assustado com aquele esparguete de homem a tresler uma versão do apocalipse, se refugiava a choramingar nos braços da mãe, e ela, não deixando de sorrir, também, pelo anúncio entusiástico, abraçava o Henrique com redobrada força e não evitava deixar cair um par de lágrimas que lhe sabiam a uma felicidade de que se esquecera, como de uma conta a prazo. Rogério, ainda mais afoito nas celebrações, saltava no mesmo lugar, mesmo à frente do Fabuloso Dr. Miguel Relvas e gritava,

a normalidade!

para o médico, que retribuía com um

a normalidade!

entusiástico, e ambos, depois de saltarem no mesmo lugar por algum tempo, davam por eles a abraçarem-se, sem saberem exactamente quem teria tido a iniciativa, cansados, um pouco suados, ambos a repetirem "a normalidade", baixinho, Rogério abraçado ao Fabuloso Dr. Miguel Relvas, Marta abraçada a Henrique, três pessoas a digerirem o mesmo mandamento e um entusiasmo de Igreja Baptista a perpassar por todos eles, da nuca aos calcanhares,

a normalidade

era a palavra de ordem, o selo pelo qual se fechava o contrato daquela sociedade secreta, que se havia de reunir diversas vezes para cumprir o plano designado, o plano pelo qual se resgataria aquela criança da oclusão do autismo. Ela chegaria a

a normalidade

tão depressa quanto nela insistissem, e de repente havia cura, e não era matéria de fé ou de medicina, era matéria de trabalho e de insistência e, quando os três haviam deixado cair a repetição do mantra para ajeitarem as roupas, que haviam navegado ao sabor da inspiração, estavam cansados, mas orgulhosos.

UM ANO, SOZINHOS — IV

O que é que tu queres, Henrique?
Tens de ir buscar a imagem
A imagem do livro
É a tostinha?
Boa, é a tostinha.
Tos-ti-nha
Tos-ti-nha
Toma, amor

O que é que queres, amor?
O livro, tens de ir buscar a imagem do livro
A imagem
Isso
É a tostinha?
Boa.
Tos-ti-nha
Tos-ti-nha
Toma, amor

O que é que queres, Henrique?
Não, tens de ir buscar a imagem
É a tostinha amor?
É a tostinha?

Diz tostinha
Tos-ti-nha
Tos-ti-nha
Toma

É o quê?
Não te percebo, amor.
Tens de ir buscar a imagem ao livro
Olha
Que surpresa
É a tostinha!
Diz tostinha
Tos-ti-nha
Tos-ti-nha
Toma, amor

O que queres, amor? Não
Tens de ir ao livro, Henrique
Tens de ir buscar a imagem
Olha
É a tostinha
A tostinha é a campeã de hoje
Olha para mim, amor
Tos-ti-nha
Tos-ti-nha
Toma, Henrique

O que queres, Henrique?
Boa, já vens com a imagem
É a tostinha
A tos-ti-nha

Olha para mim
Diz
Tos-ti-nha
Tos-ti-nha
Toma, amor, toma

O que queres, amor
A tostinha?
É a tostinha?
Então e dizer tostinha?
Só tos-ti-nha?
Tos-ti-nha?
Nada?
Vá lá, toma lá, amor

O que é que queres, amor?
O que é que queres, amor?

URGÊ CIAS — IV

Quando chegámos aos miúdos, encontrámo-los com cara de quem tinha acabado de fazer uma noitada de que não se orgulhasse. Os dois estavam sentados, no átrio das urgências, cansados, abatidos pelo calor, o calor de Julho, que entra pelas casas para levar na ponta da língua o pouco da energia que as pessoas procuram refundir, sob a protecção de um par de ventoinhas que transportem o ar quente de um lado para outro.
Amélia vinha meio histérica e assim que se agarrou à Marta desatou a bolçar um pranto incontido, invertendo, involuntariamente, o propósito pelo qual vínhamos ao hospital ter com os miúdos, que era o de lhes prestarmos algum conforto. Nós tínhamos de ser fortes, eles podiam ir-se abaixo. Essa era a premissa, e por isso, quando me acerquei de Rogério, fiz questão de lhe dar um valente bacalhau e de lhe prestar o conforto gratificante de um abraço apertado, entre homens. Foi como se lhe dissesse: estou aqui, podes contar comigo, venha o que vier.
Naturalmente que estávamos curiosos e preocupados com o Henrique e com eles e queríamos saber mais pormenores do que se passava, mas não podíamos ir entrando por esse caminho sem mais, sem respeito pela dor e pela reserva, porque os miúdos sofriam, naquela digestão de calhaus que havia sido a notícia do atropelamento, e nós tínhamos de conceder e estar lá, sobretudo estar lá.

Porque se demoraram tanto tempo, mãe? Há quase uma hora que me disseram que estavam a arrumar o carro.
dizia Marta, que procurava interromper o choro de Amélia, para evitar, sobretudo, ser contagiada.

Ora, o teu pai enganou-se, fomos ter a outras urgências, as urgências mais leves, pelo que ficámos a saber, e depois o teu pai quando saiu viu um bando de pombos no ar e ainda quis ficar a olhar onde os bichos iam pousar; olha, tu conhece-lo, foi complicado chegarmos aqui.
Enquanto Marta e Amélia voltavam a enroscar-se, num conforto maternal, eu tentava fazer o mesmo com Rogério, evitando contudo as dispensáveis cenas de choro.

Como se estão a aguentar, Rogério?
E dizia-lhe isto enquanto lhe metia a mão sobre o ombro, porque era absolutamente necessário que o miúdo sentisse que estava lá alguém para dar força, e se o estafermo se dava ao luxo de fazer do colo da filha um pequeno mar morto, eu estava disposto a não acompanhá-la nessa campanha de autocomiseração.

Ora, estamos indo; isto é uma loucura.

Pois é, filho, pois é, mas têm de se aguentar, e já nos têm aqui; podem contar connosco para o que quer que seja, já sabem, para o que quer que seja.
Rogério estava mais pálido do que o costume, e não devia comer há algum tempo. Marta, por detrás do corpanzil da Amélia, que, desconsoladamente, lhe ocupava o regaço, também parecia mais abatida do que o habitual; os seus semblantes não diferiam dos de dois quaisquer pais a braços com uma notícia de calibre semelhante. Amélia, por entre as lágrimas, que lhe escorriam generosamente, lamentava-se como uma carpideira, sem que as muitas frases que ia deixando escapar entre golfadas de choro fizessem grande nexo. A certo ponto, dando conta

de que precisava de reassumir algum controlo sobre si própria, afastava-se de Marta e, olhando-a nos olhos, ambas consternadas, que isto já se sabe que o choro e o bocejo são coisas muito pegadiças, dizia,

Ó filha, como é que está o menino? Diz-me tudo, filha. Como é que está o nosso menino?

E mantinha-se assim, a olhar para Marta fixamente, como se lhe aplicasse um judo de interrogatório, e Marta, tentando reprimir as lágrimas, que se aprestavam a vir-lhe aos olhos sem demora,

Olha mãe, não sei, não sabemos, ninguém vem cá fora, ninguém diz nada, ninguém se importa.

E, incapaz de suster-se por mais tempo, abraçava-se a Amélia, e tudo o que se via do lado de cá da tragédia eram as lágrimas que nasciam por baixo dos óculos escuros de Marta e que vinham repousar no ombro largo e generoso de Amélia, que contribuía com a sua nascente própria para o regadio conjunto. Eu não podia nem queria interromper. Pegava no braço de Rogério e, confiando em que o rapaz não fosse colapsar ou derreter-se, afastava-o do sofrimento matriarcal, para lhe fazer algumas perguntas, sem que fôssemos interrompidos. Olhando-o nos olhos,

Ó Rogério, diz-me lá, como está o miúdo; que vos disseram? Podes dizer-me tudo.

Rogério, via-se, não estava à vontade para se deixar ir numa choradeira, pelo menos com o sogro, e então optara por falar por cima das lágrimas, como se estas não acontecessem. Limitava-se a tirar um lenço de papel do bolso, e ia limpado aquela hemorragia salgada, enquanto falava,

Isto não está fácil, Abílio. Não conseguimos saber nada, isto não está fácil. Ninguém nos prestou atenção até agora; o máximo que consegui foi falar com um enfermeiro, de passagem, que me disse que o Henrique estava mal e que assim que tivessem

notícias para nós nos diziam, mas até agora nada, não imagina, Abílio, não imagina.
Eu não fazia ideia de que os miúdos estavam tão perdidos como aparentavam. Sem notícias, sem actualizações de estado, como poderiam eles sobreviver de cabeça lúcida à espera e ao desespero?

Então, mas ninguém vos diz nada? E vocês não tentaram falar com eles? Não os pressionam?
Rogério sorria como se esperasse a minha incredulidade.

Ó Abílio, nem vai acreditar, a Marta fez uma cena ainda agora, que eu pensei que o segurança nos ia expulsar daqui. Está a ver aquela porta, ao fundo?
E Rogério apontava para o que parecia ser a entrada clínica das urgências, a cancela, por assim dizer, que separa o pessoal autorizado dos restantes.

Sim, estou a ver.

Pois aquela porta tem um intercomunicador, pelo qual, teoricamente
e frisava a palavra

se pode falar com quem quer que esteja lá dentro e que seja responsável por nos dar notícias, por exemplo, ou pelo menos por nos indicar quem o pode fazer. Eu toquei diversas vezes a campainha daquele intercomunicador, sem que me tivessem respondido alguma vez. A Marta também. Foi a primeira coisa que fizemos quando chegámos. Até por conselho do segurança, que nos disse que atendem do outro lado se não estiverem aflitos com alguma coisa,
Rogério tinha um tique que só lhe aparecia quando estava nervoso e a precisar de pôr ordem na cabeça e nas palavras: começava a despentear-se com os dedos, a levar o cabelo para trás e para cima, aleatoriamente, até conseguir desarranjar a coisa de tal modo que parecesse ter passado por um túnel de vento.

e ninguém responde, ninguém entra e ninguém sai, as pessoas aqui não sabem de nada. É uma vergonha, só em Portugal. Ainda há pouco a Marta se agarrou à campainha, enraivecida, e tive de tirá-la de lá à força, porque ela não saía enquanto não atendessem, e o segurança já estava a ficar pelos cabelos, e já havia gente a chamar-nos nomes, e outros a incentivar-nos, enfim, uma cena de filme, autêntica cena de filme.

A coisa não parecia bem encaminhada, sobretudo no que dizia respeito à escassez de informações que tínhamos acerca de Henrique. De algum modo precisávamos de saber onde obter o conhecimento de que necessitávamos, e se o tal intercomunicador não tinha ninguém do outro lado, ou ninguém que se importasse com o lado de cá, outros meios haveria de saber coisas; afinal não estávamos no século xix nem em pleno feudalismo da classe médica, que pudesse ignorar os familiares dos pacientes nos quais exercem preciosidades de retalho, que pudesse desprezar todos quantos esperassem, ordeiramente, por notícias daqueles que estavam sob a lâmina dos seus bisturis. Ó Rogério, este é o único sítio por onde eles entram e saem? Os médicos, quero dizer?

Eu perguntei isso ao segurança, ainda há pouco, e ele disse-me que não, que havia outro local, lá atrás, e eu fui lá, é uma porta verde que só dá para abrir por dentro, mas não havia ninguém, nem saiu ninguém.

Pá, a gente tem de arranjar uma forma de obter informações, porque vocês têm de sossegar, vocês estão aí os dois *stressados* de todo. E têm de comer. De certeza que ainda não comeram nada. Vocês têm de ir comer.

Rogério acenava que sim, que ainda não tinham comido, deixava-se estar como se não fosse importante, como se à comida fosse atribuído um valor que ela de facto não tinha, deixava-se estar porque se esquecera da fome, a fome confundia-se com a fraqueza e esta mesclava-se com todos os restantes sentimentos negativos que alimentava, desde a culpa à pena de si próprio e, honestamente, mesmo que quisesse dizer se tinha fome, Rogério não saberia. Éramos nós quem tinha de providenciar-lhes a despertez dos instintos e a possibilidade da sua satisfação, trazendo-lhes comida e água e substituindo-os na espera, se eles precisassem de se ausentar.

Anda, Rogério, vamos falar com a Marta e vamos buscar-vos qualquer coisa para comer e umas garrafinhas de água.

Amélia!

Tentava chamar-lhe a atenção, para que me ouvisse e para que fizéssemos umas diligências no sentido de confortar os miúdos, nem que fosse pelo alívio gástrico de uma sanduíche.

Amélia!

Mas a Amélia estava aninhada nos braços de Marta, as duas pelo menos já recompostas do choro, mas ainda vulneráveis, ainda a precisarem de amparo mútuo, como se fossem duas cartas que apenas se sustivessem no encontro mútuo de corpos, as duas com pouca vontade de descerrar aquele abraço maternal, em que se atestavam de mimo e de conforto.

Amélia!

E Amélia virava-se para mim finalmente, interrogante como se a houvesse acordado às três da manhã,

Temos de ir buscar qualquer coisa para eles comerem e beberem, que os miúdos estão aqui há horas e nem sequer uma sandes meteram à boca.

e eu,

Então e se ficássemos e fossem eles? O que é que achas Marta, vão vocês e aproveitam para ir à casa de banho e isso.

Marta, também ela a despertar subitamente de uma letargia auto-induzida,

Não, nem pensar, nem pensar, eu fico aqui. Eu fico aqui, os médicos podem sair a qualquer momento e eu quero apanhá-los aqui; o Rogério pode ir, se precisar, ele há bocado dizia que tinha de ir à casa de banho, mas eu fico.

Rogério, de mãos nos bolsos,

Não, eu fico, eu fico mais um bocado; se calhar, Abílio, a melhor ideia é irem vocês os dois, o Abílio e a Amélia, assim ficamos nós de prevenção e se calhar quando voltassem eu ia à casa de banho antes de comer, talvez seja melhor assim, afinal ainda me aguento e também quero estar aqui para o caso de algum médico sair ou entrar.

E de repente ninguém queria ir, queria tudo ficar a proteger os assentos, numa espera de concerto ou de jogo da bola, queria tudo estar a postos; e eu percebia-os, porque, se estivesse no lugar deles e fosse vinte anos mais novo, eu próprio já tinha derrubado à patada a porta, e o segurança bem podia puxar do rádio para me impedir.

Abílio,

dizia Amélia, com inusitado vigor

Tens dinheiro, Abílio?

Eu remexia nos bolsos, à cata de algumas moedas que houvesse trazido de casa na pressa da saída, e via que os miúdos faziam o mesmo com as carteiras e as malas; e no fim daquele peditório familiar, verificava que conseguíramos reunir à volta de vinte euros em moedas e notas, que Amélia recebia com as mãos em concha.

Eu vou lá comprar as coisas, que tu não sabes comprar comida nenhuma e ainda ficas por aí perdido a ver pássaros.

E, virando-se para os miúdos,

O que é que vocês querem, meus queridos?

Marta e Rogério, caritas enjoadas, apenas sabiam dizer que não lhes apetecia nada e que porventura talvez até fosse melhor Amélia

trazer só água ou um suminho, uma cola, qualquer coisa para refrescar, o calor estava bravo e o ar condicionado do hospital, anémico e subnutrido, não ajudava, mas Amélia, nem pensar, Amélia dizia-lhes para não se preocuparem que ela já vinha, já trazia qualquer coisa, a fome também precisa de estímulo, e quando ela chegasse com duas boas sandes as coisas mudavam de feitio e um pacotinho de batatas fritas talvez ajudasse, que não se preocupassem, dizia Amélia, que não se preocupassem que ela sabia o que fazia.
Assim que Amélia saíra com o dinheiro e eu me sentara numa cadeia ao lado dos miúdos, ouvimos uma sirene de ambulância a aproximar-se. Olhámos uns para outros, com alguma curiosidade, mas sem expressar grande entusiasmo. Afinal uma ambulância não era sinónimo senão de desgraças, gente trazida à pressa e aos trambolhões para lhe coserem uma perna ou lhe estancarem uma artéria, ou mesmo para alguém, oficialmente, declarar a morte. Enquanto destilávamos o bafo de Verão, reciclado pelas gargantas geladas das tubagens do ar condicionado, o segurança mostrava sinais de urgência e, entrando no átrio, instruía-nos para que ficássemos sentados, que ia dar entrada uma urgência, uma pessoa numa maca, e que era uma coisa rápida. Pedia a nossa colaboração em fazer o que pudéssemos para não atrapalhar, era só ficarmos onde estávamos e, talvez, recolhermos os pés para junto das cadeiras para não transformar o átrio numa travessia de dunas.
Assim que Marta ouviu o segurança, levantou-se e correu para a saída; e nós seguimo-la, ainda que não soubéssemos, exactamente, ao que íamos. Rogério, mais rápido do que eu, perguntava-lhe,

Ei, Marta, porque saíste, onde vais?

Mas Marta não lhe respondeu, dirigiu-se ao sítio marcado para as ambulâncias e ficou à espera, nitidamente à espera, com a mão a fazer-lhe uma pala por cima dos olhos para conseguir ver, ao longe, a ambulância que se aproximava.

Assim que a ambulância parou, com o segurança a fazer as vezes de arrumador desnecessário, abriram-se as portas traseiras e de lá dois socorristas retiravam um homem de meia idade enrolado numa espécie de papel de alumínio, com duas saquetas de soro a verterem a conta-gotas uma estabilidade provisória, e Marta, especada mesmo atrás da ambulância, esperou que os socorristas acabassem de descer com aquele homem que jazia inerte na maca, envolto numa mortalha de prata. Dentro da ambulância, os dois socorristas mexiam-se e remexiam nas coisas para tornarem o processo o mais simples e indolor possível. O segurança, desafecto da função de arrumador, colocava-se perto da Marta, na parte de trás da ambulância. Marta, em bicos de pés, espreitava o interior da ambulância, enquanto eu e Rogério, um pouco mais distantes, íamos tentado perceber o que Marta poderia querer com a ambulância e o conteúdo que ela transportava.

Marta,

interpelava Rogério, tentando que ela lhe dissesse qualquer coisa, que lhe comunicasse o que pretendia com aquilo.
Assim que os homens acabavam de pôr pé sobre o caminho empedrado que desembocava nas urgências, já Marta os ladeava, com o segurança a monitorizá-la, e eu, preocupado,

Rogério, não é melhor irmos lá?

Preocupados com que o segurança lhe fizesse alguma coisa, que lhe desse um empurrão para afastá-la ou mesmo que a maltratasse — com homens não se metia, mas sabe-se lá o que poderia fazer a uma mulher, a uma mulher pequena e determinada como Marta, que ladeava os dois socorristas com insistência de carraça — Rogério e eu aproximámo-nos, com algum cuidado para que a operação de transporte do ferido não se transformasse numa zaragata, involuntariamente, para não alertarmos o segurança, que ele soubesse apenas que estávamos ali para proteger Marta, não para encobri-la mas para protegê-la dele, ele que não se atrevesse a pôr-lhe a mão ou a ser mal-educado, porque não lho permitiríamos.

Marta, entretanto, acercava-se de um dos socorristas que empurravam a maca, com cuidado, pelo trilho que dava para a entrada das urgências, e dizia-lhe,

Desculpe, mas preciso de pedir-lhe um favor: é o meu filho, está lá dentro, teve um acidente grave hoje, talvez como este senhor...

E o socorrista, sem olhar para Marta, com as mãos num dos lados da maca, concentrado,

Oiça, mas a senhora é médica? Eu só falo com um médico para explicar quem trago e como.

Marta, que tinha tanto de pequena como de determinada e resiliente, voltava à carga, num tom mais próximo daquilo que ela sentia no momento, mais interior, mais vulnerável.

Não, não sou de facto, sou a mãe de um menino que está lá dentro, muito mal, e sobre o qual não nos dizem nada, estamos aqui há horas sem saber sequer se ele está vivo.

Enquanto se fazia o caminho que levava toda aquela pequena comitiva para o interior das urgências, eu dava cotoveladas no braço de Rogério, porque tinha orgulho de Marta se abeirar daqueles desconhecidos e de lhes interromper a importância que tinham em mãos com a nossa importância, a nossa sagrada importância, o Henrique,

Oiça, minha senhora, eu compreendo, mas não tenho tempo, nem posso ajudá-la, nem quero saber disso.

O segurança, mantinha-se constantemente a monitorizar o tom da conversa, para se assegurar de que os socorristas não iam fazer um sinal de que precisariam de ajuda para se verem livres daquela mulher inoportuna, daquela mulher que não lhes largava a bainha das calças, mesmo que de forma educada e sentida, mesmo que de forma doce.

Eu sei que não tem nada a ver com isto, mas ouça-me, eu só lhe quero pedir que pergunte pelo meu filho que está lá dentro, é só dizer-me qualquer coisa quando sair, quando...
O segurança, mais afoito, já ia levando o braço ao ombro de Marta, dando-lhe dois toques ligeiros e dizendo-lhe que se afastasse, porque aquelas pessoas precisavam de trabalhar, e precisavam de espaço para trabalhar, de concentração para trabalhar e a senhora estava a ser um empecilho para tudo aquilo,

a senhora

dizia,

devia esperar lá dentro, como fez até agora,

e os socorristas agora mudavam de posições, e um deles, chegado à porta da urgências, ia puxar a maca para que subisse uma rampa triangular, enquanto o outro ficava na retaguarda, a empurrar e, enquanto empurrava,

Eu não posso, não posso ajudá-la, tem de perguntar a um médico.

Enquanto dizia isto, ia olhando de soslaio para o segurança, que percebia o recado dado pelo ângulo da pupila, e o segurança já tentava apanhar o braço de Marta, ia lá com os dedos para pará-la, travá-la, como se fosse a consciência dela, mas nós estávamos presentes e íamos impedir aquilo, se Rogério não fosse capaz, eu seria, eu não deixaria que a minha filha, que tanto já tinha feito para conseguir uma frase a quem quer que fosse, ficasse ali retida por um ridículo aspirante a brutamontes,

Por favor,

dizia Marta ao socorrista que empurrava com cuidado a maca pela rampa irregular, cortesia de um empreiteiro apressado e de um engenheiro que desconhecesse as necessidades operativas de um hospital e de um serviço de urgências,

por favor, ajude-me, que não tenho mais ninguém e só quero saber como está o meu filho.
Por entre as palavras, Marta dava conta de estar a ser agarrada e sacudia o braço, mas o segurança não a largava e, entretanto, eu chegava-me a ele, eu e o Rogério; e o Rogério, como eu não esperaria, dizia-lhe

Tira daí as mãos

de tal modo que o segurança se via forçado a olhar para trás e, enquanto isso acontecia, Rogério agarrava-lhe também o braço e ficavam os três encadeados, Marta, o segurança e Rogério, os três como elos de uma corrente por onde passasse o refúgio da desconfiança, e Marta, para aproveitar a posição, dava o braço ao socorrista, que ficava assim impedido de empurrar a maca pela boca das urgências e de repente estavam todos travados de razões, literalmente, mesmo à porta das urgências, e a coisa ameaçava tornar-se feia, porque se um reagisse, todos, em cadeia, acabariam por fazer o mesmo, e o socorrista, enquanto dizia,

Ó minha senhora, largue-me que só estou a fazer o meu trabalho.

E Rogério,

Não te atrevas a puxá-la, é só o que te digo, tira daí as mãos.

O socorrista estava atrapalhado, porque não conseguia desfazer-se do travão humano, e quando tudo parecia indiciar que as coisas iam desembocar num pé-de-vento incontrolável, o socorrista mandava o outro avançar com a maca e ficava ali, tirava a mão da Marta, com delicadeza, de cima do braço dele e fazia um gesto ao segurança, um gesto pelo qual o despedia da necessidade da sua presença, e perguntava a Marta,

Como se chama o seu filho?

Henrique, chama-se Henrique.

A olhar atentamente para Marta, como se quisesse assegurá-la de que era verdade aquilo que ia dizer,

Eu vou fazer o que puder para saber dele e, à saída, se ainda não tiver informações, eu dou-lhas. Está bem? Fique descansada.
Marta levava à mão à boca e ficava-se, a desencadear um choro de conquista. Os socorristas entravam com a maca, à vez, pela porta, e fechavam-na. Eu estava muito orgulhoso de Marta e da sua rentável obstinação.
Punha os braços por cima dos miúdos e levava-os para o átrio das urgências, onde, não sem alguma surpresa, encontrávamos Amélia, sem sandes, sem águas, algo esbaforida, a apontar para a porta e a dizer silenciosamente, só com os lábios, como se partilhasse um segredo qualquer,

Eu vi, eu vi!
Acercava-me dela, e enquanto os miúdos a ladeavam, eu perguntava-lhe pela comida, pela bebida, e ela respondia que tinha regressado mal ouvira uma ambulância, que não tinha chegado a procurar pelos mantimentos porque ficou alertada com a sirene, e que quando acabava de voltar tinha dado por nós em redor dos socorristas, mas que ao chegar o pânico foi incapaz de nos interpelar, pensou que estava a acontecer qualquer coisa com o Henrique e refugiou-se no átrio, e só quando viu passar um homem de meia-idade com um embrulho de pataniscas de bacalhau é que percebeu que não era o Henrique, que aquilo nada tinha a ver com o seu menino, e prestou muita atenção ao que o homem fazia, dizia ela e, enfaticamente, mas baixinho, reunia-nos com os braços, para se assegurar de que aquilo que ia dizer não saía do perímetro daqueles quatro corpos

Eu vi o código da porta que ele marcou, filha, eu vi.

UM DIA, À NOITE

Um dia, no princípio da Primavera, Marta acordou e foi dar com Henrique ainda a dormir, o que não era habitual nele, dado que normalmente ele era o despertador dela, e não o contrário. Assustada com a possibilidade de o Henrique estar doente, Marta acercou-se da cabeceira da cama e começou a fazer-lhe festinhas na cara, na zona da testa, a auscultar-lhe a febre. Henrique começou por virar-se para o outro lado, tentando evitar o contacto e o sobressalto, que o obrigariam a acordar. Como era dia de escola e de trabalho, Marta não podia optar por deixá-lo dormir à sua vontade, e já dava por si a lamentar o facto de ele não lhe fazer estas graças com tanto potencial para agradarem ao fim-de-semana, quando ela de facto precisaria de mais uma ou duas horas para compor cérebro e beleza.

Marta optou por ir à casa de banho primeiro, para dar a Henrique mais alguns minutos de sono. Abriu a torneira e deixou correr a água até a sentir suficientemente quente para começar a misturar-lhe água fria. Quando a água atingiu a temperatura adequada, Marta despiu a camisa de dormir e as cuecas e enfiou-se na banheira. O contacto da água com o corpo sabia-lhe bem e deixou-se estar algum tempo debaixo do chuveiro, de olhos fechados, a saborear aquela cascata tépida, que lhe parecia, de algum modo, a prova de que a evolução era um conceito sólido, que se manifestava, sobretudo, no conforto que as pessoas tinham paulatinamente conseguido, ao longo dos séculos, granjear para si próprias e para as suas casas.

Quando Marta estava imersa na metafísica das gotas de água, ouviu uma voz, que a princípio não distinguia daquelas que povoam os canais infantis, mas que se tornava gradualmente mais definida e íntima. Quando abriu os olhos — até por se recordar de que ainda não tinha ligado a televisão naquele dia e que era pouco provável que a voz daí adviesse — deu-se conta de que a voz era de Henrique, que lhe dizia, da soleira da porta,

Mamã, quero flocos.

Marta, com a água a escorrer-lhe pela cabeça, como se estivesse a ser regada, conteve um grito, mas no instante logo a seguir foi incapaz de o conter e desatou a berrar, histericamente, atrás da cortina de água, e Henrique, depois da insegurança e da surpresa iniciais, irrompeu num choro vulcânico, que crescia na proporção directa dos gritos de Marta, e ambos ficaram no mesmo local, a chorar e a gritar pelo menos por dois minutos, até que Marta foi substituindo os gritos por expressões bíblicas, através das quais invocava o nome de Deus, e o próprio Henrique, chorando sem saber ter a noção do porquê, foi-se acalmando e perdendo o fio ao choro, que entretanto se confundira, harmonicamente, com a água do duche que escorria banheira abaixo.

Em choque, Marta ia fechando as torneiras, tendo começado pela de água quente, o que fez que desse um pequeno gemido quando ficou exposta ao granizo matinal que descia dos canos, e quando acabou por fechar ambas, além de tremer por causa do frio, tremia por causa do choque. Henrique não falava, nunca falara, nunca dissera mais que uma meia dúzia de palavras, que inclusivamente perdera, quando regredira, aos três anos. Tudo acontecera quando entrara para a escola pública, de manhã iam levar um miúdo com "potencial", como diziam os entendidos a quem

confiavam o prognóstico e os planos de terapia na altura, e à noite traziam para casa uma criatura assustada e olheirenta, que lhes devolvia miradas de incompreensão, pelas quais eles se puniam com noites nas quais se confundiam sono e choro.
A coisa que Marta mais queria era que Henrique falasse, e não trocaria esse acontecimento por nenhum outro; mas não era assim, sobretudo assim, que esperava que acontecesse, mas gradualmente, como todas as crianças, primeiro a dizer umas sílabas banais, num repetir interminável, e depois, progressivamente, a recortar os sons numa fineza de costureira, para imprimir a cada cadeia sonora a consistência ideal de uma palavra, de uma coisa ou de um conceito. Não esperava que Henrique acordasse um dia de manhã e desatasse a chilrear num português de periquito.
Nervosa e assustada, Marta saiu do banho e foi ter com Henrique, molhando todo o chão da casa de banho e, de frente para ele, a limpar-lhe o rasto das lágrimas e a compor-lhe o beicinho,

O que disseste, amor?

E o miúdo levava uma das mãos ao pára-brisas do olho, para lhe tirar da superfície um excesso aquoso, calado e a refazer-se do susto dos gritos,

Ó amor, diz à mãe o que disseste, não tem mal, a mãe ficou nervosa.

Marta acreditava cada vez menos que Henrique tivesse falado. Era a falta de sono, o modular da manhã para a qual ainda não estava inteiramente desperta, era talvez a fraqueza, ou uma tontura que se manifestasse como alucinação auditiva; talvez fosse possível, já ouvira coisas mais estranhas a pessoas mais sensatas,

Eu queria flocos, mas já não quero, porque tu gritas comigo.

E de repente o mundo de Marta dera um tombo, como as senhoras de idade que se escavacam nas banheiras a tirar ou a meter a touca ou o sabão dos pés, de repente, num virote, está tudo de pernas para o ar e a bacia, a anca ou as pernas impedem que elas subam a vereda branca da banheira para pedir ajuda, e de repente Marta estava quase assim, quase cataléptica, a revirar por dentro todos os seus horizontes, num silêncio tremelicante que antecede as réplicas dos terramotos.

Ó amor, tu falas, amor, tu falas.

Marta agarrava-se a Henrique, contendo os gritos sem conter as lágrimas, e beijava-o onde quer que o apanhasse, beijava-o como se ele tivesse voltado da doença ou da morte, como se de repente ele chegasse de uma viagem e no fardo da bagagem trouxesse o português, com gramática, vocabulário e sintaxe apensos, e repetia,

Tu falas, amor, tu falas.

E pegava nele, que estranhava tudo aquilo como se nunca tivera sido silencioso um dia da sua vida, ao colo e rodava-o no ar, no chão molhado da casa de banho, numa leveza de quem pudesse rebentar numa profusão de pontas, e da casa de banho passavam para o corredor, e a tensão de Henrique ia-se dissipando para dar lugar ao reflexo de alegria da cara da mãe, que mantinha sem esforço um sorriso inquebrantável, e Marta entrava com Henrique no quarto de casal a chamar por Rogério, a dizer-lhe que acordasse para a vida e para os seus milagres, Marta que se queria certificar de que Rogério teria a mesma reacção, que ela não estava a delirar ou a sonhar ou imersa numa completa ilusão que resultasse de um esforço mental vergado por uma fé inflexível, Marta precisava da confirmação de Rogério e, entrando no quarto, dava conta de que Rogério não estava, de que Rogério já teria saído, e tinha vontade de ligar-lhe, mas ao mesmo tempo queria reservar-lhe a surpresa, porque ninguém mais do que eles poderia gozar da felicidade e da candura de um milagre tão simples como o brotar de alguns fonemas com estrutura. Já à mesa, Henrique comia os flocos, sorridente, e Marta não deixava de olhar para ele, maravilhada, absolutamente maravilhada com os dentes e com a língua, e com a torção de pulso que Henrique dava quando fazia descer a colher, como a pá traseira de uma retroescavadora, tudo a fascinava, num delírio hipnótico de quem estivesse a descortinar o mecanismo das entranhas de um relógio. Às vezes caía-lhe na mesa uma lágrima, e nessas alturas Henrique olhava para ela, procurando o contexto pelo qual Marta abrira a escotilha do olhar e rapidamente chegava à conclusão, pelo sorriso inextinguível que Marta mantinha no rosto, de que aquilo era um chorar diferente, um chorar bom, que alguns adultos devem ser capazes de manter num contorcionismo psicológico que deve estar vedado a quem tenha menos de metro e meio.

Marta apressou-se a vestir Henrique e a vestir-se a ela própria, não sem lhe estimular, em todas as ocasiões possíveis, a ocorrência da fala, para que fosse confirmando, interiormente, a acreditação do milagre. Perguntava-lhe se o vestido lhe ficava bem, se gostava da cor, qual era a cor, e qualquer resposta que obtivesse era recebida com o duplo entusiasmo de quem ouve pela primeira vez a modulação da voz de um filho, na moeda corrente da língua e com a felicidade que acompanhava a multiplicidade de respostas inesperadas com as quais era brindada. Aos poucos foi-se esquecendo de que era dia de escola, de que Henrique tinha escola — o que diriam eles na escola, cruzara-lhe a mente —, como reagiriam a avó Amélia e o avô Abílio aos dizeres tão acertados do neto, a esta eclosão de sílabas pelas quais se compunha sem esforço a estrutura de um sentido interior? Era nisso, sobretudo, que Marta pensava. Que não eram os olhos os espelhos da alma mas as palavras, as palavras é que eram o reflexo mais cristalino possível da existência de uma interioridade, um núcleo vital a que correspondia uma determinação pastosa que aglutinava tudo sob a multiplicidade tentacular que dava pelo nome "eu". Isso sim era interioridade, os olhos eram lirismo de apaixonados, os olhos eram para quem queria ornamentar as frases com abóbadas, estrelas e poços ligeiramente ondulados pela brisa nocturna.

Marta, acabando de vestir Henrique, pensou em sair de casa e ir directa ao trabalho de Rogério, para lhe fazer uma surpresa e convencê-lo a tirar o dia, para que o passassem juntos e dessem conta, também juntos, do milagre. Saindo de casa, meteram-se no elevador e encontraram uma vizinha, que, como sempre, perguntava ao Henrique se ele ia para a escola e se gostava. Marta ouvia, pela primeira vez, emocionada até às lágrimas, Henrique responder a uma pergunta que um terceiro lhe fazia. Ao contrário do que Marta pensara, a senhora não achara a resposta de Henrique minimamente espantosa. Aproveitara que Henrique lhe dissera que sim, que gostava da escola, para lhe perguntar o que lá fazia e se tinha amigos, e se tinha namoradas, e tudo isto enquanto o Henrique se ia desenvencilhando com uns sins, uns nãos e uns não sei.

À saída do prédio, passaram por mais vizinhos e o Henrique, como se o houvesse feito desde sempre, dera a todos os bons-dias, que os vizinhos retribuíam com um sorriso. Marta estava cada vez mais maravilhada e só por contraste se lembrava de que havia um passado no qual o Henrique não dizia nada a ninguém, e ela tinha de dizer por ele, em todas as ocasiões, quando um adulto metia conversa, "ele não fala", como se o desculpasse, como se a deficiência precisasse de ser explicada para que fosse desculpada, como se o portador o fizesse de propósito para irritar os outros, que estavam sempre na expectativa de que as regras intersubjectivas fossem cumpridas com um mínimo de rigor e de educação.

No carro, Marta sentou Henrique na cadeira adaptada a crianças, no banco de trás, e quando se sentou para conduzir, fez o que fazia sempre, que era falar com ele pelo espelho, perguntar-lhe se ele ia bem, se gostava da paisagem, dos pássaros, dos outros carros que passavam por eles, e Henrique, para variar, respondeu-lhe, deu-lhe troco, e foi inclusivamente capaz de puxar conversa, pela sua iniciativa, sobre qualquer coisa que acontecera em redor do carro. Marta ia ao volante, sem conseguir tirar das pregas da cara aquele sorriso de que se orgulhava, tanto de o sentir como de o exibir.

Naquele dia de algum calor, Marta conduziu com os vidros em baixo e, ao contrário do que era costume, sem o rádio ligado. Ela já tinha sintonizado o único posto que queria ouvir, pelo menos, para o resto do dia.

Mãe, tenho um dói-dói no braço.

E Marta, olhando para trás, via o que seria o resultado de uma picada de melga.

Ó amor, isso foi um bichinho, mas vai passar.

E sentia-se, de repente, a afundar-se numa grande e abrupta tristeza, porque não era certamente a primeira vez que Henrique teria sentido dor, mas seria a primeira vez que o tinha exprimido, e quem diz dor diz desconforto, tristeza, medo, aversão, receio, melancolia, horror, toda uma paleta de disposições indiferenciadas pela capa geral de um silêncio inexpugnável, que tornava a educação e o cuidado tarefas semelhantes a lavar o chão, às escuras e segurando o cabo da esfregona com os pés. A felicidade, no entanto, sobrepôs-se à tristeza, pelo que Marta, quando aparcou perto do trabalho de Rogério, já estava recomposta e da cara dela irradiava, outra vez, um sol pardo que placidamente pousava em cima de tudo.

À pressa, Marta punha as moedas no parquímetro, não sem para isso pedir a contribuição aritmética de Henrique, que lhe ia dando moedas de vinte e dizendo 1, 2, 3, 4, 5, até que ela dizia já chega, e ambos esperavam que a máquina, que avidamente lhes engolira as moedas, cuspisse, como compensação, um papel semienrolado

com o qual se evitam os polícias e as chatices das multas, e quando o papel saiu, Henrique pegou nele e foi a correr de volta para o carro, para o pôr, bem visível, por baixo do pára-brisas.
Marta agarrou-lhe na mão e

vamos ver o pai, amor?

e Henrique disse que sim com a cabeça, e Marta entrava com ele no elevador, com um nó na garganta e milhões de borboletas a roçarem-se-lhe nas paredes do estômago, porque sabia o quanto Rogério podia ser feliz, o quanto eles agora podiam, finalmente, ser felizes, e queria sobretudo que Rogério confirmasse a realização do milagre, queria que ele desse a sua anuência àquilo, que fosse a testemunha pela qual a beatificação da vida podia ser concluída.
Quando chegaram ao sexto andar, entraram por uns escritórios e dirigiram-se à recepcionista, que Marta já conhecia de outros dias em que viera buscar Rogério ou falar com ele. Muito simpática, a recepcionista disse que ia avisar Rogério de que Marta e Henrique estavam ali, e assim que o fez apontou-lhes o caminho do gabinete de Rogério, que Marta já conhecia, e ambos se dirigiram para lá, mãe e filho, mão na mão.
Quando chegaram ao gabinete de Rogério, Marta fechou a porta e abraçou-se ao pescoço de Rogério que, surpreendido, correspondeu ao abraço e ao beijo que Marta iniciara. Logo de seguida, assim que Marta voltou a pousar os pés no chão, Rogério interpelou-a,

A que devo o prazer desta visita?

Marta, tremelicando, meia choramingas, incapaz de conter a excitação do momento, ia pôr-se ao lado de Henrique e dizia-lhe,

Henrique, diz bom-dia ao papá.

E Henrique, cumpridor, dizia,

Olá, papá, bom-dia.

Ao que Rogério, para surpresa cabal de Marta, respondia,

Olá, Henrique, bom-dia, como estás?

E Henrique respondia que estava bem, e ambos iniciavam ali uma conversação, como se o miúdo sempre houvesse falado e ela fosse a única que não o soubesse, a única estúpida, que em vez de ouvir bom-dia ouvia um gritinho ou um grunhido, e afinal Henrique podia não ter um problema de expressão; ela, por outra parte, devia ter um problema de entendimento, pelo qual recebia as palavras do filho como papagueado sem nexo, e Marta, de repente, deixava cair lágrimas e queixo e ficava parada, a ver Rogério e Henrique a falarem um com o outro como se fosse a coisa mais normal do mundo, ela que vinha mostrar a equivalência terrena de um milagre, ela é que, afinal, não sabia ouvir.

Rogério, olhando para Marta e para o filho, intrigado pelas lágrimas, pelo espanto, pela presença de ambos no escritório àquela hora da manhã,

Mas a que devo esta surpresa, amor?

E Marta não conseguia ela própria dizer nada, estava ali, especada como uma vara trémula, com o queixo e o humor ao nível do subsolo, e quando se esforçava para dizer qualquer coisa não lhe saía nada, conseguia ouvir e conseguia pensar, mas as palavras não eram capazes de descobrir o caminho para a garganta, ficavam-se pelo esófago, onde se avolumavam num nó que não parava de crescer, numa bacia hídrica que haveria de jorrar-lhe dos olhos, todas as palavras perdidas, e Henrique,

Mamã, não dizes nada?

E Marta já sentia falta de ar, sentia-se a desmaiar, e ainda não era capaz de dizer nada, nem sim nem não, Henrique olhava para ela a sorrir e Rogério também, ambos olhavam para ela como as crianças olham para um pássaro caído do ninho que se afoga na ribeira, ambos sorridentes.

Então amor, não dizes nada?
E começavam a rir-se e Marta queria já só sair dali, voltava-se para rodar o puxador, que não lhe obedecia à força, não conseguia falar, não conseguia mexer nas coisas, mal se conseguia manter de pé, estava perdida no interior de si própria, refém da inoperância geral do corpo, escrava daquele nada que se alastrava num crescendo de maré a galgar o areal e já não conseguia fazer nada senão respirar, muito a custo, porque até respirar lhe custava, tudo lhe custava, e Marta adivinhava que aquilo seria a morte, a morte era aquele silêncio mole a efectivar-se no corpo e a tapar todos os buracos, e Rogério ria, ria a bom rir dela e apontava, e Henrique também, ambos riam, ambos troçavam da sua fragilidade, do seu estado crítico, pelo qual a vida a ia abandonando numa fuga de mamíferos, e de repente Marta caía num buraco que se abria no chão.
Ó meu Deus! Ó meu Deus! Ai, ai, que horror.
Marta acordava, no quarto onde dormia com Rogério, era noite escura. Tinha a garganta seca de ter estado a respirar pela boca durante tanto tempo. Tinha o nariz tapado, provavelmente da sinusite, e sentia-se como se tivesse acabado de ser surrada por uma equipa de râguebi.
Quando deu conta de estar acordada, verdadeiramente, desatou a chorar, baixinho, contra a almofada, para não acordar ninguém.

UM CHARLATÃO #1

Pomos as mãos sobre o menino, assim, em forma de concha, e agora pressionamos, e o som, hou, sai, sai o som "hou", perceberam?
O terapeuta que tinham recomendado ao Rogério e à Marta para ajudar o Henrique a soltar a língua era, no mínimo, estranho. Era um homem alto, nos seus quarenta anos, tinha o cabelo rapado e vestia roupa integral e impecavelmente branca, como se ele próprio fosse um reclame ambulante às propriedades da lixívia. Falava de uma forma pausada o seu português do Brasil e comportava-se como se tivesse caído, à laia de um Obelix, no caldeirão do Xanax. Começou por explicar em que consistia a terapia. Os sons, dizia, estavam presos no corpo do rapaz, era óbvio, isso via-se, e a terapia era conseguir tirá-los em condições controladas, para que o miúdo, depois, aprendesse a fazer a mesma coisa, sozinho e por iniciativa própria. O terapeuta era um mero facilitador, como ele gostava de se definir. Não havia ali nenhuma magia envolvida, nenhum truque, apenas o recurso a técnicas ancestrais de diversas correntes filosóficas do Extremo Oriente e muito, muito treino. Cada sessão duraria cerca de meia hora, durante a qual o terapeuta, encostado à criança, faria os possíveis por desbloquear os pontos pelos quais os sons, que afloram do corpo todo em direcção à boca, passassem. Se tudo corresse como o esperado, em seis ou sete sessões já se veriam resultados consideráveis. Lentamente,

muito lentamente, o terapeuta levantava-se da cadeira de palhinha onde se recostava como se estivesse prestes a ser atacado de um sono comatoso e vinha para junto de Rogério e de Marta, que não conseguiam evitar segurar o Henrique, cada um do seu lado, de cada vez que o terapeuta se acercava do petiz. Com gestos muito lentos, fazendo uma concha com a palma das mãos, o terapeuta encostava as mãos ao corpo do Henrique, que ficava a olhar para o homem num misto de curiosidade e temor, e o terapeuta, muito concentrado, fechava os olhos e, quando Rogério e Marta já pensavam que ele ia cair redondo e que seria uma boa altura para desfrequentar aquele consultório, o terapeuta abria os olhos repentinamente, como se lhe houvesse sido aplicada uma injecção de adrenalina intracardíaca, e soltava um "hou" ou um "hã" com grande intensidade, e Rogério e Marta olhavam um para o outro e para o terapeuta, e este, voltando ao semicoma, perguntava-lhes,

perceberam?

e eles acenavam tanto que sim quanto os seus pescoços lhes permitiam.

Logo a seguir, assim que se reclinava no seu cadeirão de palhinha, voltava à carga conceptual para explicar as vantagens e desvantagens dos banhos que Rogério e Marta deviam dar à criança, com especial enfoque para o banho de pétalas de rosa, que era fundamental intercalar com um banho de açúcar, para devolver as energias a um estado de equilíbrio e permitir que os sons fluíssem pelo corpo, como salmões à rasca para desovar. Explicava, com igual fervor entusiástico, o papel que os pais podiam ter na aceleração do processo de desentupimento das cordas vocais do miúdo.

Os pais

dizia,

devem evitar falar em demasia, sobretudo se a criança estiver bloqueada, como está. O recomendável é que tentem man-

ter a conversa a um mínimo e que quando conversarem, porque o têm de fazer, o façam com muuiittaa calma. Os pais devem ter consciência de que são o primeiro impeditivo ao desenvolvimento do filho, porque as energias que emanam acabam por entrar em conflito com a energia do garoto, não deixando que esta última cresça e desenvolva todo o seu potencial. Tenho mesmo a ideia de que por causa disso, entre outras coisas, seria preferível que os filhos fossem educados só pelo pai ou só pela mãe, que sempre havia menos erosão energética em casa. Compreendem?
Marta e Rogério tinham entrado em modo automático, no que dizia respeito às respostas. Sim, sim a tudo sem precisar de o dizer, abanavam ligeiramente a cabeça e sorriam descuidadamente e a resposta estava dada, anuíam assim, pensando cada um com os seus botões quais eram as probabilidades de saírem daquele local com um minuto de vida aproveitado.

O menino, quando for dia de consulta, tem de tomar o banho de açúcar, sim?

UM ANO, SOZINHOS — V

Ainda bem que chegaste
Não estava a aguentar
A casa é pequena
Não tinha onde me refugiar
Ele está em todo o lado
Nem sei como te explicar
Nunca consigo verdadeiramente fugir-lhe
E não posso
E não posso querer
Precisava tanto de ajuda
Pois, ainda bem que chegaste
Já estás aqui
Vou deixar-to por uma hora
Ele hoje está bem disposto
Eu é que não estou em condições
São muitos meses já
A minha cabeça não aguenta
O dia todo
Todos os dias
Percebes, não percebes?
Vocês também têm de lidar com isto, mas é diferente
Não são os teus filhos
Podes ir para casa depois

E fechas a porta e deixas este mundo lá fora
E podes ver televisão ou chateares-te com a miúda
Que o autismo ficou lá fora
Das 9 às 6
Não quero soar injusta
A sério que não quero
Mas isto é demais
Eu não tenho nada
O autismo tem tudo
Eu nem sei se estou a fazer sentido
Eu estou calma
A sério que estou
E mais confusa
Esgotada
Parece que nada tem sentido
Mas agora vais ficar com ele
E durante uma hora posso esquecer-me um bocadinho
Posso pensar em mim durante uma hora
Só em mim e em coisas longe daqui
Coisas que ficam para além da porta
E do autismo
Talvez umas férias exóticas
Ou encontrar um trabalho de que goste
Ou até um de que não goste
Mas que me paguem bem
Sim, já estou por tudo
Acho que não aguento muito mais
Não conseguia trabalhar nisto
Como vocês
Como tu
É preciso um dom

Uma resistência especial
E poder deixar o autismo à porta, de noite
Pelo menos
Até de manhã
Pô-lo num *tupperware*
E guardá-lo
A sério
Em permanência não se aguenta
Eu sei
Obrigado
Eu sei que estou a fazer tudo quanto é possível
Para que daqui a uns anos não me arrependa de não o ter feito
Eu sei que é isto que tenho de fazer
Mas dói tanto
Quando não o vejo a progredir
Quando lhe digo as mesmas coisas o dia todo
Todos os dias
E ele parece que não ouve
Que não quer saber

Mas ele está melhor
Não está?
Vais vê-lo agora
Ele está melhor
Ele é um menino muito lindo e vai melhorar muito
Sim, vai ter com ele
Eu vou para a cozinha
Eu vou para a cozinha e já volto

Desculpa
Desculpa, isto é só um desabafo

URGÊ CIAS — V

É como um código multibanco, são quatro números, mas é mais fácil, porque é o mesmo número quatro vezes, percebem?
Com isto, Amélia, falando numa voz de quem segreda, enquanto nos reuníamos em torno dela, esperava que percebêssemos o que ela conseguira quando voltara precipitadamente da demanda pela comida e pela água, interrompida pelo alarme natural que eclode em cada mãe, na sequência da audição de uma sirene de ambulância.

Nós não vamos entrar assim pelas urgências adentro,
atirava Rogério, não sem alguma indignação por se estar a considerar uma solução tão heterodoxa e tão contrária às regras como a que Marta desfiava aos nossos ouvidos.

Rogério,
dizia Marta, tentando manter a compostura e o silêncio, unicamente denunciada pela carótida, que lhe pulsava apressadamente no pescoço fino e branco,

eu não tenho ideia de ficar aqui sem saber o que se passa com o meu filho. Estamos cá desde manhã e ainda não sabemos nada, ninguém nos vem dizer nada e na verdade a gente nem sabe, ó meu Deus, a gente nem sabe se está no sítio certo, ou mesmo se ele está vivo!
Marta, a rematar a frase, trazia já na garganta o nó onde se concentrava o choro e deixava-se afundar na cadeira desconfortável, descendo a bandelete dos óculos escuros para lhe tapar os olhos

e evitar que toda a gente tivesse acesso directo aos postigos pelos quais ela deixava escoar o desespero.

Marta, filha

dizia Amélia,

se calhar não é má ideia esperarmos um bocadinho mais e acalmarmo-nos. Eu sei que tu queres muito ver o menino, eu também é a coisa que mais quero, mas a gente tem de perceber se esta é a altura adequada.

Eu sentia-me desconfortável naquela posição e não queria influir na decisão final, que devia pertencer aos pais.

E o segurança,

avançava Amélia, sussurrando,

não pára de olhar para nós. Não olhem agora, mas ele está ali e não tira os olhos de cima de nós.

É claro que todos nós, de forma directa ou pelo canto do olho, olhávamos para o segurança, que se mantinha de facto vigilante, pelo menos no que nos dizia respeito.

E os socorristas, Marta,

perguntava Rogério

porque é que não esperamos pelos socorristas, que devem sair daqui a nada?

Que socorristas?

inquiria Amélia.

A tua filha, enquanto tu estavas aqui à porta especada, falou com uns rapazes, que traziam um homem para as urgências, para que eles lhes dessem informações sobre o Henrique.

Há bocado?

Sim, agora mesmo, enquanto tu estavas aí à porta a ver... isso que viste.

E eles disseram que sim? Marta, eles disseram que sim?

Marta, de cara cerrada,

Sim, um deles disse-me que sim.

Rogério, que pelos visto era frontalmente contra a ideia de transpormos a porta que nos separava do interior das urgências, porque via nisso um atentado à nossa dignidade por via de uma angústia que tínhamos forçosamente de controlar, dado que a dignidade não se recupera, não há duas oportunidades para causar uma boa primeira impressão e até nem era certo, dizia Rogério, que não houvesse logo atrás da porta outro segurança, um mais severo, que nos enxotasse dali para fora como se fôssemos ciganos sem facas nem esgares ameaçadores, e aí nunca mais se dignariam dar-nos notícias, isto se nos deixassem, inclusivamente, ficar no perímetro interior do hospital, quanto mais perto das urgências e da porta que lhes dá acesso, e Rogério continuava,

E já viste, Marta, as pessoas também estão aqui e não vão ficar indiferentes ao facto de entrarmos assim lá dentro, tu já sabes que as pessoas detestam privilegiados e vão armar um chinfrim desgraçado assim que a gente puser pé do outro lado,

Mas Marta não estava convencida nem se queria deixar convencer, porque o mais importante, segundo ela, era conseguirmos saber notícias de Henrique, fosse por que meio fosse, porque as pessoas iam lá querer saber que a gente entrava ou deixava de entrar, bastava que o fizéssemos com naturalidade, que não portássemos a solenidade de um chefe de Estado a desfraldar a touca de um monumento, e o resto ia por si; o pior era o segurança, esse sim não lhes tirava os olhos de cima, esse podia ser um impedimento, tínhamos de o despistar, de o distrair, de lhe dar algum pasto para os olhos que não fosse a nossa entrada no interior das urgências, e Marta,

Porque assim que a gente entre, basta encontrar um médico ou um enfermeiro e com a cara que eu tenho e a choradeira que vou armar ninguém me vai conseguir tirar de lá sem que eu veja o miúdo, isso dou-vos a certeza, por Deus, isso dou-vos a certeza.

Porque afinal estávamos ali e não sabíamos sequer se o miúdo estava ali e se estava vivo, e nada havia de mais aflitivo do que a incerteza, que crescia em espasmos, como um tumor que nos vai ocupando por dentro e que não deixa nenhuma região do espaço vital intocada,

A gente tem de saber dele, isso é verdade,

dizia Amélia, refugiando-se com os olhos no chão de linóleo gasto da entrada das urgências, no chão gasto pelas solas preocupadas e pelas rodas das macas.

Então e quais sãos os números, mãe?

perguntava baixinho Marta, tentando evitar a atenção do segurança sobre as suas palavras.

Não lhe diga, Amélia, não lhe diga, isto é uma grande asneira.

Porque daqui a bocado, segundo Rogério, daqui a bocado sairiam dali os maqueiros, os socorristas ou alguém que viesse informar-nos ou informar aqueles que também esperam, e teríamos informações pela via correcta, sem precisarmos de nos armar em missão impossível, porque éramos apanhados antes de entrar sequer e o segurança já não ia tolerar mais brincadeiras destas.

Ó Rogério, por favor, cala-te, cala-te, Rogério, o teu filho está lá dentro e tu não queres saber dele? Não queres utilizar a única forma de saberes dele? Tu nem sabes se ele está vivo, Rogério!

E Marta, de cada vez que se dispunha a vocalizar aquela preocupação que lhe ocupava o corpo num desconforto de parasita, dava sempre por si a morder o lábio para se impedir de chorar, para que uma dor aguda, momentânea e controlável, pudesse, por um tempo, pôr em baixo registo a dor contínua de não saber do bem-estar do filho e Amélia,

Ó filha, há-de estar bem, filha, se não estivesse já nos tinham dito, há-de estar bem.

Como é que sabes mãe, também adivinhas agora? Também lês nas folhas do chá? Quem é que te disse que ele estava bem? Rogério tentava apaziguar os ânimos, Amélia só queria sossegar-nos, não pretendia fazer futurologia de balcão, apenas confortar-nos, porque precisávamos de sossegar os corações, que pulavam de intranquilidade dentro da caixa torácica, como alguns animais de estimação que nunca se habituam às grades ou às gaiolas, e a verdade é que não havia possibilidade antecipada de saber se Henrique estaria bem. Tudo indicava que estaria pelo menos vivo, porque, em caso contrário, como bem observara Amélia, já nos teriam dito qualquer coisa, já nos teriam avisado, já alguém tinha saído de lá dentro, de bata verde e estetoscópio ao pescoço, calçando umas daquelas sandálias esburacadas de borracha, e dito, numa modulação de voz treinada por anos de desgraças, lamento, lamento muito, fizemos tudo o que pudemos mas não conseguimos, ele deixou-se ir, estava demasiado assim e muito menos assado do que seria necessário e não sofreu, pelo menos não sofreu.

Cala-te Rogério, não te quero ouvir mais, não vales nada, não prestas nem para pai; qualquer outro já tinha arrebentado a porta e a cara do segurança e o que fosse necessário e agora estava ajoelhado à beira da cabeceira de cama do filho, que é aí que os pais têm de estar, percebes, é aí que lhes pertence o lugar, Rogério, não é aqui fora a legislar sobre a invasão de propriedade pública, ouviste, pública, paga com os nossos impostos, não vamos entrar na casa de ninguém à procura da aparelhagem ou da televisão, Rogério,

Claro, Marta, qualquer outro já tinha arrebentado com isto tudo, como nos filmes, e a esta hora, se calhar, até já tinha duas enfermeiras apaixonadas por ele a seguirem-lhe o rasto da destruição que ia deixando; vai lá tu agora, Marta, a super-mãe, vai lá e mete o código, a ver se te deixam entrar assim sem problemas, a ver se o segurança não te caça por uma asa como fez há bocado e se não fosse eu talvez tivesses ficado no mesmo sítio a reclamar com ele, mas vai lá, já que tens essa força toda põe-na a bom uso, nem entres pela porta, vai rompendo paredes até chegar ao quarto onde está o Henrique, ou até ao bloco operatório, se for lá que ele esteja, e aí vais-te sentir um bocado mais estúpida e mais impotente, mas já terás feito o teu número, já vais estar descansada e com mais uma medalha imaginária de boa mãe cravada no peito.

Ó Rogério, por amor de Deus, cala-te,
dizia Marta, num misto de resignação e desespero através do qual despedia toda aquela conversa.

Vocês têm de se acalmar, filhos,
avançava Amélia, a tentar compor os ânimos, que colidiam frontalmente e com violência, num espaço tão reduzido,

vocês têm de se acalmar,

Ó mãe, cala-te, por favor cala-te, tu não vês que este homem é incapaz de ser pai? Tu não vês que ele gosta mais da lógica e das regras do que do filho? Tu não vês que ele é capaz de inventar qualquer desculpa para não ter de fazer o que qualquer outro pai faria?

Cala-te, cala-te que não te admito que ponhas em causa aquilo que sinto pelo meu filho só por seres passada dos carretos e achares que a melhor forma de resolver tudo é aos gritos e aos pontapés, que já nos podiam ter expulso daqui, para ti as pessoas têm de cortar um braço ou de andar à porrada para provarem que se preocupam com alguma coisa, és uma tarada.

Se calhar, dizia eu, se calhar a gente vai até lá fora enquanto eles conversam, Amélia, que eles precisam de conversar.

Mas a gente deixa-os aqui, Abílio?

E eu acenava que sim com a cabeça, que seria melhor que eles descarregassem aquilo em privado, porque as palavras têm um peso distinto quando há testemunhas, adquirem outra violência, contornos de armas com as quais os adversários se digladiam perante o olhar interessado de quem observa as coisas da bancada central, e sem público, as coisas, mesmo que ditas da mesma forma, são melhores, são menos nocivas, têm um peso relativo que se esgota no momento e na presença, depois as pessoas esquecem, numa saudável amnésia de peixes, e quando dão por elas estão abraçadas, porque debaixo da tempestade há tempo e espaço para um abraço, desde que estejam sós, desde que estejam absolutamente sós, a gravidade faz o resto, a gravidade faz o resto.

E agarrava Amélia pelo braço para a levantar, enquanto os miúdos ficavam ali a esgatanhar-se, até que a exaustão operasse os seus poderes reconciliatórios, eu e a Amélia íamos lá para fora, apanhar ar,

A gente volta já

esticar as pernas, ver o que se passava em volta, e eles resolviam as suas coisas, eles haviam de ter juízo para resolverem, mesmo que por tréguas, as suas coisas, sobretudo na situação pela qual passavam.

Tu achas, Abílio, que é boa ideia a gente deixá-los ali?

É a ideia possível.

Não era uma ideia de que eu gostasse assim tanto, porque implicava, sobretudo, ficar na companhia da Amélia para lá do que seria desejável e decerto além do suportável, mas não via como é que os miúdos se podiam recompor sem ser por esta intervenção pela negativa. As pessoas, sobretudo os casais, precisam dos espaços privados dos seus casulos para poderem, em ambiente almofadado, libertar a violência que acorre naturalmente a todas as criaturas e que resulta da nossa fricção quotidiana com o mundo e com as coisas que o habitam.

Ai, Abílio, este ano tem sido muito difícil: foi a operação da minha mãe, foi a crise, agora esta coisa do menino, nem sei Abílio, nem sei...
A minha vontade de falar com o estafermo ou de ouvi-lo era inferior a zero. Eu tinha de pensar que estava ali unicamente com um propósito, e esse era claro e oportuno: era preciso que os miúdos se entendessem, porque as complicações não iam minorar, não iam desaparecer e quanto mais estivessem unidos mais fortes estariam para suportar tudo aquilo, não era como eu e a Amélia, que éramos como dois continentes, irmanados pela gastronomia e pela corda de estender peúgas, dois colossos solitários que passavam um pelo outro no corredor como dois rinocerontes que se cruzassem num túnel de metro, resolutos, compactos, inexpugnáveis, absolutamente incomunicáveis, excepto na tragédia. Os miúdos mereciam mais, sobretudo na relação deles, mereciam que o amor os resgatasse, se amor ainda havia nesta terra, então que lhes estivesse reservado um bom quinhão para que eles se salvassem, porque a despeito do cinismo eu queria era a felicidade deles, mesmo que não acreditasse nela desejava-a, desejava-a como quem deseja um unicórnio.

Abílio, vamos antes para debaixo daquela árvore, que faz mais sombra.
E a gente lá se mexia, como se concordasse.

Esta coisa é terrível, eu não sei o que fazer, é terrível, a Marta tem razão, o Rogério tem razão, isto no fundo é uma questão de escolha, e se calhar tem razão quem calhar a acertar nas coisas que acontecerem depois; já viste se somos expulsos, Abílio, se calhar não nos expulsavam a todos, mas se a Marta é expulsa daqui ela não aguenta, e Amélia fazia uma pequena pausa como se a sequência do pensamento houvesse sido interrompida por uma linha branca de ausência total de consciência, para logo prosseguir

mas, por outro lado, a gente não pode continuar sem saber do menino, não é? E se ele já não está bem? E se ele, Abílio, já está... ora... enfim, se já aconteceu uma desgraça. Ai, que nem devia dizer isto, mas desde que isto aconteceu, Deus nos perdoe, que tenho vindo a pensar, Abílio...

Eu já estava algo perdido, a destilar na minha interioridade o sabor possível de uma ausência, como quando nos queremos alhear das conversas, no comboio ou na esplanada, para ler, e acabamos por não passar da terceira linha, repisando-a numa frequência de engasgo, enquanto tudo prossegue à nossa volta num nevoeiro de frases.

Eu nem devia dizer, Abílio, mas às vezes, especialmente hoje, tenho a sensação de que aquele menino precisa de paz, percebes, Abílio, precisa de paz.

As conversas da Amélia, com a idade, não raramente iam desembocar num fatalismo qualquer, fosse ele composto de doenças ou de desgraças que acontecem nos carros ou nas passadeiras, e era mais fácil encontrar consolo no livro do desassossego do que numa hora com ela na pastelaria; mesmo que prestasse toda a atenção do mundo ao jornal, era como se todas as páginas fossem as páginas da necrologia, tudo ficava assim, moribundo, à passagem da modulação de voz da Amélia, e eu próprio, mesmo que houvesse acordado bem disposto, depressa me começava a converter àquele onanismo de obituário e dava por mim a folhear o jornal, mesmo na secção de desporto, a pensar quando é que toda aquela gente tinha a decência de morrer.

Aquele menino desde que se soube da doença dele tem sido um sofrimento, para ele e para os pais, e ele não merecia isso,

nem os pais, já viste como é que eles estão um com o outro, aquilo não é só as típicas desavenças de casais, ali há muito sofrimento já, muito sofrimento acumulado, e aquele menino não melhora para lhes dar força.
Em Portugal, sobretudo, muito mais do que em todos os países pelos quais passei, o espírito da fatalidade tem um poder sobrenatural sobre a cabeça das pessoas. Tenho pena de ter deixado de fumar. Hoje era talvez um bom dia para voltar. Se calhar, a pretexto de ir comprar coisas, ia ali em cima e comprava um maço de tabaco. Eu nem sei quanto custa um maço agora. Deve ser o triplo do que eu pagava, ou mais.

Na verdade, Deus me perdoe, eu não lhe desejo mal nenhum, pobre do meu menino querido, o que quero é que ele seja feliz, e ele deve ser, à maneira dele, mas às vezes gostava que a Marta tivesse outro, que se convencesse a ter outro, porque eles merecem saber o que é serem pais, integralmente, e com aquele menino não vão saber nunca, não é, e se o menino não aguenta isto ou se fica pior, já pensaste nisso?
De certeza que nestes sítios não há tabaco, afinal isto é um hospital, não devem vender tabaco e mesmo que vendessem acho que já não é a mesma coisa, voltar a fumar, voltar a escarrar todas as manhãs e a dormir com um par de gatos cá dentro, não, acho que não é isto que quero, definitivamente, foi só uma ideia com velas, uma ideia para me levar para longe daqui, no fundo nem sequer é uma possibilidade, é um sonho onde a gente fundeia para descansar. Se calhar até ia comer qualquer coisa, também já dou por mim com fome. Os miúdos, se não estivessem naquela ansiedade, estavam esgalgados. Isso era certinho, então o Rogério, que se está sempre a queixar de falta de açúcar no sangue, esse ainda não desmaiou porque ainda não lhe bateu.

E de certeza que as coisas hão-de correr como devem, para um lado ou para outro, mas aquela ansiedade que não os larga não vem só de agora, aquilo é também o menino que os deixa assim, eles não verem uma saída para aquilo, por mais terapias que façam, é muito difícil viver a tentar fazer este balancete de expectativas e não sentir todos os dias uma pontada no peito, e eles já têm uma vida complicada e mereciam ser felizes; às vezes penso, Deus me perdoe, se tudo não seria mais fácil para eles sem filhos, se calhar são um daqueles casais que não foram feitos para terem filhos, que não se sabem dispersar, se calhar não foram feitos para ter este tipo de filhos mas, se calhar, para isto, não foi feito ninguém.

Lá dentro os miúdos já se devem estar a entender, se calhar a gente veio demasiado cedo, mas com tanta aflição, enfim. Temos de lhes ir comprar as coisas, para eles comerem e beberem. Se calhar um jornal para o Rogério ler enquanto espera, até a mim dava jeito, comprava para ele e se ele não quisesse eu lia, se calhar até ficava envergonhado por ler nestas circunstâncias e dava-mo logo, eu apetecia-me ler qualquer coisa que não fossem aqueles pasquins de metro.

Tu sabes o que estás a dizer, Rogério? Tu queres que fique aqui especada à espera dos favores de alguém para saber como está o meu filho porque tens vergonha de fazer uma cena no hospital? Mas que raio de homem és tu? Mas para que é que tu serves? Mas tu gostas do teu filho? Tu gostas de alguém? Tu gostas mais da tua reputação, que não preocupa ninguém sem seres tu, do que do Henrique, essa é que é essa.

Rogério e Marta estavam de lado na cadeira, de frente um para o outro, visivelmente tensos, Marta tentando ao máximo minorar o volume da discussão, mesmo que os argumentos, pela violência, lhe pedissem naturalmente um tom de voz mais elevado.

Esta é uma merda de discussão, Marta, para variar é uma merda de discussão. Nós não estamos de acordo em nada sobre o Henrique, desde a educação até à roupa, porque é que hoje íamos estar de acordo sobre a melhor forma de saber da saúde dele? Tu meteste na cabeça que é à Hulk, entras por aí fora e vais derrubando paredes até chegar ao miúdo, e eu meti na cabeça que evoluímos em demasia para estarmos agora a fazer figuras de taberneiros, ou pior, de ciganos, porque não nos sabemos portar civilizadamente, mesmo que nos peçam com insistência.
Rogério fazia uma pausa, para auscultar a reacção de Marta, e prosseguia,

Achas que me agrada isto? Achas que gosto de esperar sem saber como está o meu filho? O que quero é que ele seja tratado o melhor possível e que eu possa acompanhá-lo. Entrar porta adentro, por ali, vai estragar tudo. Ainda nos expulsam, ainda começam a desdenhar-nos porque nos acham uns cretinos, ou pior, ciganos, e ainda vamos todos lamentar o facto de termos sido todos muito atrevidotes, quando na verdade deveríamos ter sido pacientes.

Eu não quero saber da paciência, eu quero ver o meu filho! gritava Marta, e todos, no átrio, voltaram a atenção para ela. Rogério, acto contínuo, recostava-se de novo na cadeira e, respirando fundo para se acalmar, prosseguia,

Grita, grita mais, grita mais, que de certeza que to vêm trazer aqui fora.

Cala-te, está mas é calado, não vales nada como homem.

Hás-de arranjar quem valha, quem te acompanhe a partir paredes; depois fazem um belo casal de trolhas e pelo que percebi, até já começaste a seriação.

O quê? O que é que estás para aí a dizer?
Marta também se havia deixado cair no assento, ambos fingindo, tanto quanto podiam, que as cadeiras e as posições eram confortáveis.

O que é que queres dizer com isso?

Estou a falar daquele moço, parece-me que é adido cultural ou qualquer coisa assim imoderadamente fina, não te recordas? Pensa lá bem, não te diz nada?

E enquanto Rogério se deixava ficar na cadeira, recostado, Marta ia erguendo as costas da cadeira, olhando para Rogério, com os sobrolhos franzidos, denotando surpresa, e ao fim de um par de minutos foi capaz de dizer

Estás a falar de quê ou de quem?

Estou a falar, espera, eu digo-te já, deixa-me ir aqui ao Facebook do meu telemóvel.

E Rogério tirava o Iphone do bolso e começava a manejá-lo com a ponta dos dedos.

Ora, vejamos, aqui, aqui, aqui não, onde estás, onde estás, talvez seja, não, não, mas talvez sejas este, bingo, é este moçoilo bem parecido aqui, reconheces?

Marta olhava ora para o telefone ora para Rogério e dizia,

De onde é que tu conheces o Nuno?

Boa! É Nuno, o rapaz chama-se Nuno, tinha-me esquecido, é Nuno Sampaio, não é? Será que é parente do cenoura? Com um nome desses e aquela posição privilegiada, pode ser, pode ser. No entanto, a pergunta a fazer não é "de onde é que tu conheces o Nuno", mas antes, de onde é que *tu* conheces o Nuno?

Marta refreava-se.

Ora, conheci-o num aeroporto, em Barcelona, quando estive lá para a conferência, à qual não pudeste ir, do autismo, há um mês ou isso, mas o que é que isso interessa?

Nada, ora essa, havia de interessar para quê? Isso de conhecer pessoas em aeroportos é uma tradição portuguesa muito arreigada, só lhe estás a dar continuidade.

Mas tu achas que eu tenho alguma coisa com o Nuno? Ou algum interesse? Mas tu estás parvo? Ah, ah, ah, ah, ah.

Não sei, diz-me tu. Até gostava que fosses tu a dizer-mo, sempre seria mais honesto ouvi-lo da tua boca do que vir a saber por outra pessoa qualquer.

Que estupidez, o rapaz é simpático mas não tenho nada com ele, nem quero ter, que parvoíce. E como é que sabes do Nuno, já agora? Ainda não me explicaste.

Porque é que não devia saber? Porque é que não me disseste nada que tinhas conhecido uma pessoa nesse dia, nesse aeroporto? Porque é que o escondeste?

Eu, eu não escondi nada, não se proporcionou! Tu também não me deves dar conta de todas as pessoas que conheces, ora essa!

A diferença é que eu não adiciono essas pessoas ao Facebook e não lhes mando mensagens, dias depois de as ter conhecido, a despedir-me com "um beijo". Não achas que há aqui uma diferença assinalável?

Surpreendida, Marta eclipsava o sorriso que lhe guiara as respostas até então e fechava a expressão da cara numa indignação contida.

Como é que tu... tu entraste na minha conta do Facebook? Tu andaste a vasculhar as minhas mensagens? Como é que foste capaz?

Eu não espiolhei nada. Tu deixas o teu computador ligado e quando se vai ao Facebook ele entra directamente com a tua conta, pelo que, tecnicamente, me limitei a ler o livro que abriste.

Tu não existes. Isso é desculpa?

Rogério, respirando fundo,

Quando tu disseste que me querias deixar, lembras-te de eu te perguntar se havia alguém?

O que é que isso tem a ver, eu ainda não acredito que tu me andaste a espiolhar, a ver as minhas coisas privadas; o que é que viste mais?

Chhhh, chhhh. Eu acreditei à condição, na tua resposta, mas não confiei inteiramente nela, pelo que fiz o meu trabalho de casa e dei pela existência do sr. Nuno, um rapaz ao qual mandas às vezes umas mensagens pelo Facebook, coroadas pela mirífica expressão "um beijo".

Ora que lata!

Chhh, chhh.

Dizia Rogério enquanto punha o indicador à frente dos lábios.

Chhh, que eu vou explicar-te a diferença conceptual entre "beijinhos" e "um beijo", coisa que tu já deves ter compreendido, nomeadamente na altura de mandares o *e-mail* ao moço, mas de que de repente te esqueceste, para a conversa em questão.

E Rogério assumia a pose de quem vai fazer uma importante prelecção sobre a metafísica dos costumes, verticalizando a posição da coluna e assumindo um tom ao mesmo tempo cínico e académico. Marta estava trancada na surpresa e na indignação e não sabia qual delas exibir, o quanto e quando. Tinha sido apanhada sem preparação e nunca tivera jogo de rins diplomático para lidar com este tipo de situações recorrendo a subterfúgios, que é como dizer, não sabia mentir muito bem.

Eu mando beijinhos às minhas amigas, à minha mãe, às minhas colegas, enfim, a todas as pessoas com as quais tenho alguma ligação, do superficial ao profundo

continuava Rogério, naquele púlpito improvisado de onde vertia para cima do público restrito, unipessoal, a sabedoria milenar dos substantivos e dos seus diminutivos

e quando recebo mensagens, recebo-as também finalizadas com "beijinhos" ou, no máximo, por pressa, por comodidade,

"beijos", mas sempre no plural, nunca no singular; talvez "beijinho", no singular, seja aceitável, se bem que pouco comum, agora "beijos" é sempre no plural, nunca no singular e tenho a certeza de que nos últimos anos a única pessoa de quem terei recebido "um beijo" na despedida de uma mensagem terás sido tu, se bem que com uma frequência de que não nos podemos orgulhar. Portanto se tu conheces um rapaz e passado uma semana lhe estás a mandar uma mensagem, e uma mensagem que não é mais do que uma graçola, uma oportunidade para manter a conversa, um símbolo de interesse, e terminas a mensagem com "um beijo", parece-me bastante simples e linear concluir que o teu interesse no rapaz, mesmo que imaginado, mesmo que uma mera possibilidade na qual te refugias da relação que tens, parece-me que é mais sério do que querias veicular na tua explicação de há pouco, sobretudo porque falaste dele com uma leviandade tal que só faltava dizeres-me que nem te lembravas de o ter adicionado no Facebook. O que te leva a mandar-lhe "um beijo" numa mensagem sem interesse? É um recordatório de um beijo que deram? É o que estavas a pensar quando olhavas para ele? É o que gostavas de lhe ter dado, se não fosses comprometida, se não fosses covarde, se não fosses totó? Eu não me interessa muito, sabes...
E Rogério voltava a afundar-se, tanto quanto possível, na cadeira da sala de espera, deixando cair o cinismo e substituindo-o, no tom das palavras, por uma mágoa ressentida, que ele tentava, a custo, disfarçar.

O que sei é o que disseste, não sei das tuas intenções, nem quero saber delas, sobretudo depois da conversa que tivemos recentemente e da vontade que manifestaste em deixar-me. Agora não sais disto impoluta, não sais disto sem esta nódoa, isso vais levar para fora da relação, vais tisnada, isso não sai; e isto é só o que encontrei numa conversa de Facebook, eu nem sei o que andas a fazer na tua vida, com quem andas, não sei de nada, e a bem dizer, a partir do que vi, deixei de me interessar em saber, porque se tu consegues, depois de todos estes anos em que jurámos mutuamente amor, meter-te num *flirt* com um gajo que conheces num aeroporto, já não me surpreende nada que possa vir um dia a saber e, na verdade e se possível, não quero saber, não quero mesmo. Marta tinha estado a ouvir, numa atenção consternada. Ajeitava os óculos, recostava-se, voltava a inclinar-se, mexendo-se na cadeira, como se a conversa de Rogério fosse o som pelo qual ela coreografasse os movimentos que executava no mesmo lugar.

Olha, Rogério, pensa o que quiseres e faz esses filminhos à tua vontade, deves ter visto o *e-mail* e o Facebook e tudo o resto,

Sem grande proveito,

interrompia Rogério

dado que não és grande utilizadora das novas tecnologias e, mesmo assim, vê lá o que descobri, imagina se fosses!...

Não interessa, eu nunca te traí e nunca traí o nosso amor, e tenho a consciência tranquila, portanto tu podes pensar o que quiseres que não me interessa, porque eu estou descansada.

Eu já penso em tudo, Marta.

Tu não devias ter espiado as minhas coisas. Não devias.

O Henrique, Marta, o Henrique é meu filho?

Ó Rogério, poramordedeus! O que tu vais buscar!

Não te parece natural? Sabes qual é o problema das mentiras? Mesmo das pequenas, mesmo dos beijos que afinal são só um? É que normalmente escondem outras, pelo que a pessoa que descobre uma começa a ver manadas delas em todo o lado.

Rogério, eu não te minto.

Mentes-me sim. Mentes é mal. Eu esperava tudo de ti menos isto. Tu sabes que eu te amo acima de tudo. Até achava alguma nobreza no quereres deixar-me. Achava tudo um conflito filosófico impossível de dirimir. Mas não. Afinal é tudo mais simples. É mentira e traição, chapa cinco, como em qualquer novela banal.

Eu não te traí, Rogério. Eu não te traí, percebes?

Deves ter uma noção muito peculiar de traição e de consciência.

Olha quem fala. E os dez mil euros que tínhamos na conta poupança e que tu tiraste há um mês? Quando é que estavas a pensar dizer-me que os tinhas levantado?

Isso não é uma mentira. Isso é esquecimento. Precisei do dinheiro para uma urgência e não é a mesma coisa.

Uma urgência de dez mil euros? Pois o meu caso também é esquecimento. Não me lembrei de te falar no Nuno. Até porque não há muito para dizer.

Pois, só "um beijo". É pouco, mas significativo.

Eu não preciso de te mentir, Rogério.

Então porque é que o fazes, Marta?

Porque tu também não me dizes tudo, Rogério. E não é mentir.

Já percebi. É a versão omissa. É uma diferença do caraças.

É. É uma grande diferença.

Ainda me amas, Marta?

Ó Rogério, não se trata disso, e não vamos recomeçar essa conversa, justo agora, justo aqui. Aqui somos pais, Rogério, pais, percebes?

Eu preciso de saber, Marta. Eu amo-te tanto. Até o meu amor pelo Henrique passa por ti. Eu preciso que compreendas isso. Que consideres isso.

Eu já não sei de nada, Rogério. Pára. Por favor pára.

Eu paro quando responderes, Marta.

Não tenho nada a dizer, aqui não, deixa-me. Falamos disto depois.

Cool kids belong together, lembras-te?

Pára, Rogério, por favor, pára.

De repente havia-se interrompido a modalidade pais para se activar, de forma temporária, a modalidade casal, porque, no caso em apreço, uma não parecia ser compatível com a existência da outra, simultaneamente, de tal modo que para voltar à modalidade pais, tinham de esperar algum tempo, o tempo suficiente para que o sistema se despisse da tralha que acumulara na forma de estar anterior e que se entranhava neles numa infiltração de óleo queimado debaixo das unhas. A mágoa não se instalara agora, não vinha de agora, a mágoa andava atrás deles há muito e agora tinha encontrado um tom de voz, um pretexto, um terceiro através do qual se veicular.

Escuta, ajuda-me a fazer isto Rogério, esquece tudo, esquece que somos casados, que temos um passado e ajuda-me a encontrar o meu filho, Rogério.

Marta inclinava-se para Rogério, com as mãos nos joelhos e os olhos em comoção.

Ajudo-te, Marta, ajudo-te, ele também é meu filho e, ao contrário do que possas pensar, isso faz toda a diferença do mundo, especialmente quando tenho de tomar opções considerando o que pode ser o melhor para ele. Mas não te ajudo como tu queres, Marta, não te ajudo a lá entrares de socapa para sermos apanhados e sermos todos expulsos daqui, sermos tratados como uns cretinos quaisquer que não mereçam sequer um chavo de informação. Nisso não te ajudo, já te disse que não, porque não concordo.

Mas é a única forma de sabermos qualquer coisa dele, é a única forma, Rogério.

Marta já não se esforçava por conter o choro, deixava-se ir, e as pessoas que olhassem para ela, que a fitassem, que a julgassem, a tudo isso ela estava absolutamente indiferente, o que estava em causa era de uma importância incomensurável, as pessoas à sua frente que falassem dela em surdina, os ciganos que se rissem da sua impotência, o segurança que a julgasse uma descompensada com excesso hormonal, a tudo isto ela estava imune.

Temos os médicos que hão-de cá vir Marta, que hão-de inclusivamente sair dali, temos até os socorristas Marta, aqueles que ainda há pouco interpelaste e que te disseram que te ajudavam, temos de ter calma, Marta, isto é um hospital, tem regras que temos de respeitar, sob pena de sermos corridos daqui para fora.

E se os socorristas não trouxerem notícia nenhuma?

Nesse caso esperamos pelos médicos.

E não te propões a fazer mais nada, não me ajudas, só esperamos pelos médicos, e se os médicos quiserem vir só amanhã, ficamos aqui feitos tolos, é isso?

Se os socorristas saírem daqui sem notícias nenhumas eu reconsidero, mas temos pelo menos de esperar por eles.

Não te esqueças do que disseste, Rogério.

Eu não me esqueço Marta, eu não me esqueço, nem do que digo nem do que escrevo.

Eu disponho-me a esperar pelos socorristas, mas depois tens de me ajudar, porque isto ultrapassa-nos enquanto casal, Rogério, isto tem a ver com o nosso filho, e temos de ser adultos para deixar os ressentimentos de fora disto.

Entretanto, à porta chegava um segurança, que, aparentemente, deveria vir substituir aquele que estava de turno. Marta e Rogério ficaram a olhar para ambos enquanto os homens se cumprimentavam, numa agitação de mãos pela qual um simulava pequenos golpes e o outro simulava que se defendia, devia ser tradicional entre seguranças, uma espécie de introdução à maçonaria dos pobres. Terminadas as formalidades introdutórias, ambos os seguranças iniciavam conversa. De quando em vez, olhavam de soslaio para Marta e Rogério, que, nesses momentos, fingiam não saber o que se passava e fingiam falar um com o outro, e o segurança que acabara de chegar entrava, puxava de uma cadeira e sentava-se à porta que separava o exterior do interior, enquanto o outro se mantinha lá fora. O que parecia uma mudança de turno era, na verdade, um reforço. Marta, dando conta do que acabara de acontecer, afundava-se ainda mais na cadeira, como se esta fosse um pufe esfomeado, e começava a soluçar um choro que lhe brotava por detrás das lentes dos óculos.

A gente arranja uma solução,

afiançava-lhe Rogério,

a gente arranja uma solução.

UM CHARLATÃO #2

Então e que sintomas tem a menino?

A alemã com que Rogério e Marta falavam tinha, como todos os estrangeiros em relação a todas as línguas que não lhes são nativas ou suficientemente estudadas, uma natural inclinação para trocar o género das palavras. Enrolava a língua para depor em cima da secretária o pouco português que era capaz de exprimir, mas fazia-o com uma simpatia franca e generosa, que parecia veicular um abraço pelo qual envolvesse todos os presentes de encontro ao peito, que, encimando-lhe a cintura, aparecia como duas grandes bossas, que suscitavam o imaginar de toda uma infinidade de metáforas relativas a alpinismo.

O menino não fala, doutora.

A médica era homeopata, das boas, garantira uma amiga de uma amiga de Rogério e Marta. Já tem curado casos sérios, diziam, num aposto ao reclame, e é muito boa com meninos com atrasos de diversos graus. Depois, como sempre, no rosário das continhas aparecia um exemplo concreto, que alguém teria conhecido através de não-sei-quem, de uma criança que teria melhorado de forma substancial por via dos recursos teutónicos, e quando há um exemplo concreto, mesmo que remoto e impalpável, há espaço para alocar confiança e esperança.

E a menino não fala porquê?

Os homens são por costume mais impacientes no que diz respeito às perguntas que parecem levar a lado nenhum. Não têm a resistência das mulheres e, se é verdade que é raro perderem grande coisa com isso, excepto talvez uma história para contar no trabalho, quando perdem é como se não houvessem jogado no totoloto com a chave vencedora escrita na mão. Marta, paciente mas confusa, tentava explicar à doutora que o problema, além da evidência factual de a menino não falar, era esse mesmo, saber porquê, e era por isso que estavam ali, para saber o porquê, mas se não soubessem também não havia mal, nunca tinham sabido em lugar nenhum e não tinham tantas nem tão altas expectativas, a doutora até podia saber, gracejava Marta, e não o dizer a ninguém, nem a nós, desde que o curasse, e ficaríamos ignorantes e felizes, percebe doutora, o problema às vezes não é saber, continuava.

Sei.

Finalizava a doutora, tentado evitar que a conversa saltasse já para o prognóstico e a cura sem ter ainda descolado da elencagem de sintomas de que a menino padecia. Em Portugal, dizia a doutora, podia-se dispensar o preceito de um bom e sólido diagnóstico se a cura fosse obtida, mas na Alemanha isso seria impossível, porque parte do processo de cura implica saber do que se padece efectivamente, e só através da recolha de sintomas completa é que se pode saber isso, sim?

Não podemos saltar passos, sim? Então vamos ver que mais podemos saber da menino?

Sim, claro, doutora, pergunte.

Rogério sintonizara-se noutro espaço mental, selado daquele onde estava, um *tupperware* ocluso e cultivado onde podia refugiar-se quando à sua volta as paredes começassem a ruir ou a falar com ele. A conversa da doutora começava a tomar distância e balanço e aos poucos era mais uma cadência, uma entre as muitas da cidade, que se tornava parte integrante de uma paisagem sonora para a qual só se toma atenção no perigo ou na neurose.

A menino come bem?

Muito bem,

afiançava Marta, não sem algum orgulho.

E a menino dorme bem?

Sim, dorme optimamente.

E as cocós? Regular?

Sim, sim, tudo muito regular.

De que color?

Ora...

Rogério, que despertara, um pico apenas de lucidez, tinha calhado ouvir a pergunta sobre a cor das fezes e deu por ele a regressar ao buraco esconso de onde não queria sair, com a ideia de que até para a merda se podia fazer avaliações com recurso a uma escala de pantone.

Acho que vai de verde a castanho, de verde-escuro a castanho-escuro, diria; e tu, Rogério?

Hum, hum...

A doutora explicava, não sem um excesso de paternalismo germânico, que nós somos aquilo que comemos e que as fezes são aquilo que comemos e que aquilo que comemos, ao passar por nós, nos faz, como os tijolos fazem as casas e como as pequenas abelhas fazem as colmeias. A doutora, acabando de explicar este largo preceito conceptual, sorria, e ficava muito satisfeita quando Marta e Rogério também sorriam, porque era sinal de que eles iam percebendo, e a percepção, como se sabe, é meio caminho andado para a cura.

Que mais tem a menino que me puedan contar?

Rogério, a levitar baixinho, ia dizer que ele era autista, ia dizer uma piada para que todos se rissem, mas apercebeu-se a tempo do destempo da graça e conteve-se, conteve-se e levantou voo outra vez, a apreciável altitude, para dar conta, do topo dos topos, da cordilheira de perguntas e respostas daquela consulta estranha, que parecia, de onde ele a via, compor a coluna vertebral de um dinossauro extinto. Marta — como todas as mulheres, mais pacientes, mais dadas aos resultados do que ao método — esforçava-se para, sem revirar as órbitas, conseguir tirar da interioridade uma resposta satisfatória para a pergunta em causa, mas só lhe apetecia dizer, no final, que a menino era autista, e que isso é que era essencial, grave e extraordinariamente visível, tanto que tapava tudo o que à volta pudesse querer florescer numa Primavera de atributos.

Doutora,

exclamava Marta, reconfortada por achar-se em posse de um elemento

o menino, às vezes, cheira mal da boca.

Hum, hum, apontava a doutora, muito bem, dizia, é fígado tudo na mesma frase, e no papel que tinha em cima da mesa, com o contorno frontal de um homem desenhado, fazia uma seta na direcção de onde podia ser o fígado ou uma porção generosa de pulmão e, como era costume, não se fazia rogada em explicar que era fígado, mas que o fígado não fazia isso sozinho, portanto devia haver outro órgão envolvido, um cúmplice, se lhe quisessem chamar assim, e pelo cheiro, pela qualidade do cheiro, ia-se descobrir o que era, ou quem era, consoante se vissem os órgãos como predicados ou como entes, o que para o caso, concluía a doutora, era indiferente.

Então e cheira a quê? Enxofre? Limão? Cebola? Alho? Doce? Forte?

Marta e Rogério — este apenas regressado do lunário privado para acompanhar de perto a busca pelo pantone odorífero — pensavam e, num *brainstorming* a três, atiravam para cima da mesa, em primeiro lugar, as hipóteses todas que lhes passavam pela cabeça, para logo de seguida as renegarem, afinando deste modo aquilo que diziam, até chegarem ao conforto de poderem dizer, com propriedade, agridoce e cebola, forte.

Rins.

Afiançava a doutora.

Rins?

Perguntava Marta?

Rins.

E, numa breve exposição, a doutora ia enunciando o que tinha acumulado sobre a anatomia do odor. Porque se fosse intestino, dizia, o cheiro era doce como caramelo e se fosse cabeça ou pulmões, era ácido, mais ácido se fosse cabeça e menos ácido se fosse pulmões e se fosse pâncreas — que quase nunca era, dizia, salvo em casos tão excepcionais como infelizes — era um cheiro estranho, tão nauseabundo como os esgotos da cidade, e fazia um largo pfufff com a mão, tapando o nariz com a mola dos dedos e rindo-se, como se estivesse a explicar as coisas a um par de gaiatos que necessitassem, em permanência, de suporte visual de conversa. Agridoce com resto de cebola, dizia, forte, dizia, só pode ser rins. Rogério, maravilhado, acabara de concluir que nem uma prova de vinhos podia oferecer descrições tão generosas.

Isso quer dizer,

prosseguia a doutora

que a problema é anterior ao nascimento, sim? Este problema vem de antes de nascer, o pequeno.

Marta e Rogério, e Marta sem a paciência de há dez minutos, esperavam pela explicação, numa antecipação de circo. A doutora, sem pestanejar, dizia, serena, que o binómio criminoso fígado-rins, numa criança de tão tenra idade, não podia ter começado a surgir agora e nem agora nem ontem, afirmava sem margem de dúvida; é uma coisa que provavelmente tem componente genética, e para curar há que começar por quem o gerou, curar quem o gerou para curá-lo depois, ir assim, como quem sobe escadas, degrau a degrau, passos pequeninos, vincava, com paciência, porque o mais importante já sabemos, já temos a certeza, que é de onde vem o desequilíbrio.

Já há algum tempo que Rogério e Marta se tinham perdido, ou por falta de atenção ou de pachorra. Os corpos deles estavam ali, depostos, esmagados pela constelação de conceitos que a doutora enfiava como bolas num fio, e eles já estavam longe, um há mais tempo do que o outro e cada um no seu longe, com o mesmo sorriso distraído a pender-lhes dos lábios, fingindo terna simpatia e alguma compreensão.

Eu vou precisar de enrolar a Marta em cobertores, muito apertada, para, com o meu ajuda, fazer a Marta nascer outra vez, sim?

ENTRADA #1

Querido diário, ou melhor, querido blogue, vou aproveitar o espaço em branco — que é tudo o que tenho agora — para, daqui para a frente, fazer um exercício de que descobri ter necessidade: escrever as memórias que vou acumulando — e deixando passar — do autismo, principalmente, e da minha vida, no que ela existir fora do autismo.

O H. foi diagnosticado há algum tempo, na altura com PDD-NOS, hoje nem nos interessa, verdadeiramente, qual o rótulo que se lhe pode pôr. Na verdade não interessa muita coisa senão a evolução dele. Todos os dias pensamos em formas mais elaboradas — e normalmente mais caras — de o estimular. Ele não fala. A mãe dele, que fala por mim e por ele e por ela própria, à vontade, nem sabe que inaugurei este blogue. É o meu espaço de ventilação. Lá em casa tenho vindo a incorporar, progressivamente, o papel de cuidador, mais até do que o de pai, para o qual se calhar nem tenho muito jeito, e isso tem ocupado o espaço todo. Às vezes sinto que existo somente em função do H. e dou por mim a pensar, sobre todas as coisas com que me deparo, se podiam fazer bem ou mal ao H., se podia tirar proveito delas numa terapia, se são adequadas para ter em casa, por causa dele. Acho que sou o eixo de um pião que não sou eu.

O PLANO DO ANO

Isto é mais ou menos, em traços largos, aquilo que vos queremos propor, se estiverem dispostas a aceitar. É claro que vos deixamos tempo para reflectir, mas tentem não exceder o prazo de uma semana, porque a verdade é que queremos começar tão cedo quanto possível.

Rogério terminava assim a alocução ministrada a três terapeutas, a Tânia, a Sofia e a Andreia, todas elas já tendo passado, profissionalmente e em diferentes alturas, pela vida do Henrique. Da esplanada onde estavam via-se o Tejo a enroscar-se em Lisboa, as casas descendo colina abaixo num declive de anfiteatro e o sol a espalhar a brasa dourada sobre o dorso do rio. A vontade de Rogério era pegar no copo e celebrar, logo ali e agora, o nó de um acordo, pegar no copo e levantar a voz, num brinde que anunciasse tanto de felicidade como de esperança. As terapeutas, cada uma digerindo a sós o ónus da decisão, ora remexiam no cabelo, ora mordiam um canto do lábio, gestos que denunciavam a passagem de uma ideia complexa, cuja completa digestão envolvia um longo processo introspectivo.

Rogério e Marta tinham convidado aquelas três pessoas, com um propósito claro e resoluto. O Henrique, desde que mudara de escola, havia regredido de forma considerável nas competências que adquirira e, de igual modo, na estabilidade emocional que já apresentava. Para os pais, isso significava que o investimento feito

até então na recuperação do filho se estava a desfazer tão depressa como uma construção de areia tocada pela língua da água. Nem Rogério nem Marta sentiam, por um lado, que podiam deixar que o estado de coisas se mantivesse por muito mais tempo, sob pena de o verem, a par e passo, a recuar em todos os domínios da sua esfera pessoal e nem, por outra parte, sabiam o que podia ser feito para o evitar, como se haviam de posicionar no declive por onde ele escorregava, para que lhe agarrassem a mão e, não o deixando mais cair, não se afundassem também com ele no nenhures do silêncio a que ele parecia querer voltar.
Henrique, desde que fora diagnosticado pelo Fabuloso Dr. Miguel Relvas, havia evoluído muitíssimo. De uma criança apática e completamente não-verbal tinha transitado, com alguma rapidez, para um menino que começava a apontar para o que queria e a vocalizar algumas palavras, cujos conceitos lhe caíam no goto. Uma ou duas horas de exercício de mesa, diárias, com ele haviam sido suficientes para lhe estimular sentidos e capacidades que os seus progenitores não lhe adivinhavam, de modo que quando a mudança de escola aconteceu, o optimismo reinava, e Henrique, para todos os efeitos, estava numa rampa ascendente da sua evolução, e os bons prognósticos que recolhia, tanto dos terapeutas que com ele lidavam de perto como da família, enchiam os pais de uma cálida esperança. O futuro deixara de ser uma mancha escura e pouco definida para se tornar uma clareira translúcida, onde a luz caía com a gentileza da neve, sem hiatos, e alumiava uma criança que se tornava adolescente e que de adolescente ia para homem, tal como os outros, robusto, capaz e independente, sobretudo independente, e o passado ficava lá atrás, balcanizado, intransponível, como um país repartido pelas armas ou como uma recordação estanque, como a memória silenciosa de uma doença de que, por pudor, nunca mais se fala.

Era isto — o futuro, sobretudo — que se lhes estava a escapar. Era o apontar, as pequenas palavras, os *puzzles* feitos numa dedicada concentração, o emparelhamento de figuras, os jogos em que diversas coisas, representadas por imagens, eram pedidas e dadas, o interesse, a atenção, o miúdo, a normalidade. Era isto que escorria, lenta mas inexoravelmente, rumo ao silêncio interior, e era isto que ia sendo substituído pela indiferença, pela apatia, pela incapacidade de apontar para o carro no qual andava todos os dias, de manhã, pela birra por ver, ao longe e a aproximarem-se, as caixas dos jogos, dos *puzzles*, das figuras que se deviam emparelhar, juntar, sobrepor, apartar ou dar, era a mudez voraz onde cabia toda a luz perdida do mundo, era a obsessão, era a incapacidade, era a frustração, era o choro da mãe na almofada e do pai no corredor, às escuras, entre a casa de banho e o quarto, era o tombar de braços colectivo, um gigantesco ribombar de bíceps de encontro às costelas, que faziam de caixa de ressonância para a tristeza grupal, era tudo isto que podia ficar para sempre, como um barco cinzento a encalhar no lodo e toda a tripulação condenada a viver, para sempre, uma casa fechada e um postigo com grades para o mundo e um *rotweiller* à porta para dissuadir eventuais artistas da fuga. Era isto, a secura completa, a aridez acre do nada a multiplicar-se num entusiasmo de coelhos.

Rogério e Marta, perante a inclemência da regressão de Henrique e perante o avanço desta, começaram a pôr na mesa toda e qualquer possibilidade. Em primeiro lugar, pensou-se numa mudança de escola. O problema é que estava a findar o primeiro trimestre e ninguém lhes garantia lugar noutro local senão para o próximo ano lectivo. Não era menos verdade que a solução era uma fuga para a frente, dado que, em última análise, podia dar-se o caso de a mudança de escola apenas deslocar o problema de lugar e não fazer nada para dar conta da dificuldade em si. A verdade é que o miúdo não melhorava, não se comportava como se entrasse, devagar e a contragosto, na água gelada de um mar de Inverno e se fosse habituando, de forma gradual, à temperatura. Todos os dias Henrique gritava e chorava a plenos pulmões, assim que se aproximava das imediações da escola. Já no carro ia a choramingar. Parece que o levavam para o dentista, dia após dia, para tratamentos complicados e dolorosos. A escola era o purgatório, o limbo no qual o largavam, todos os dias, e da escola ele chegava um pouco mais perturbado, errático e adverso aos pais e às suas demonstrações de carinho. Apesar de Henrique não o conseguir exprimir verbalmente, o que o seu comportamento denotava era que ele encarava a escola como um sofrimento profundo, e os pais, responsáveis pela obrigação de ele estar lá, eram cada vez menos aqueles que o protegiam e que o mimavam com o indispensável carinho e cada vez mais aqueles que o forçavam a submeter-se àquilo tudo. Os papéis invertiam-se para toda a gente, e aquele mundo ao contrário, frequentado por uma família de dois e meio, era o espaço onde se desenrolava a perturbação e onde o medo crescia na proporção directa da angústia que Henrique levava e trazia para casa, todos os dias, numa insistência de peluche predilecto.

Às reuniões que os pais de Henrique pediam assistia todo um leque de profissionais, cujo propósito era assegurar, mais pelo título do que pela efectivação das competências, que Henrique estava bem e que tudo aquilo era uma fase, desgraçada até, muito difícil de passar, sobretudo para os pais e para pais novos, para pais inaugurais, que têm a sensibilidade mais à superfície da pele, do que na verdade para o Henrique; porque esse estava bem, passados uns minutos depois de o pai ou a mãe o deixarem ficava bem, andava feliz, como os outros miúdos, a zumbir a energia própria da infância pela sala e pelo pátio, que não se preocupassem com ele, diziam à vez os encartados da educação, são fases, vocês são pais novos, não sabem que isto é mesmo assim, e custa, às vezes custa mais outras menos, mas custa sempre, os miúdos são peritos em manipularem-nos as emoções, em fazê-las saltar como quem dobra a espinha a um chicote, mas vocês têm de ser fortes, têm de se manter calmos e disciplinados, porque isto há mais marés que marinheiros, e o Henrique, daqui a dois meses, já chora para vir para a escola, e vocês, de tão opados de felicidade, nem vão saber expressar a satisfação que terá sido darem-nos ouvidos. Os pais, perigosamente treinados na arte de desconfiar, iam torcendo o nariz e replicando às sumidades que não era assim que conseguiam integrar nada, pois que assim só desintegravam, já havia bocados de Henrique espalhados por tudo quanto era canto, lá em casa tropeçava-se nele, no choro de onde lhe brotava em soluços o medo, na insegurança, e se tudo aquilo se afunilasse num trauma, perguntavam, e se tudo aquilo deixasse uma cicatriz, uma marca de quem ferra o gado, uma mancha indelével que lhe toldasse para sempre a vista da alma, que nem era coisa que ele, de origem, já tivesse em boas condições? Que as preocupações eram justas e adequadas, respondiam, que na verdade ninguém sabia responder ao certo, mas que eles, especialistas e experientes, já tinham visto de tudo sem nunca se terem deparado com um cenário tão catastrófico, já. E isso podiam garantir aos pais. Que já tinham visto tudo.

O fosso que se foi cavando entre pais e educadores redundou, em pouco tempo, no estabelecimento de um silêncio, de uma incapacidade, tanto de um lado como de outro, de dizer e de ouvir mais do mesmo. Rogério e Marta não estavam em condições de prosseguir uma investida que estava, à partida, perdida, e que consistia em convencer a escola, nas pessoas que ocupavam os lugares nas reuniões, de que o Henrique não estava a ficar mais

calmo, mais adequado, ou mais integrado com o tempo, porque a escola, a tudo isto, respondia que o tempo lhe havia de dar razão, e que se não desse era porque não lhe haviam dado tempo suficiente. Para os pais, no íntimo da gente que compunha aquele painel de avaliação de reunião de periodicidade imprevista, o que fazia falta era um medicamento semelhante àquele que se dava a crianças hiperactivas, mas para hiperpreocupados. Os pais exageravam sempre, fosse a que respeito fosse, e eram merecedores do mesmo paternalismo que se dispensava, em generosos bidões de cinquenta litros, ao filho hipermimado, que haviam criado dentro de uma semiesfera hermética, portátil, onde pela primeira vez entrava mundo sem que os pais lhe filtrassem o ar primeiro.
A situação passava, de forma rápida e sem apeadeiros, de irreconciliável a insustentável. O Henrique tinha pesadelos e acordava, de noite, a gritar, e só voltava a dormir — e mesmo assim um sono tão leve que o roçar de uma sombra o despertava — quando finalmente se acalmava, agarrado a contragosto pelos pais, que, à vez, passavam pelo martírio nocturno, revezando-se na vigília. Com o tempo e o afastamento que se cavava entre eles, Henrique tinha começado a preferir a companhia dos avós maternos à dos pais, e não era raro que as despedidas se tornassem um drama, quer se tratasse de um jantar de família ou de um aniversário. Henrique queria ficar com os avós, abraçava-se a eles, e os pais só conseguiam metê-lo no elevador, a custo, se o miúdo pensasse que os avós também vinham. Como acabavam por não vir, Henrique entrava em histeria e só passado uma hora a darem voltas com o carro ele se acalmava, para regressar ao estado natural de agitação inquieta e silenciosa. Rogério e Marta iam diversificando a carteira de alternativas, à revelia das melhores opiniões da escola. Uma das poucas escolas que haviam visitado e que aceitava receber o Henrique de imediato não lhes havia parecido capaz, quanto à

componente humana, de dar conta do recado. Outras, mais bem apetrechadas, não tinham vagas para o agora, o já, que Marta e Rogério procuravam. A pouco e pouco, as soluções iam-se desvanecendo num fenecimento de espectros, e a única alternativa possível, real, era tirarem-no da escola, mesmo que para a escola isso se constituísse como a pior saída possível, a verdadeira desistência, que ia condenar, por tempo indefinido, todas as tentativas de integração pela qual os envolvidos haviam batalhado sem tréguas. Era uma prova inequívoca de desconfiança e, porque não dizê-lo, de imaturidade, por parte dos pais. O que estava em causa, além de o miúdo ser autista, é que o miúdo chorava, com toda a probabilidade, porque se ressentia da falta de mimo, num contexto em que a democracia do trato era amplamente cultivada, e isso fazia disparar os sentidos mal calibrados e hiper-receptivos dos pais ante qualquer sinal de desconforto que o miúdo pudesse exibir, e a função da escola, no seu abraço totalizante, era reduzir tudo a um mínimo denominador comum assistencial, sendo que não se podia fazer excepções, mesmo para autistas, mesmo para autistas chorões e para pais descompensados de autistas chorões, porque os recursos eram tão limitados como o tempo e era preciso gerir bem as coisas para assegurar uma cobertura eficiente e global das necessidades dos alunos.

Por mais de uma vez, Rogério, que ia todos os dias levá-lo à escola, pensou em voltar para trás e regressar a casa com ele, talvez inventando, no primeiro dia, uma desculpa para ambos, telefonando para o emprego e dizendo que estava doente, que não podia ir e dizendo na escola que o miúdo passara mal a noite, se eles telefonassem, se eles se preocupassem em telefonar. Pensar em deixá-lo naquela sala de pré-primária para onde ele ia absolutamente contrariado era como deixar um braço amputado e vir buscá-lo umas horas mais tarde. O problema é que, não fazendo sentido, não

se arranjava uma alternativa viável ao estado de coisas instalado, uma alternativa imediata de uma escola, de um infantário, de uma ama que o aceitasse, que não lhe fizesse a alergia que estes lhe faziam, uma alternativa que não só existisse como, de igual modo, funcionasse. E isso só se poderia saber experimentando, o que não era sem riscos, porque a cada vai e vem o miúdo podia recolher mais, podia aos poucos ir encaracolando até ficar um caroço duro que não respondesse nem ao mimo nem à dor, um acumulado de traumas, uma espécie de material afectivo impróprio até para reciclagem.
Marta telefonava e ia ver sítios que diziam recebê-lo, sítios caros, fora da ombreira confortável do sistema de ensino nacional e gratuito, sítios em que se propagandeava a qualidade humana dos funcionários e a folha de serviços imaculada. Quando o autismo entrava em cena, as reacções eram diversas. Uns diziam que não tinha mal, que todos os miúdos, no fundo e tautologicamente, eram diferentes, que não se preocupassem, que já tinham tido miúdos com paralisias cerebrais e coisas que tais e que com as instruções correctas não haveria problemas, porque com os miúdos a gente precisa é de saber o que funciona e quando, que de resto são todos iguais, mesmo que cobertos da diferença de um verniz peculiar. Quando Marta decidia verificar, *in loco*, as condições de um estabelecimento, que, pela conversa, havia passado o teste do telefone, depressa lhe apanhava os truques, as pequenas contradições que se escondiam atrás dos ombros generosos do *marketing* e do seu papaguear interminável e, em vez de riscar da lista candidato atrás de candidato, Marta entregava-se ao desespero do engano, porque sentia que, por um lado, nenhum local estava capacitado, de facto, para tomar conta de Henrique e porque, por outro lado, ia criando a convicção indelével pela qual achava que todas as escolas e todos os infantários, com a sede de preenche-

rem vagas e acertarem balancetes, respondiam que sim a quase qualquer coisa que lhes fosse perguntada, deixando para depois a gestão factual e a adequação com a realidade.

Tirá-lo da escola tinha passado a ser o único objectivo, depois de falhado qualquer entendimento entre professores mais maquinaria burocrático-pedagógica e pais. Só não o tiravam de lá porque não sabiam o que fazer com ele, onde o deixar, e o que fazer com ele se fosse um deles a ficar sozinho com ele, em casa, sozinhos. Não queriam deixá-lo com os avós recém-reformados, porque isso implicava que o miúdo fosse sujeito, de forma continuada, a uma *overdose* televisiva, que era basicamente contrária àquilo que eles achavam necessário para que Henrique recuperasse as competências perdidas, e, de seguida, voltasse a mostrar evoluções positivas. Os pais achavam, ainda que de um modo difuso, que a solução adequada para o miúdo passava por uma intervenção de fundo, que implicasse uma maior insistência terapêutica. Tinham como conceito orientador, se bem que vago, uma ideia segundo a qual Henrique devia ter, todos os dias, uma média de oito horas de terapia. Tinham chegado a este número pela apreciação que haviam feito de vários programas de intervenção de carácter intensivo. O ideal seria tê-lo durante oito horas a ser estimulado por quem tivesse competências e recursos para fazê-lo. Diversos problemas surgiam. Não encontravam, para começar, nenhuma instituição em Portugal, à data, que operasse segundo os moldes indicados. As poucas que existiam tinham programas muito mais modestos e, ainda assim, incomportáveis. Qualquer coisa, extrapolados os custos dos que encontravam, dentro dos parâmetros que pretendiam, ficaria a um preço excessivo para o orçamento mensal do casal, ele próprio magrucho, a caminho da anorexia.

Os terapeutas do Henrique achavam-no diferente e, se bem que se oferecessem para testemunhas abonatórias de defesa no caso

da escola, não podiam desvalorizar os seus serviços a um preço que fosse acessível aos pais de Henrique para o tempo que imaginavam ser adequado, e esse tempo era equivalente ao tempo que ele passava antes na escola. Optimamente e doravante, na fantasia insidiosa dos pais de Henrique, esse tempo seria tempo de terapia, de jogos de mesa, de computador, de emparelhamento de imagens, de brincadeiras diversas, todas elas batidas sob a premissa de que seriam estruturantes para o desenvolvimento do Henrique. Para trás ficaria o choro e o tratamento indiferenciado característico da escola pública, as reuniões em que pais e educadores se acusavam de parte a parte de preconceitos opostos e, sobretudo, os pesadelos nocturnos dos quais Henrique acordava aos gritos, num progressivo afastamento entre ele e os pais.
Quando Marta e Rogério já desesperavam, por não saberem o que fazer ao miúdo quando o resgatassem da escola e por não haver ofertas de serviços equivalentes ao que desejavam ou podiam pagar, deu-se a feliz coincidência de tomarem contacto, através da Internet e dos seus tentaculares recursos, com um método em voga nos Estados Unidos da América, onde o autismo assumia contornos de epidemia, cujo princípio assentava no aproveitamento do amadorismo voluntarioso e do tempo disponível dos pais, rentabilizando-os para a terapia através de alguns princípios basilares. Os pais, segundo este método, deviam recrutar uma rede de voluntários com os quais a criança devia passar oito horas do dia, em brincadeira terapêutica, sob orientação. O facto de poder ser aplicado por pais e voluntários diminuía de forma substancial o valor que teriam de pagar e punha a solução, teoricamente, ao alcance dos pais do Henrique. Difícil seria arranjar os voluntários. Durante semanas, os pais de Henrique tentaram, usando os conhecimentos que tinham, garantir um número adequado de pessoas para cumprir pelo menos metade das horas do dia.

Depressa se aperceberam de que nem isso seria possível. O mais que conseguiram, sondados família, amigos e conhecidos próximos e remotos, fora garantir pelo menos três horas por semana. As pessoas, perceberam, tinham vida e, para além disso, uma certa alergia funcional a voluntariado que não fosse da espécie daquele que se mete no correio e que na volta vem sob a forma de um postal ilustrado ou de uma fotografia de uma família desconhecida do Sul da Eritreia. Ainda assim, pensavam, era o ideal para começarem, o ideal para avançarem, ainda que ajustando o programa à realidade deles, com um método que, ao mesmo tempo, retirava o Henrique da escola e lhe garantia as indispensáveis horas de terapia pelas quais eles esperavam resgatá-lo do fosso onde, aparentemente, só cabia, e com desconforto, uma pessoa.

Para isso, decidiram, era necessário que um deles arcasse com a parte gorda da intervenção e isso implicava, para o escolhido, largar o trabalho e abraçar a recuperação do Henrique como um emprego a tempo inteiro. As consequências do projecto implicavam uma recessão económica para a qual tinham de se precaver. Junto do banco garantiram um empréstimo, através do qual planeavam suprir, sem dificuldades, a carência de um ano sem um dos vencimentos. Faltavam-lhes, para passarem da mesa para a realidade, orientadores técnicos, gente com um misto de experiência e de ousadia, que aceitasse encaminhá-los pelas diversas fases do projecto. Como não conheciam muita gente além dos terapeutas com os quais já haviam tomado contacto desde que entraram no mundo do autismo, o repertório da escolha era facilitado pela escassez.

Marta e Rogério acreditavam que a juventude e a abertura de espírito eram características imprescindíveis para o sucesso do plano, até porque um terapeuta mais empedernido nas suas convicções dificilmente deixaria que fossem os pais a tomar as rédeas do acontecimento, e essa era uma característica fundamental de que não estavam dispostos a abdicar. Entre paredes, não fora difícil chegar a três ou quatro possibilidades. Miúdas na casa dos vinte, trinta anos, com alguma experiência e sem a paixão instalada do controlo absoluto das situações. Gente com disponibilidade mental para ultrapassar o fosso asséptico pelo qual se criava uma distância absoluta entre pais e terapeutas que fazia que o autismo, para uns, fosse como as cuecas, usado das nove às nove com regularidade religiosa e, para outros, fosse apenas um ganha-pão, uma de entre tantas coisas que poderiam ter optado fazer. Tinham de ser pessoas disponíveis para a frescura da não convencionalidade e capazes de ultrapassarem as normativas impostas pelos diversos sistemas para manter ordem, distância e hierarquia. No fundo, tinham de estar dentro do sistema, de um dos múltiplos sistemas pelos quais se ofereciam a cura ou os cuidados paliativos, sem lhe respeitarem ou reverenciarem as entranhas; tinham de ser corpúsculos estranhos e singulares com os quais se pudesse contar para a necessária osmose entre aquilo que era doutrina e aquilo que era, do lado dos pais, experimentação.

Por isso achámos que vocês eram as pessoas adequadas, percebem? Porque são as únicas que conhecemos que podem compreender o que queremos fazer com isto. Que, no fundo, não iam achar que somos malucos por estarmos a planear uma coisa destas e, ainda por cima, a pedir a vossa ajuda.

Tânia, Sofia e Andreia sorriam cordialmente e acenavam que sim com a cabeça. Sem, no entanto, dizerem que sim a tudo quanto haviam acabado de ouvir, não negavam a possibilidade de, pelo menos, continuarem a ouvir Marta e, sobretudo, Rogério, que fazia de porta-voz para o plano, que expunha com meticulosa precisão.

Ambos os pais estavam apreensivos com a possibilidade de as terapeutas, em bloco, rejeitarem a proposta. Precisavam delas para compor a estrutura que tinham arquitectado para resgatar o Henrique, e não conheciam mais ninguém que pudesse, mesmo que na teoria, substituí-las.

Eu, se me permitem falar...

Claro, Tânia, claro, eu sei que falámos demais, dizia Rogério, e todos aproveitaram para soltar uma pequena risada de alívio.

mas estamos aqui sobretudo para auscultar-vos, porque isto foi uma ideia que nos passou pela cabeça e que queremos levar adiante, mas precisamos da vossa colaboração, nem que seja sob a forma de conselhos.

Pois, eu, como ia dizer, pelo que percebi, o que vocês querem é que a Marta se despeça do emprego, que fique um ano em casa com o Henrique e que, passado esse tempo, volte a trabalhar e que o Henrique, por essa altura, esteja tão bem ou melhor do que estava antes de entrar no infantário. É isso?

Marta, resoluta, dizia que sim, que era em traços largos isso, que se calhar até o deviam ter descrito assim, sem a expansividade que Rogério, aparentemente, era incapaz de evitar, mas que era isso que Tânia percebera, sem tirar nem pôr.

Ficaram todos em silêncio por algum tempo. O sol tímido abeirava-se das coisas e das pessoas numa carência de gato, e o pouco da pele exposta agradecia as lambidelas ocasionais de calor. Tânia retomava,

O que vocês querem não é menos que um milagre.

Assim exposto, Marta e Rogério não podiam evitar pensar que sim, que era verdade, que o que eles queriam era um milagre, mas tampouco lhes parecia, a ambos, que fosse assim tão estúpido esperar um milagre, tendo em conta que a regressão do Henrique também a isso lhes tinha sabido, se bem que ao contrário, um milagre ao contrário, se tal fosse possível conceber, uma tragédia, um acontecimento tão trágico como miraculoso, que tinha cerceado rente as esperanças de ambos relativas ao futuro de Henrique. Na mesa, aqueles que fumavam aproveitavam para, em grupo, acender cigarros, a fim de aplacar o silêncio. O ambiente era tenso, em parte porque a exposição de Marta e Rogério envolvia componentes de tensão afectiva às quais os presentes não podiam ficar indiferentes, em parte porque uma resposta à proposta dos pais de Henrique estava a ser equacionada.

Eu gosto muito de vocês,

dizia Tânia, assim que se recompôs da tosse de uma golfada de fumo em falso,

mas não acredito em milagres,

continuava,

não acredito no sentido em que vocês acreditam, acho que têm uma ideia boa e bonita, mas não acredito que a consigam pôr em prática, se me permitem ser sincera, todos os dias, de manhã à noite com o Henrique, não acredito que o consigam, é mentalmente insuportável, não por ele ser autista, céus, dizia,

não por isso, mas também, mas sobretudo, como hei-de explicar, porque é muito complicado gerir um ano assim, como se fosse um *full time*, com uma criança de manhã à noite a precisar e a requerer, sem interrupções, atenção e assistência. Sabem? É isso que acho difícil, acho que é possível um dia ou uma semana ou, no limite, um mês, mas não um ano; daqui a algum tempo está a Marta a precisar de ajuda e o Rogério em vez de ter de recuperar uma pessoa tem de recuperar duas, porque ela não vai aguentar a pressão de ter de estar com ele todo o dia, todos os dias, e de ele ter de melhorar, e de ela estar de corpo e alma envolvida nisso...

Vocês,

e nisto virava-se para Sofia e Andreia,

vocês não vêem isso? Não vêem que podemos estar com

isto a contribuir para uma desgraça ainda maior para esta família? Ai, vocês que me desculpem, eu não queria ser tão honesta, tão sincera, mas não consigo evitar lançar este alerta, porque tenho medo de que ninguém mais o faça e peço desculpa, porque na verdade o que quero é que o Henrique fique bem, que todos estes meninos fiquem bem, mas não sei se este é o caminho, não sei mesmo se este é o caminho...

Com estas palavras, Tânia acabava por expressar tanto a resposta como os seus receios. Não perdera uma semana para decidir-se. Não perdera nem um dia. Para ela, tudo aquilo a que Rogério e Marta aspiravam era excessivo, iria consumi-los numa incandescência de mariposa, não se podia esperar um milagre por procuração, não se podia sequer pedir uma coisa dessas com seriedade, porque isso iria virar-se contra eles, e disso ela não parecia manifestar dúvidas.

A intervenção de Tânia acabava por ser o mote para que as restantes terapeutas dissessem, ali e naquele momento, e não uma semana depois, o que achavam daquilo que lhes tinha sido desfiado debaixo dos olhos e ao alcance dos ouvidos. Sofia, mais tímida, pedia, inusitadamente, a palavra, usando para isso do indicador em riste a apontar para o céu, como se estivesse ainda numa sala de aulas a expor uma dúvida.

Eu acho que quero fazer parte disto, eu acho que alinho, dizia Sofia numa voz muito doce que lhe era característica,

mas não sei,

adiantava,

se consigo fazê-lo sem a Andreia a ajudar, acho que isto só funciona com pelo menos duas pessoas, duas pessoas que partilhem responsabilidades e que se possam revezar de cada vez que a Marta precisar, e ela vai precisar tanto, e acho que só com a Andreia, se ela quiser, posso fazer isto.

O que Sofia acabara por dizer fazia todos os olhares virarem-se para Andreia. A Andreia era uma mulher com trinta e poucos, mas uma terapeuta já com dez anos de experiência, muito decidida, muito diplomática, óptima a negociar com as escolas a magreza dos apoios ou dos subsídios, muito interventiva, o ambiente dela, dizia, era o chão, o chão com os miúdos autistas, que ela dizia adorar e compreender, mas também se sentia bem de pé, com a mão na anca a varinar numa reunião de escola a injustiça dos horários atribuídos ou a incompreensão das docentes das turmas regulares com respeito aos miúdos especiais, aos miúdos dela, que ela levava pelo filamento dos dedos — aqueles que se deixavam tocar — para as salas de ensino estruturado, onde alinhava um grupo de vogais, deleitada, perante um gaiato furtivo, que a custo apontava para um A.

Eu não quero que tu penses,
dizia Tânia a Sofia,

com aquilo que disse, que não respeito a tua decisão; eu só não acredito em milagres, sabes?
E Marta, estendendo a mão para repousá-la na mão de Tânia, reconfortava-a.

Não te preocupes. Não te sintas mal por não aceitar. A gente compreende-te,
e sorria.

Não vai ser fácil, e é difícil acreditar em nós e acreditar no milagre, mas é melhor assim, é melhor que o digas agora e não te preocupes, a gente sabe que nos queres bem, que queres bem ao Henrique, e depois logo se vê, logo se vê o que acontece.
A paisagem afectiva recompunha-se assim, com toques e sorrisos, e os diversos intervenientes aceitavam o desafio de Rogério de fazerem um brinde mesmo antes de saberem a resposta de Andreia, que se matinha sorridente mas silenciosa, e todos brindaram ao Henrique, ao restabelecimento do Henrique, à normalidade, a

tudo quanto desejavam, às vezes em segredo e em silêncio, que acontecesse num futuro próximo e, quando pousaram os copos, entre saúdes e sorrisos, Andreia resolveu falar,

Eu não sei ao certo se isto vai resultar ou se é a melhor coisa a fazer, mas a verdade é que não conseguia imaginar que deixava passar esta oportunidade e acho que já me tinha decidido, mesmo muito antes de o Rogério acabar a história, e acho que, no fundo, sou uma romântica, e que acredito em milagres. E gosto muito de vocês,
dizia, enquanto olhava para todos quantos saudavam a sua intervenção com sorrisos ou lágrimas, e dava a mão a Sofia e a Marta, e voltava a dizer, eu gosto muito de vocês, e, de perto, talvez se lhe visse uma lágrima a querer nascer.

ENTRADA #2

Há um mês o H. descobriu uma zebra de peluche, que fora a melhor amiga dele quando ele tinha mais ou menos três anos, e ressuscitou-lhe a preferência. Anda com ela para todo o lado. Até dorme com ela.
Hoje, antes de ele acordar, encontrei-lhe a zebra no meio dos lençóis e tirei-lha. Esperei que ele acordasse e desse por falta dela. Para meu espanto, nada de extraordinário aconteceu. Ele acordou, saiu da cama, eu vesti-o, dei-lhe uns flocos e, passando pela casa de banho, pegou num carrinho que o meu sogro lá deixara depois de lhe arranjar uma roda, e o carro, agora, faz as vezes de zebra.
Se eu saísse de casa hoje e amanhã entrasse por aqui um matulão que lhe desse flocos e desenhos animados, não mudava nada, pois não?

UM ANO, SOZINHOS — VI

Estou?
Olá, tudo bem?
Ai que surpresa
Há tanto tempo
Não, não é a televisão
É o meu Henrique
Está aqui a saltar no trampolim e a gritar
Sim, de alegria
Não, não fiquei com ele hoje por ele estar doente
Tenho estado com ele em casa
Já há muitos meses
É uma história complicada
E comprida
Tenho de te contar cara a cara
Mas basicamente é terapia
Sim, terapia
Para ele ficar melhor
Que estava muito descontrolado
Sim, quando entrou na escola
Houve qualquer coisa que mudou
Henrique
Não metas isso na boca
Desculpa

Ele às vezes mete coisinhas na boca
Coisas que apanha do chão
É um vício
Estamos a tentar mudá-lo
Temos tanto trabalho!
Nem imaginas
Acredito
Mas isto é diferente
Eu estou com ele todos os dias
Todas as horas do dia
A sério
Desempreguei-me
É verdade!
Ai, não digas isso
Isto não é melhor
A sério
Isto é o emprego mais exigente que tive
De longe
Acho que preferia aquele *call center*
Lembras-te?
Onde nos controlavam ao minuto?
Ah, ah, ah, ah, ah, ah
Era muito mais relaxante comparado com isto
A sério
Eu até já comecei a tomar antidepressivos
É verdade
É muito complicado
A médica disse que não era uma coisa muito forte
Mas estava a precisar
Houve alturas em que chorava sem parar
Mas estou melhor

Tenho muitas saudades tuas
Gostava de te rever
Eu também
Isto vai melhorar
Vais ver
Um dia à noite a gente combina
Quando isto tudo se resolver
E saímos
E bebemos
E voltamos para casa às tantas da manhã
De rastos
Como dantes
Antes dos casamentos e dos filhos e disto tudo
A gente desforra-se
Vais ver
A gente desforra-se
Também gosto muito de ti
Também gosto muito de ti
Henrique
Anda cá, amor
Anda cá
Podes dar-lhe um beijinho
Ele não responde mais vai estar a ouvir

ENTRADA #3

Ontem dei por mim a chorar à frente do H., sem ter por onde me esconder, porque a mãe dele estava a passar a ferro no quarto e eu estava com ele a ver desenhos, e preferi que fosse ele a ver-me do que a mãe dele, até porque eu e ela estamos desaguisados.
Enquanto eu chorava com uma mão à frente dos olhos, enchouriçado, a soluçar baixinho, o miúdo pulava alegremente em cima do sofá, ora porque a girafa fazia umas tropelias com o leão mais o hipopótamo ora porque os animais todos se metiam dentro de barcos e de naves, e de fora aquilo parecia uma montanha-russa em constante rodopio. Eu chorei uma hora. Depois de alguns minutos perdi a vergonha e chorei como um homem, mãos nos joelhos, lágrimas a correrem pela cara abaixo, para cima do tapete de lã. O H. não deu por nada. Quando acabou o filme, ele pegou-me na mão para levar-me à cozinha, queria água. Enquanto lhe dava um copo de água, eu soluçava e assoava-me.
Eu podia ter ficado assim para o resto do tempo, que ele continuaria a portar-se comigo da mesma forma.

URGÊ CIAS — VI

Marta deixou-se afundar na cadeira como se ela fosse de esponja. Mexeu e remexeu nos óculos, na bolsa, no relógio. Olhava para Rogério, que roía as unhas e a pele dos dedos. Desde que se sentara naquele átrio, ainda não se tinha sentido tão desesperada como naquele momento. Há pouco entrara pelas urgências adentro um segurança, com o propósito, pelo que Marta e Rogério se tinham apercebido, de acrescentar um par de retinas e o respectivo poder dissuasor àquele átrio com vida atribulada, sobretudo desde que Marta, Rogério, Abílio e Amélia haviam chegado.

Lá dentro, atrás da porta codificada e inexpugnável como a barriga de um cofre bancário, estava Henrique, sabe-se lá em que estado, talvez pregado de sacos de soro e de morfina, talvez estendido num altar de metal, à espera de que, numa reverência asséptica de aço inoxidável, lhe devolvessem a estanqueidade do interior, confuso como o ventre esburacado de um navio. Todas as hipóteses, desde as mais macabras às mais generosas, com destaque sobretudo para as primeiras, eram equacionáveis. Marta, atrás da escotilha dos óculos fumados, pensava. Pensava que o Rogério era um covarde, que o Rogério a abandonara — e com isso o Henrique — aos caprichos da sorte, àquela espécie de detenção ao contrário, aquela prisão às avessas, onde as pessoas que estão fora querem entrar, a todo o custo, para pôr a mão em cima de um corpo que encontrem quente ou frio, tanto faz, é necessário o contacto,

a sensação aguda de reencontro ou de despedida, que se veicula pela ponta dos dedos e pelos socalcos que as lágrimas fariam se fossem compostas pelo ácido que se sente chegar aos olhos, numa expansão tão descontrolada como a chegada de um refluxo gástrico, é necessário o contacto, o contacto é o respirar da alma, e tudo o resto, pensava Marta, isto, os pais, o marido, a entrada suja dos restos de um milhão de pegadas, os outros actores da paciência, que rodam os olhos num fastio de camaleões com tédio, tudo isto é apneia, é falta de ar, é a estrutura sem oxigénio onde Marta se debate numa fúria e num engasgo, como se toda a vida, todo o universo conhecido, toda a existência das pessoas e das coisas se pudessem enfiar num funil que desembocasse no interior daquele espaço vedado por uma porta de metal, um segurança e um código de quatro dígitos.
O estômago de Marta, de vez em quando, chamava-lhe a atenção, numa vigilância de gato. As funções vitais, como os monitores dos cardíacos, apitavam: era a vontade de urinar de que ela se continha já a muito custo, era a fome, que ela ignorava, para que a barriga, numa frequência crescente, lhe lembrasse, revirando-se ruidosamente num espaço de ausências, que nem tudo podia ser reduzido à infância delicada do Henrique, era a sede, o calor, o choro pendurado na epiglote num acumular de gota, tudo quanto era físico se comportava como se tivesse uma vida própria, ingrata e insatisfeita, uma vida que estivesse a minguar de tudo quanto lhe era necessário para se manter numa continuidade de roda, e Marta, enquanto se distendia num bocejo, sentia aquele frémito de diversas tensões acumuladas a convergir para um ponto na base do esterno, e levava a mão à barriga como se fosse possível tapar, com a grade dos dedos, aquela boca imaginária que mostra o dente, num rosnar abafado de fome e de fúria.

Rogério, de mãos em cima das pernas, pousadas com a palma para baixo, como se as segurasse para que elas, num repente felino, não desatassem a correr dali para fora, tinha o interior do corpo revirado, massacrado pela tortura da fome e da sede, contraído pela vontade de esticar os membros, como quem termina uma tarefa tão aborrecida como precisa.

Durante um bom bocado, Rogério e Marta ficaram sem se falar. A chegada de um segurança extra para supervisionar de forma exclusiva a única porta que, naquele momento, tinha algum interesse, no mundo, tinha revirado expectativas e humores. Estavam ambos concentrados, cada um na sua cadeira, numa neurose de pequenos mamíferos, que, fugindo de um predador, houvessem chegado a um canto a que ficassem confinados, à mercê do apetite alheio.

Marta, enquanto esperava por uma ideia ou por um milagre, para se acalmar, foi-se deixando ir numa fantasia. Ainda por cima, pensava ela, este segurança era maior do que o outro, mais novo, decerto mais robusto, determinado e impassível e nunca poderia, imaginava ela, convencê-lo de que era necessário que entrasse, de que, por exemplo, o facto de saber o código era a evidência pela qual se justificava a pertença àquele interior secreto, àquele reduto sem voz e sem expressão, tão recôndito como uma confraria de templários. O segurança, tão entediado como inelutavelmente presente, mexia de vez em quando no rádio e ajustava a cadeira. Recebia e mandava mensagens de texto pelo telemóvel. Abria e fechava a boca, espreguiçava-se, ocupava um espaço e uma vontade preciosos e, enquanto ele fazia aquele número de Cérbero de farda cinza escura, Marta tinha a certeza de que não poderia odiar ninguém com a mesma intensidade com que odiava aquele homem, que para ela não era mais do que o desabar de uma falésia à entrada de uma gruta, por onde se chegasse, às apalpadelas, ao perímetro do tesouro.

Enquanto se deixava consumir pelo silêncio, numa paciência de pavio, Marta ia vendo, no espelho convexo da retina, o segurança no chão, com um machado enfiado no cocuruto a dividir-lhe os hemisférios, ia vendo o segurança, de rádio na mão, a ser electrocutado por se encostar em demasia a uma tomada com os fios descarnados, o segurança a torrar o cérebro atrás das ameias dos olhos, todo aquele interior robusto a ser reduzido à gelatina viscosa de uma papa indecifrável, o segurança a levantar-se e a receber do céu a dádiva gloriosa de um calhau em chamas a descer-lhe verticalmente pela cabeça e a esborrachá-lo no chão do hospital, numa imersão de fogo de artifício, o segurança de que sobraria apenas uma mão, os dedos contraídos de uma mão a tentar agarrar-se, sem qualquer tipo de sucesso, a uma laje do solo, à vida, o segurança que podia, agora mesmo, fenecer de uma paragem cardíaca, de um ataque tão grosso e fulminante que lhe entupisse as artérias maiores, como acidentes no IC19 em dia de ponta, e caísse ali, coitado, inerte e roxo, reduzido a um capacho demasiado espesso, sobre o qual Marta pousasse os tacões para melhor inserir o código, o segurança que podia sem alarde agarrar numa pistola e ousar um dia a originalidade da morte por mão própria, uma pistola, uma bala na câmara, diria está tudo bem, e o som do gatilho desaparecia por detrás da explosão e dos restos de ossos que se espalhariam da parede até à família cigana, da qual viriam talvez os primeiros gritos, o espanto do contacto directo com as metáforas da morte, o sangue e os ossos, o segurança que fazia ali tanta falta como um morto num casamento, esse segurança podia agora mesmo entrar em combustão espontânea e sumir-se devagar numa pirotecnia de gritos, a abraçar-se a um estranho para lhe suplicar compreensão e pegar fogo, o segurança cuja presença encolhia o sentido da vida aquém do seu porte mínimo, ele que podia desfalecer de uma apoplexia silenciosa, uma coisa que lhe irrigasse a cabeça como um campo de arroz, uma coisa que vazasse como uma avaria de torniquete e lhe despejasse um caldo de morte, o segurança que podia simplesmente partir, sair dali a correr numa fobia de galgo, podia arrancar e, como um cavalo furioso, saltar a romper pela barreira da porta de saída e sumir-se no horizonte próximo da mata que circundava as urgências, para nunca mais ser visto, aquele segurança, aquele monte de carne imprestável e impenetrável, bom para dar aos bichos ou ao forno, aquele empecilho plasmado que não morria nem caía, nem desaparecia num eclipse que não lhe devolvesse nunca mais a luz da presença.

Marta, o que achas que podemos fazer? Eu tenho de ir à casa de banho.

Marta, a acordar com dificuldade do seu delírio controlado, inclinava a cabeça para Rogério como se não tivesse ouvido a pergunta, e Rogério, repetindo-se,

eu tenho de ir à casa de banho.

fazia que Marta apenas se despedisse do assunto num encolher de ombros estéril, qualquer coisa com a qual despromovia a pergunta, o assunto, toda a conversa presente e futura que não versasse apenas o tema da porta e do segurança, porque o mundo todo, afunilado, desembocava ali e quem não soubesse a resposta a estas perguntas não sabia nada que valesse a pena saber.

Marta, ouve-me, agora não podemos fazer nada, só podemos esperar; eu tenho de ir à casa de banho, estás-me a ouvir?

E Marta, que vinha à superfície apenas para se desiludir da esperança de que alguma coisa mudasse,

Vai, vai onde quiseres.

Sem olhar para Rogério, sem lhe devolver a constância de uma mirada pela qual se partilhasse o pulsar interior daquela cruz onde de repente tinham aterrado de costas como aves mortas, Marta,

imóvel, sem sequer deixar vir à tona o desespero, deixava-se estar a olhar para o segurança, aquele que lhe barrava a porta, deixava-se estar, aparentemente calma, mas já lhe escorria da cabeça de um dedo um fio de sangue torto como um cabelo partido, um sinal de que talvez ela tivesse roído demasiada unha, um sinal de que a calma estava restrita à casca do corpo e de que o interior, revolto como o mar, não tinha sossego nem descanso.
Rogério levantava-se, a custo, entorpecidas que estavam as pernas, e sacudia-se. À sua volta surgia um pequeno foco de agitação, como se aquele átrio fosse uma mata quente onde se instalasse a modorra do sol, para ser desfeita pelo levantar súbito de um pássaro.

Vou ali fora e volto já, está bem? Vou também ver dos teus pais, que já deviam ter voltado.

Marta, insuspeitamente imóvel, ficou-se na cadeira, inexpressiva.
Rogério, dirigindo-se à porta, passava pelo segurança e aproveitava para lhe auscultar a simpatia, cumprimentando-o com o esgar de um sorriso, a que o homem, à porta, imóvel, não se prestava a corresponder.
Olhando à sua volta, Rogério não dava por Abílio ou por Amélia. O sol, cuja generosidade de luz e de calor já atingira picos de inclemência, deixava-se agora escorregar pela cúpula do céu em direcção à tangente do horizonte. Rogério, com as mãos no bolsos, metia-se pelo empedrado de um trilho, em direcção aos sinais que nasciam a jusante do caminho e que indicavam, em linguagem gráfica, a direcção das casas de banho. Pelo caminho via as pessoas que saíam de uns sítios para se meterem noutros, umas apoiadas numas muletas que lhes aliviavam o fardo do andar, outras a arrastar o saco do soro, numa lentidão desesperante, a entravar o andamento dos familiares, que os passeavam pelos interstícios do jardim como se levassem um cão à rua, outras ainda, sentadas e enroladas nos roupões encardidos com o logótipo do

hospital, a transgredirem a proibição de fumar como se não houvesse amanhã, ou um amanhã onde coubesse um maço incompleto de cigarros. Aos poucos, vergado pelo cansaço, aproximava-se de uma casa de banho. Ao entrar, acolhido pela sombra, deu por si no reflexo de um espelho. Os cabelos estavam eriçados, os olhos baços e cansados, as olheiras pendiam-lhe da cara como as lajes de pedra que alguns nativos de tribos exóticas enfiam no lábio. Tinha um aspecto deplorável e não se sentia melhor que isso. Habituando-se à ausência de luz, foi-se enfiando pelos corredores da casa de banho comum até encontrar um mictório vazio.

Marta, sentada, dava pequenas dentadas no que restava do contorno de uma unha. De vez em quando, se ela estivesse consciente, de facto, haveria de constatar que lhe vinha à boca um sabor a sangue. Mas Marta não estava tão consciente que a dor ou um pouco de sangue lhe alterassem por completo a estabilidade do humor. Marta, por dentro, ardia numa combustão de pira, para, por fora, parecer uma figura frágil e pequena, de onde nascia, habitualmente, a luminosidade de uma gargalhada inconfundível. Onde estava Rogério, o cobarde, o advogado-mor da incapacidade em que se tinham deixado enfiar? Não fora Rogério e os ouvidos que ela lhe prestara e Marta já há muito estaria junto de Henrique, a agarrar-lhe a textura da mão e a reconfortá-lo, ou pelo menos a saber dele, porque do outro lado haveria, senão a presença, a notícia da ausência, qualquer coisa que, dali de fora, soava a miragem. E os pais, onde estavam os pais, onde se tinham enfiado Abílio e Amélia, que educadamente se haviam afastado para que Marta e Rogério resolvessem ali mesmo o irresolúvel? E Marta precisava deles, precisava de pessoas que lhe dessem ideias, que a enchessem de ideias ou que servissem de parede para as ideias dela, para que todos juntos, numa espécie de conjunção de cabeças, dessem conta da melhor forma de afastar, senão ambos os seguranças, pelo

menos o da entrada, para que ela tivesse tempo de acorrer à porta, meter o código e entrar por ali adentro.
Rogério, dentro da casa de banho, começava a ficar indisposto com o cheiro a mijo. Olhando para o lado, reparara que havia escolhido o mictório mais distante da porta de saída e, naquele momento, encontrava-se de repente tão indisposto que não lhe parecia possível conseguir sair dali sem primeiro vomitar o que quer que tivesse no estômago. Enquanto terminava este pensamento e enquanto rolavam, pela parede branca da loiça, as últimas gotas de xixi que ele tinha para fazer, Rogério tentava respirar tão devagar quanto possível, numa tentativa de acalmar-se e de inalar o mínimo possível daquele cheiro nauseabundo, que lhe subia pelos interstícios dos pêlos nasais e se refugiava, como que directamente, na alcova da barriga, onde se alojava sob a forma de distúrbio. Rogério começava a suar e a sentir os arrepios típicos de um calor que parece que vem de dentro, de uma fornalha tão adormecida como anónima, e que arrasta logo atrás de si um dedo glaciar, que percorre, do cóccix à base da cabeça, o sentido longitudinal da coluna. À sua volta não havia ninguém, e ele, temendo não conseguir chegar à saída para, à frente de toda a gente, prestar-se à figura sempre pouco dignificante do vómito em público, voltou-se para os pequenos compartimentos fechados, com sanita, entrando num e fechando a porta atrás de si para se debruçar sobre a sanita, que o recebia numa generosidade de poço. Pouco depois, Rogério, sacudido dos espasmos involuntários que precedem o vómito, metia os dedos na garganta, tão fundo quando conseguia, e sentia o vómito a chegar-lhe à garganta como se viesse num elevador asténico. Na casa de banho entrava gente, Rogério sentia-o pelo som dos passos que ecoavam dentro daquela estrutura. A voz de dois homens fazia-se ouvir, o suficiente para perceber que eram dois homens, mas não chegava para que se percebesse

de forma clara o que diziam, porque ambos vinham animados e a falar. Rogério, debruçado numa devoção de crente sobre a loiça sanitária, oscilava entre a concentração em si, na forma como geria aquele processo de vómito pelo qual era necessário que o recheio indigesto saísse, o que quer que ainda estivesse alojado na barriga, com momentos em que tentava pensar em tudo menos na regurgitação que teria lugar dentro de instantes e que traria com ela, num futuro que parecia distante ao infinito, a calma que agora lhe faltava. O coração, também ele sacudido pelas convulsões do vómito, desatava numa correria que lhe apressava todos os mecanismos interiores, e de repente ele passava a sentir o equivalente a estar a correr sem o estar, como se o corpo tivesse engatado uma mudança que não correspondia ao ritmo pelo qual se devia reger naquele instante.

Aquilo hoje nas urgências tem...

Eram as vozes do outro lado, mais próximas que estavam da porta da pequena cabine onde Rogério encontrara refúgio temporário.

... feio.

Rogério ficara em alerta. Tanto quanto pôde, porque o estômago não lhe permitia sequer a ousadia de se colocar na vertical, tentou calibrar a direcção do ouvido para dar conta do que dizia o homem que falava num miúdo.

de manhã?

aquilo aconteceu assim,

Rogério era sacudido pelo vómito e escorria-lhe da boca uma espécie de pasta amarela que fazia as vezes da comida que ele deveria ter no estômago. Sentiu-se logo melhor, assim que acabou de bolçar aquele resto de coisa interior.

vinha todo estropiado, eu vi.

Rogério, com as mãos em cima do tampo da sanita, ouvia o som do despejo da água que marcava o fim da celebração urinária masculina.

Com os dedos de uma mão no tampo da sanita, a segurar o corpo, tentava, com a outra mão, encontrar, às apalpadelas, o puxador da porta, que devia estar por detrás dele, para abri-lo, para de dentro da cabine gritar, àqueles dois homens, tão alto quanto possível, que não se fossem, que ficassem, porque ele precisava de saber se eles vinham das urgências e se sabiam alguma coisa do Henrique, sobretudo se sabiam alguma coisa do Henrique, e nisto, quando estava prestes a virar-se, dava-lhe outra convulsão e vinha mais um bocado de líquido à boca, ele já o deixava cair fora da sanita e, virando-se tão depressa quanto lhe fora possível, dava com o trinco da porta, abrindo-a, para de seguida deixar escapar um grito,

Ei, escutem, parem

que lhe saía da boca sumido, um grito abafado pela circunstância da fraqueza e dos restos que tinha nas cordas vocais, e os passos dos homens, que Rogério conseguia ouvir claramente assim que acabara de abrir a porta, dirigiam-se para a saída sem interrupção, e Rogério, apoiando-se nas paredes da cabine, saía ele próprio, primeiro da cabine, depois, no corredor, ia em direcção à saída principal, onde esperava apanhá-los se eles se detivessem um instante que fosse.

Parem, parem!

Dizia Rogério enquanto se dirigia, trôpego, para a saída, onde era recebido pela claridade que contrastava com o interior da casa de banho, levando-o a ter de acostumar-se à luz com os olhos semicerrados, enquanto procurava dois vultos de bata que pudessem corresponder à imagem mental dos homens que tivessem estado na casa de banho. Com a pala da mão por cima dos olhos, perscrutava o seu horizonte próximo e, mesmo à sua frente, a trinta metros, iam dois médicos, julgava ele pelas batas. Para conseguir trazê-los a si ou pelo menos fazê-los parar, tentava, semiagachado e cambaleante, gritar-lhes, porque não podia correr, e quando foi abrir a boca, em vez de lhe sair um som saiu-lhe outra vez um esguicho pastoso, que lhe travou a fala e a marcha. Quando finalmente pôde levantar a cabeça, via os médicos já metidos num carreiro, à distância, e passou-lhe uma tontura tão forte de orelha a orelha que desmaiou.

UMA CONSULTA

O sonho passava-se numa casa que não consigo identificar, talvez fosse a nossa, talvez fosse a deles. Eu estava com a Marta, e estávamos a discutir, por causa do Henrique. Não me recordo do assunto, mas era uma discussão recorrente qualquer, um arrufo por causa das muitas opiniões divergentes que temos acerca dele, nos seus múltiplos aspectos, seja na educação, nas terapias ou na própria dose de esperança que devemos alimentar. E lembro-me de que discutíamos com bastante tenacidade, cada um de nós entrincheirado na sua posição, sem conseguir conceder ao outro um milímetro de terreno que fosse. Depois lembro-me de as coisas começarem a acalmar. Não sei se por exaustão ou porque chegássemos a um ponto de convergência. Mas o tom de voz de ambos começou a baixar e quando dei por mim estávamos já muito calmos, a olhar um para o outro e a falar e a sorrir. De repente, eu e ela demos conta de uns barulhos, no quarto ao lado. A princípio tivemos até dificuldade em perceber de onde viriam os sons. Era uma coisa difusa e abafada, sons de respiração ofegante, e calámo-nos para conseguir perceber o que era e de onde vinha. Parecia que vinha do vizinho de cima ou do quarto ao lado, e ficámos, de facto, reduzidos a essas duas hipóteses. Os sons intensificavam-se, pelo que aos poucos conseguimos determinar com crescente certeza que vinham do quarto ao lado.

E soava a quê, consegue dar-me uma noção mais precisa?

Eram sons de respiração, sons de respiração ofegante, como se alguém estivesse com dificuldade em respirar ou tivesse acabado de correr, sabe? De qualquer modo, mesmo assustados, porque me lembro de que tínhamos a ideia de estar sozinhos na casa, resolvemos sair do quarto, muito devagar, fazendo algum esforço para que não se ouvissem os passos, e fomos directos ao quarto do lado, pelo corredor, a Marta atrás de mim, amedrontada, a agarrar-me a camisola e eu, não muito mais confiante, a desbravar caminho, muito cautelosamente e foi aí que percebi que estávamos na nossa casa, porque era para o quarto do Henrique que nos dirigíamos, o que ainda nos surpreendia mais, pois deduzíamos que o Henrique não seria capaz de fazer aqueles sons e que não devia estar ninguém no quarto dele que fosse capaz de os fazer. Quando chegámos à porta do Henrique, muito tensos — eu lembro-me de ter as palmas das mãos suadas, por exemplo —, ficámo-nos ali, a ouvir os sons que não paravam, aquele respirar profundo e ofegante, e enquanto metia a mão ao puxador da porta, dava por mim a pensar que devia ter em casa uma arma, ou um bastão pelo menos, qualquer coisa com a qual pudesse contar em momentos inesperados e ameaçadores. Marta, refugiada nas minhas costas, soluçava, e eu tinha medo de que ela de repente se descontrolasse e fizesse barulho suficiente para atrair as atenções de quem quer que estivesse do outro lado da porta. Com a mão, peguei-lhe no corpo num sítio qualquer e fiz alguma força para que ela percebesse que tinha de se controlar. Quando senti que a situação estava mais calma e eu próprio acumulava forças para virar o puxador da porta, assaltou-me o medo mais incisivo: e se além da personagem desconhecida estivesse também o Henrique, no quarto? E se o meu filho estivesse à mercê de uma ameaça desconhecida qualquer? Até ali, não sei porquê, dei sempre por adquirido que o Henrique não estava no quarto, mas se estivesse? E se estivesse e, de algum modo, os sons mantivessem alguma relação com ele ou com alguma coisa que lhe estivessem a fazer? Acho que foi isso, essa angústia e essa incerteza, que me fizeram rodar tão decididamente o puxador. Quando abri a porta, acho que ia com os olhos cerrados ou semicerrados, mas a verdade é que havia muito pouca luz no quarto, pelo que tive de abri-los e esperar que se acostumassem à escuridão, para começar a distinguir os contornos das coisas que habitavam o espaço. Marta, que vinha agarrada a mim como um trenó, tremia por todos os lados. O som, quando abrimos a porta, tornou-se muito mais presente e encorpado e ganhou a definição de um emissor. Com a habituação à falta de luz, consegui distinguir, em primeiro lugar, o Henrique, deitado na cama, a dormir, e a dois metros dele, junto a uma das paredes do quarto, um vulto, às sacudidelas, um homem; a princípio não lhe topei a fisionomia, mas bastaram-me uns segundos mais para perceber que era o Abílio, o avô do Henrique, o pai da Marta, e, para incredulidade minha, estava de pé, encostado à parede do quarto, com as calças e as cuecas caídas abaixo dos joelhos, a masturbar-se, de olhos fechados. Eu fiquei parado, estupefacto, para dizer o mínimo. A Marta, que só se apercebeu depois de mim, porque vinha nas minhas costas, semicerrando os olhos e dando umas miradas ocasionais, assim que viu o pai naquelas figuras, depois de naturalmente ficar sem palavras, da surpresa, gritou-lhe "que estás a fazer? Que diabo estás a fazer?", e eu, enquanto nos refazíamos todos da surpresa, fui para perto de Henrique, para ver se ele estava bem, e o Abílio abriu os olhos, na sequência do grito da Marta e, com uma mão no pénis e outra a fazer, com um indicador, um sinal de silêncio, fez-nos que nos calássemos, por causa do Henrique, para não acordar o Henrique, e ficámos calados, sem saber o que fazer, eu e a Marta, a olhar para o Abílio, e ele a apontar ora para o Henrique ora a fazer o gesto para que nos calássemos.

E depois, que sucedeu do confronto?

Nada, na verdade nada, foi o momento em que acordei e dei-me conta de que aquilo não passara de um sonho. A Marta estava a dormir, a meu lado, e eu tinha suado a minha metade da cama, e até agora nem sei dizer se estaria com febre ou com calor.

Qual é a última imagem que retém do sonho? Alguma coisa específica que transporte como última sensação?

Acho que a última coisa de que me lembro, do sonho, é de o Henrique estar bem. De me sentar ao lado dele, na cama, e de ele estar bem, porque respirava e dormia profundamente. Lembro-me de que quando acordei e me recompus, fui logo vê-lo, à cama. Quando entrei no quarto estava à espera de lá apanhar o Abílio, como se a vida fosse uma continuação do sonho, mas não, não estava lá ninguém senão o Henrique, e ele estava bem, estava a dormir, e eu fiquei descansado e, depois de passar pela casa de banho e de beber um copo de água, fui-me deitar, mas só devo ter conseguido adormecer bastante tempo depois de me ter deitado.

Já reflectiu sobre o sonho? Tem vindo a tirar algumas conclusões?

Já. Andei a pensar nisto algum tempo. Mas é um sonho muito estranho. Quer dizer, o meu próprio sogro, a masturbar-se, no quarto do meu filho, é bizarro, quer dizer, além do choque que me causa, tenho algumas dificuldades em fazer ligações, até porque o que predomina é precisamente a surpresa e o choque.

E porque seria o seu sogro, e não outra pessoa qualquer, no quarto do seu filho, a masturbar-se?

Isso ainda é mais estranho, se considerarmos que, de acordo com o que circula em família, o meu sogro já não tem erecções há bastante tempo. Não sei se é verdade ou não, mas é a versão "oficial". Não se fala disso, claro, deve ser conversa entre as mulheres da família e chegou-me aos ouvidos pela Marta, em confidências de cama. Diz-se que foi quando voltou da guerra que perdeu a capacidade de erecção. Ainda é mais estranho que seja ele a estar no quarto a masturbar-se porque, de acordo com o que se "sabe", ele não o faz, não consegue.

Não há nenhuma versão dele para essa incapacidade?

É engraçado que pergunte, porque acho que pelo lado dos homens da família dela circula uma contraversão que tem piada. Acho mesmo que deve ter sido ele a pô-la em circulação. De acordo com o próprio, pelo que percebi, aquilo não é uma incapacidade, mas uma "lesão". Parece que um dia, na brincadeira, na tropa, ele demonstrava como podia suster-se no ar apoiado apenas na ponta dos pés e no pénis erecto, na posição de flexões de corpo, e, de repente, o pénis cedeu, alguma coisa correu mal e entortou, diz ele, sendo que agora não é capaz de ter erecções, porque estas lhe fazem dor. Isto também me chegou pela Marta, se bem que tenha tido de arrancar-lhe esta história, porque ela considerava-a demasiado fantasiosa para ma contar.

Portanto, de qualquer modo, é uma incapacidade que, mesmo em surdina, ninguém nega? Ele próprio já conferiu veracidade com a versão que pôs a circular?

Sim, sim. E porque apareceria ele, de repente regenerado, no quarto do Henrique?

Mas não foi ele que se pôs lá, foi o Rogério que o pôs lá. Portanto foi o Rogério que, de alguma forma, lhe conferiu essa capacidade, esse poder. O facto de ter posto lá uma pessoa desprovida de uma capacidade para, num repente, à noite, encontrá-la em pleno exercício dessa capacidade, não o intriga?

Acha que eu o reabilitei?

Não tenho motivos para não dizer que sim, até porque não existe dúvida razoável que lhe confira espaço de incerteza, no que concerne à versão oficial que circula, seja ela a mais credível ou a mais fantasiosa. O resultado é o mesmo.

E porque haveria eu de fazer isso, isto é, de curá-lo para o meu sonho? Quer dizer, não tem lógica aparente.

Bem, à primeira vista, nenhum sonho segue de forma escrupulosa as regras da lógica. Interessa-me menos ser o seu sogro do que o facto de o ter regenerado de algum modo, até porque no quarto do Henrique não estava só o seu sogro a precisar de "regeneração", de "cura", por assim dizer...

Está a referir-se ao Henrique? Ao autismo do Henrique?

Nem sei sequer se é ao autismo que me refiro, com total propriedade. O que é que, por exemplo, seria o equivalente da erecção do seu sogro, no Henrique, perdoe-me a comparação? Que capacidade não tem o Henrique que devia ter?

Hum. Assim de repente diria que é a fala. O Henrique não é verbal, e é sempre disso que sentimos mais falta.

Muito bem. Então naquele quarto, sob determinadas circunstâncias, pode dar-se o "milagre", chamemos-lhe provisoriamente assim, de as pessoas desprovidas de funções importantes, como o seu sogro, poderem voltar a tê-las ou, no caso do seu filho, inaugurarem a sua posse.

Sim, mas porque é que acontece naquele quarto? E, de qualquer modo, o Henrique não falou, no sonho.

Não, de facto. Mas o seu sogro apareceu a simbolizar o extraordinário acontecimento da normalidade perdida, o que me parece mais adequado à interpretação do que a surpresa e o choque, que são, por assim dizer, a camada epidérmica do sonho, aquela pela qual a linguagem do sonho pode ser veiculada. Outra coisa que me parece interessante e simbólica não é só o como, isto é, o facto de o seu sogro recuperar a normalidade, mas o porquê. O que me disse que estava a acontecer antes de começarem a ouvir os sons que disseram ouvir, a respiração ofegante que mencionou?

Se bem me lembro, quando demos conta disso, estávamos a acabar de discutir, mas quando estávamos a discutir também não se conseguiria ouvir o que se passava no quarto ao lado, porque os nossos berros de certeza que abafavam o som.

Portanto, basicamente, vocês pararam de discutir e começaram a dar-se conta de que havia barulho ao lado?

Sim, foi isso. Ou começou quando parámos de discutir ou já tinha começado e não demos conta.

Para o efeito e considerando que postulo uma relação entre o fim da discussão e o regresso da normalidade, vou desconsiderar a hipótese pela qual a discussão pudesse abafar os sons, até porque as pessoas, mesmo quando discutem, não o fazem sem o intervalarem com momentos de silêncio, nem que seja para retomarem o fôlego.

Acha que o fim da discussão tem uma ligação com o "regresso da normalidade"?

Acho, e acho que o Rogério também considera a relação difícil e tensa que tem com a Marta um problema, no que diz respeito à evolução do Henrique. No fundo, acho que o Rogério se culpa por despender energias em discussões que, *a posteriori*, lhe parecem estéreis, em vez de dedicar esse tempo e essa força a ajudar o Henrique. Acho que até pensa que as discussões podem ser um factor regressivo para ele. Não creio que para si seja transparente aquilo que acabo de dizer, mas acredito que pensa nisso, mesmo que não o veja de forma clara.

Nunca pensei nisso nesses termos concretos. Mas sinto-me culpado, isso não é nada de novo. É até o meu estado natural, portanto a sua explicação tem algum poder, no sentido em que se dirige ao cerne do meu maior problema.

Por isso, e por saber que é uma explicação linear, apesar de me parecer adequada, também me parece que existe igualmente aí, nesse horizonte, além da culpa associada ao problema das discussões, uma componente de desejo de normalidade que se exprime de forma ambígua. Deixe-me tentar fazer as ligações adequadas. Se as discussões, tidas agora como metáfora e não tomadas de modo literal, simbolizam de alguma forma a agitação, a confusão instalada à volta do Henrique, sinto que o "regresso à normalidade" do garoto está associado a uma aceitação vossa, a um estabelecimento de uma paz na qual essa tensão constante, que se declina em diversas preocupações, discussões e dispersão de forças, esteja dissipada. Ou seja, a cura do Henrique, por assim dizer, na sua cabeça, passa também por lhe dar menos atenção, por não se focar tanto nele, por aceitá-lo.

E como é que essa explicação convive com a outra?

Bem, uma é tão literal que não podemos prescindir dela sem mais, seria como apagar uma evidência. A outra é mais complexa e simbólica, mas é tão rica que me parece tão adequada como a primeira. E em questões de interpretação, não me importam tanto as conclusões a que chegamos, mas o que optamos por fazer com elas e como elas nos orientam.

E qual delas é que escolhemos?

Boa pergunta. Qual delas escolhemos? Não há nenhuma errada. São caminhos. Por onde lhe apetece andar hoje?

Ah, não me apetece nada ter de escolher. A sério.

Ok. Sempre podemos ficar aqui o resto do tempo, a vê-lo passar.

A dr.ª só diz isso porque sabe que sou demasiado forreta para vir aqui e não aproveitar o tempo de consulta.

Eu espero que sim, porque o silêncio desse tipo de não intervenção é mais complicado de gerir para mim do que a conversa que decorre de uma sessão normal.

Porque é que eu não aceito o Henrique?

Isso é uma pergunta interessante e tanto mais interessante se a fizer a si próprio.

Porque é que eu não aceito o Henrique? Que tipo de filho eu queria ter? Tinha alguma expectativa em ter um filho de tal modo que até uma carreira já lhe tivesse definido? Eu até sou aberto e inclusivo, mas o Henrique é um problema que eu não consigo integrar. E não devia. A Marta aceita-o melhor do que eu, de alguma forma já fez as pazes com o autismo, eu não consigo, eu estou sempre a ver se nos livramos do autismo para ficar com o Henrique, e isso não acontece.

Como vê o Henrique actualmente? Quando olha para ele, é o seu filho que vê? Como o vê? Chega a ele de modo directo ou há qualquer coisa a interpor-se? O Rogério sente algum biombo a mediar a vossa relação?

Sinto, nem sei bem explicar, sinto que o Henrique é como um quarto antes da explosão de uma granada. E depois explode uma granada, e sobram os restos queimados de uma fotografia, um bocado de uma cadeira, a perna amputada de um peluche. Sinto que é assim que me ligo ao Henrique, sempre. Como se tivesse apenas acesso a essa constelação de detritos e tivesse de, através de uma arqueologia qualquer que eu não conheço e nem sei fazer, resolver o enigma de como era o quarto antes. Porque sinto que o Henrique não é a pilha de destroços à qual eu tenho acesso e que resulta da explosão “autismo”, se lhe quisermos chamar assim, mas um quarto, um quarto mais ou menos ordenado, mas inteiro, e o que eu tenho para conseguir refazer, na minha cabeça, esse quarto, são os escolhos da explosão que por lá passou. E não consigo sair disto, não consigo não ver, sempre e antes de qualquer contacto com o Henrique, a desordem, as mãos na boca, os saltos no mesmo sítio, o olhar vazio, a confusão, o silêncio, os guinchos, toda a parafernália que é o fogo-de-artifício pelo qual o autismo se anuncia e esconde a criança. Eu sinto que o Henrique não é aquilo, sabe? Sinto que há mais Henrique, por baixo daquilo, e de cada vez que tenho acesso a um pequeno fragmento disso, seja porque ele resolve um *puzzle* ou porque me abraça com carinho, eu sinto uma alegria tremenda, uma alegria imensa e insubstituível, mas volta tudo ao mesmo quando ele dá um passo para trás.

Acaba de me dizer que se sente bem quando se liga, nas suas palavras, ao verdadeiro Henrique. Gostava de lhe perguntar duas coisas. Em primeiro lugar, como se sente quando lida com o "falso Henrique", ou o autismo, se quisermos colocar assim o problema e, em segundo lugar, queria pedir-lhe que me dissesse o que sobraria do Henrique se lhe conseguíssemos, por alguma forma, retirar o autismo, como se ele fosse uma capa ou uma constipação.

Em relação à primeira pergunta, é fácil, e acho que a doutora tem noções já bastante precisas de como me sinto ao lidar com o autismo. Sinto-me impotente e frustrado. E não percebo exactamente porquê. Por esta altura já devia estar habituado a isto, já devia tê-lo assimilado, já devia estar, pelo menos, à vontade com o autismo para o olhar de frente sem temê-lo, de cada vez que o avisto. Mas não. Sinto-me impotente e frustrado, impotente e frustrado de cada ocasião em que, pela milionésima vez, eu o apanho a meter a mão na boca e a babar-se para cima da *t-shirt* enquanto olha para a televisão, sinto-me fracassado quando ele se recusa a segurar um lápis, quando ele faz xixi no sofá, apesar de o levarmos de quarenta e cinco em quarenta e cinco minutos à casa de banho, e sinto-me incapaz e duplamente frustrado e triplamente impotente quando o vejo chorar e nem consigo saber, que é a obrigação de qualquer pai, se lhe dói alguma coisa, e onde é que lhe dói. Eu tenho estes restos na mão, como lhe disse, e não consigo chegar a refazer o quarto na minha cabeça, por mais que me esforce.

Com o seu tipo de personalidade e as suas competências, Rogério, acho natural que se sinta frustrado, tanto ou mais que a Marta. O Rogério tem capacidades manuais bastante apreciáveis, aliadas a uma capacidade intelectual acima da média. Isso torna, para si, todos os problemas resolúveis *a priori*, bastando para tanto aplicar-se mais no trabalho de os resolver. Para o Rogério não há, à partida, situações impossíveis. O problema é que o Henrique não é uma coisa mecânica que possa ser resolvida com mais ou melhor trabalho. As suas competências, neste caso, de pouco lhe servem, porque não está no seu poder fazer muito mais do que faz, e as coisas não dependem de si. É por isso que sente essa incapacidade que o assalta de forma quotidiana. Consegue resolver quase tudo na sua vida, menos aquilo que, de facto, é mais importante. É natural que se sinta frustrado. Aliás, o seu sonho é bastante ilustrativo dessa impotência, porque o problema do Henrique, a sua "normalização", ocorre no seu sonho sem que o Rogério seja um contribuinte activo disso. Acho que o Rogério sabe, inconscientemente, que não pode fazer muito mais do que aquilo que faz e que tem de aceitar isso, mas não está preparado para largar mão das suas competências e arrasta esse fardo consigo. Prefere arrastar a dizer: não sou capaz e é aceitável que não dependa de mim.

Nunca tinha pensado nisso assim, mas a sua análise parece-me adequada, se bem que eu não saiba o que fazer com isso. Eu não sei como mudar. Parece-me que estou condenado. E a frustração? E em relação à frustração?

Acho que a ambas as coisas o Rogério é capaz de responder de forma tão explícita como eu. Mas, como disse há bocado, é demasiado forreta para fazer o meu trabalho e ainda pagar-me, pelo que deve querer ouvir a minha versão das coisas antes de concordar com ela, especialmente porque também é a sua versão, se bem que nem sempre ande à superfície. No que toca a frustração, isso tudo reside lá atrás, e já falámos disso em sessões anteriores, e tem que ver com a sua infância. O Rogério não foi educado para esperar e para lidar com a frustração de não poder ou de não ter. Fizeram-lhe sempre um jeitinho pelo qual acabou por ter aquilo que quis ou substitutos muito adequados. Não o educaram para a possibilidade da impossibilidade, e os resultados, neste caso, estão muito à vista: o Rogério não suporta o facto de não haver uma forma de resolver o "problema Henrique". Quando o toma para si, o problema, é impotência. Quando o deixa só ou em mãos alheias, é frustração. Como as duas coisas andam de mãos dadas, digamos que tem sempre um bocado dos dois em doses mais ou menos equitativas.

Aquilo que me diz reforça a minha ideia de que sou um caso perdido. Não tenho como mudar, não tenho como deixar de sentir isto, e as competências que possuo, para o caso, não me servem de nada, para não dizer que me complicam a vida.

Eu não disse, nem diria, que é um caso perdido. Acho que cada pessoa tem o seu *timing*, muito pessoal, para digerir ocorrências desta natureza, isto é, da natureza do luto.

Do luto?

Sim, sem tomar a palavra no sentido estrito, mas no sentido funcional.

Explique-me melhor.

O luto de que falo tem que ver com o mecanismo complexo de aceitação de que o seu filho não é uma criança normal, como antecipava quando pensava nele, antes de descobrir o autismo. Ora não é fácil, para ninguém, passar por um processo destes, um processo de readequação de expectativas. Há pessoas a quem custa mais, há outras a quem custa menos, mas, basicamente, todos sofrem.

Eu sei que vou fazer uma pergunta estúpida, mas acho que cheguei a um ponto em que não tenho grande coisa a perder: quanto tempo mais é que isto dura? Quanto tempo mais tenho de passar por isto? Eu às vezes sinto que não aguento muito mais tempo, porque isto tira-me o gosto pela vida. Faz de mim uma pessoa amarga e infeliz e, sinceramente, há dias em que não me suporto a mim próprio, pelo que imagino a impressão que devo causar àqueles que me são mais próximos.

Está a falar da Marta?

Por exemplo.

Isso preocupa-o mais ou menos do que não se suportar a si próprio?

Preocupa-me mais.

Porquê?

Porque a impressão que tenho de mim, má ou boa, só eu tenho de carregar com ela, digamos assim. Enquanto a impressão de mim nos outros é um fardo que eu não posso aliviar.

O facto de não poder aliviar não faz que não possa condicionar.

Sim, claro, posso sempre fazer mais e tentar mais.

Repare, se me diz que lhe causa sofrimento o modo como se relaciona com os outros, este modo específico, vejo uma dupla vantagem em alterar, tanto quanto consiga, a sua forma de estar.

Explique-me melhor.

Em primeiro lugar, vai sentir-se melhor por conseguir influenciar pela positiva o modo como as pessoas se ligam a si. Em segundo lugar, e se lhe causa dor o facto de magoar os outros, o contraponto lógico disto é que lhe dê prazer o facto de alegrar as vidas que o rodeiam.

Sim, mas passar da teoria à prática?

Calma. Não vamos tentar fazer tudo de uma vez. O mais importante é percebermos o modo como funciona, para, pouco a pouco, o condicionarmos a funcionar de modo diverso.

Eu não sei se tenho tempo para mudanças tão lentas.

O que quer dizer com isso?

Quero dizer que me sinto a chegar a um limite.

Desformalize-me isso, por favor.

Não aguento mais, doutora. É muita dor. Não aguento mais.

Tem pensamentos suicidas?

Não. Não propriamente.

E impropriamente?

Impropriamente... Quando estou no trabalho e passo por uma janela que deixamos aberta, no quinto andar, perto das escadas de serviço, onde as pessoas se juntam a fumar, ocorre sentir-me, se fico algum tempo a olhar para a rua, atraído pela ideia de me atirar. Quanto mais tempo fico a olhar para o chão, mais vontade tenho de me jogar.

E porque não o faz? Se não o fez até agora, é porque tem razões para não o fazer.

Por causa do Henrique. Da Marta, da minha família.

E porque pensa fazê-lo?

Por causa do Henrique. E da Marta.

É confuso, não é?

É.

Eu não acho que o Rogério seja um potencial suicida, descontando o facto formal e óbvio de todos sermos potenciais suicidas, por estarmos vivos e sermos sujeitos passíveis de sofrimento. De qualquer modo, gostava que passasse menos por essa janela. E se não puder passar menos por essa janela, gostava que não parasse para contemplar o que está lá em baixo. Pode ser?

Vou tentar.

Faça isso. E se não puder evitar nada daquilo que estamos a tentar que evite, gostava que me telefonasse se as coisas se tornassem demasiado complicadas para geri-las sozinho. Gostava que fizéssemos este acordo.

Podemos tentar.

Combinado. Como têm estado as coisas com a Marta? Ainda não falámos dela nesta sessão.

Mal.

Troque-me isso por miúdos, então.

Estamos muito desencontrados.

No quê?

Em quase tudo. Especialmente no que diz respeito ao Henrique.

Como é que ela lida com a situação?

Aceita-a melhor do que eu. Se calhar já fez o luto de que estávamos a falar há bocado.

As pessoas têm ritmos diferentes. E ela é mãe.

E isso quer dizer o quê?

Os pais têm, regra geral, mais dificuldade em fazer compromissos com os filhos que envolvam cedências desta monta. As mães pactuam melhor e envolvem-se mais rapidamente nos processos práticos que asseguram o dia-a-dia e com isso também asseguram, regra geral, uma ultrapassagem mais rápida do problema.

Agora estava a pensar. Todos os lutos têm um objecto. Estamos aqui a falar de luto já há algum tempo mas, de facto, estou a fazer luto de quê? De quem?

Do seu filho.

Mas o meu filho está vivo.

O Henrique está vivo. O "seu" Henrique não. O seu filho ideal. Aquele que imaginou ter e que, entre muitas características, era normal.

Às vezes falo disso com a Marta. Das expectativas que tínhamos. De como antecipávamos a paternidade.

E como são essas conversas?

Tristes. Nos últimos tempos ela nem quer tê-las. Farta-se depressa. Eu sou mais melancólico, mais agarrado ao passado.

Ela está numa fase diferente do mesmo processo. É normal que veja em si e na sua insistência nalguns assuntos um perigo.

Que tipo de perigo?

O perigo de ela própria voltar atrás. De se deixar capturar outra vez pela dor.

Eu estou capturado pela dor?

Diga-me o Rogério.

Estou. Sem dúvida. Ainda há dias me dei conta de que não sou capaz de olhar para as fotografias antigas do Henrique sem chorar compulsivamente. Desculpe, só de pensar nisso não consigo conter-me.

O que são as fotografias antigas dele, para si? O que sente quando olha para elas?

Uma dor muito grande, como se ele já não existisse.

O Henrique?

Sim, quer dizer, mais ou menos. Aquela versão do Henrique. Aquele Henrique.

O Henrique normal?

Sim, o Henrique antes da descoberta do autismo. O Henrique antes das terapias, antes de perder as competências, o Henrique antes de ficar um ano em casa, antes disto tudo.

O seu Henrique.

Sim, o meu Henrique. Desculpe.

Tem saudades dele?

Tenho tantas saudades dele, tantas, tantas. Nem consigo exprimi-lo. Dói-me só de pensar nisso. Queria tanto voltar a esse tempo, quando não sabíamos de nada. Quando havia esperança...

Já não tem esperança?

Não. Ele nunca vai ser normal, nem perto disso.

E a Marta, tem esperança?

A Marta aceitou. E , na verdade, tem tanta aceitação como esperança.

Eu acho que vocês têm um problema em mãos que pode rebentar a qualquer momento. Era multiplamente bom, para si, que desencalhasse do passado tão depressa quanto lhe fosse possível.

O que quer dizer com isso?

Quero dizer que à medida que a Marta se vai aproximando de um apaziguamento, o Rogério vai ficando noutro registo e vocês vão-se afastando. Eu receio que esse afastamento, num nível tão profundo, possa reflectir-se mais cedo ou mais tarde na realidade.

Em que sentido?

No sentido de se separarem por estarem em contraciclo nos vossos processos e, por isso mesmo, demasiado sozinhos.

Eu não penso em separar-me. Isso seria a machadada final.

E a Marta? Sabe o que pensa a Marta?

Acho que também não pensa nisso.

Mas alguma vez falaram disso, alguma vez surgiu em conversa?

Quer dizer, estas coisas surgem sempre quando as discussões são mais acaloradas.

E vocês discutem com frequência?

Sim, suponho que como qualquer casal.

Como vê a vida sem a Marta? Já imaginou isso?

Não vejo.

Neste momento, qual o maior obstáculo entre o Rogério e Marta? Digo, no sentido de as coisas funcionarem melhor.

O Henrique.

O Henrique?

Quer dizer, a forma como cada um de nós concebe o Henrique, na sua multiplicidade de aspectos. A forma como nos relacionamos com ele, como o educamos, como lhe vemos, ou não, um futuro.

O Henrique parece estar no âmago de tudo.

Sim, o Henrique e o autismo ocupam a totalidade da vida.

Não deixam espaço para mais nada?

Não, não deixam. Sabe, eu tive outro sonho, anterior a este, no outro dia. Um sonho em que eu e Marta éramos felizes, como antes de o Henrique nascer.

E porque é que eram felizes?

Porque, no sonho, o Henrique já não existia.

Não tinha nascido?

Não, nascer tinha nascido, mas entretanto morrera.

Morrera?

Sim. O que se calhar tem relação com aquilo de que falávamos ainda agora. A minha versão do Henrique, que já morreu, que já não existe, recorda-se? O meu luto.

Talvez. E estava triste com isso?

Estava triste, mas ao mesmo tempo estava feliz, porque no sonho gostava mais da Marta e da minha relação com ela do que do Henrique.

E na realidade?

Não sei. Os sonhos são mais fáceis.

E como é que ele tinha morrido?

De carro.

Num acidente?

Mais ou menos. Não me lembro muito bem, mas eu ia a conduzir o carro — é como se fosse outro sonho dentro do sonho —, a Marta não estava, e eu de repente virei-me para trás, e desapertei-lhe o cinto, e fui de encontro a uma parede, numa curva.

Queria matar-se, matá-lo, ou ambos?

Não sei.

Então porque é que lhe desapertou o cinto?

Acho que queria acabar com tudo. Com o autismo. Queria ficar com a Marta. Queria salvar a minha relação.

E porquê dessa forma?

Porque não há outra? Aquilo não se cura, não desaparece, não melhora.

E quando ia de encontro à parede, no que é que pensava?

Na Marta. Pensava nos olhos da Marta, nos lábios da Marta, nos cabelos da Marta, pensava nela como se ela estivesse em cima da cama, de calções, a separar fotografias nossas, para acabar um álbum. E pensava que era uma escolha entre nós e ele. E sentia-me em paz.

Acha que o desaparecimento do Henrique, mesmo que metaforicamente, seria a solução para os vossos problemas?

Sim, sem dúvida.

Não acha que continuariam a ter problemas?

Sim, claro, mas os problemas normais de um casal normal.

E a Marta, como ficaria? Como estava ela, no seu sonho?

A princípio ficaria destroçada, estou certo. Mas depois haveria de ficar melhor, de compreender.

De compreender o quê?

Que estávamos melhor sem ele.

ENTRADA #4

Hoje cheguei a casa e tinha à vista um monte de roupa em cima da cama que a cobria por completo. Eu só me queria deitar. Estava fora de casa há vinte e quatro horas, no trabalho. Tinha tanto sono que nem queria saber de onde aparecera aquela roupa, pois nunca me tinha dado conta de que o H. pudesse ter tanta. A M. entrou no quarto, trazia o H. pelo braço, ele vinha choroso, e disse-me que já não dava conta de quantas mudas de roupa ele sujara na última semana, que o mudavam três e quatro e cinco vezes por dia na escola e que aquilo ia pô-la doida, porque a casa se transformara numa lavandaria intensiva, com roupa a ser engolida pela máquina de lavar, para logo passar ao segundo estômago da máquina de secar e de lá para o H., que nem tempo para passar a ferro havia.
Eu disse-lhe que precisava de descansar. De dormir, que já não dormia há dois dias, e ela pôs-me a dobrar *t-shirts* e calças, porque, em última análise, era a única forma viável de tirar aquilo de cima da cama, não ia arriscar enrolar tudo para ainda poder ter de passar pela tirania do ferro.
Eu fiquei sentado à beira da cama e ela levou o H., que mal olhou para mim, a dobrar camisolas, e em pouco tempo deixei-me dormir sentado e logo tombei para cima da cama e da roupa.

URGÊ CIAS — VII

Quando saímos de onde conseguíramos comprar duas sanduíches e dois sumos, eu e a Amélia começámos a descer a vereda que nos levaria de volta à sala de espera, onde, esperava, a Marta e o Rogério já teriam novidades. Eu comera um croquete e bebera um café indecente, num copo de cartão, onde consegui logo escaldar os dedos. A Amélia tragou umas empadas de galinha, empurrando-as com um galão de máquina. Para aquilo que era necessário, isto é, forrar tanto quanto possível as paredes do estômago sem cair na asneira de lhes dar reboco a mais, sobretudo quando se fazia já tarde e não se adivinhava as horas a que poderíamos estar despachados ou receber notícias, estava bom. Os miúdos, esperava, já estariam bem. A relação deles não era fácil, as relações não são fáceis, ponto, mas a deles tinha condicionantes de merda, sobretudo no que dizia respeito ao Henrique, que faziam que só mediante um afecto muito forte aquilo pudesse ter hipótese de não soçobrar. Eu não era crente em coisas dessa natureza, porque o meu olhar sofria naturalmente da paralaxe advinda da minha própria experiência. Para mim todas as relações eram merdosas ou caminhavam depressa para isso porque a minha própria relação era ou tinha caminhado para isso e, não tendo tido nenhuma outra, aquela era a pedra de toque pela qual eu aferia todas as restantes. Mas agora, mais do que nunca, tinha de colocar o impermeável do cinismo quotidiano fora da vista e alçar a perna do sorriso

tanto quanto me fosse possível, para não ser eu a empurrá-los para o redemoinho trágico que se aproximava, numa sede de sucção. O caminho era uma espécie de teia de aranha reticulada onde nasciam e feneciam trilhos de calçada. Por vezes, numa encruzilhada, brotava um poste anémico com um despenteado de sinais a acompanhar, sendo que alguns deles estavam ilegíveis, porque a tinta tinha sido lambida pelo sol, e outros apontavam para baixo, porque haviam perdido um par de parafusos e a firmeza da perpendicularidade. Era difícil orientarmo-nos ali, sobretudo porque o estafermo insistia, a cada cruzamento, que já tínhamos passado por aquele sítio, algures no tempo, e que estávamos perdidos. Eu, sem lhe dar muita trela, ia-lhe dizendo para ela seguir por onde quisesse que eu ia por aqui ou por ali e, mesmo sem saber de cor que trilho tomar, sabia que o caminho era a descer, pelo que não podia passar muito longe das urgências se seguisse o declive.
Quando demos por nós estávamos já perto do bloco das urgências. A cerca de cinquenta metros conseguia avistar os dois tipos da ambulância que haviam desembarcado com um ferido e que a Marta tinha conseguido, de algum modo, sensibilizar, pelo menos um deles, e que tinham ficado de lhe dar notícias do Henrique. Dirigiam-se para a ambulância e eu, com um gesto largo do braço, fazia-lhes sinal e tentava assobiar, tarefa na qual nunca me saí muito bem. Eles ou não ligavam ou não ouviam, iam apressados para a ambulância, que colhia os últimos raios de sol, e eu, sem conseguir esticar o passo em demasia, limitava-me a gritar-lhes uns monossílabos e a abanar o cata-vento dos braços, em busca de ser ouvido ou de ser visto. Eles metiam-se na ambulância e, pouco tempo depois, quando estávamos mesmo a chegar perto deles, o suficiente para que eu tivesse a certeza de que um dos rapazes olhava para mim, deram à chave e saíram com algum aparato, deixando no ar um enxame de pó e de areia, saído de um

pequeno fosso que cavaram com as rodas de trás. Havia sido em vão. Não conseguira saber nada por eles. Não que esperasse ser eu o último reduto para conseguir a informação, pelo contrário. A Marta, a tê-los visto, de certeza que lhes tinha perguntado tudo o que havia a perguntar. No entanto, sentia-me mal por não ter conseguido assegurar-me disso.

Oh, Abílio, tu podias ter corrido; eu não posso que tenho as varizes e o reumático, mas tu podias ter corrido, tu que andas o dia todo fora de casa podias ter corrido.

Sem lhe dar grande importância e afastando-lhe os dedos, que já tentavam domar-me uma madeixa, com uma sapatada com as costas da mão, passámos pelo segurança, que revolvia os bolsos aparentemente à procura do tabaco, porque tinha um isqueiro na mão, e entrámos nas urgências, onde Marta estava sentada, muito hirta, com os óculos escuros a compor-lhe o anonimato e a roer o que lhe restava das unhas e da tinta que as revestia.

Marta,

Aproximei-me, sendo que a Amélia se meteu logo entre mim e ela.

Marta, trouxemos-te comida, filha, tens aqui comida e uns sumos; anda, tens de comer e beber qualquer coisa.

Marta estava imóvel, e assim ficou, mesmo quando Amélia insistiu e esboçou um largo sorriso, pondo-se mesmo à frente dela, para que Marta a visse.

Marta estava virada para o segurança, e notava-se-lhe uma tensão no rosto e no corpo. Não respondia ao estafermo por mais que este lhe dançasse à frente do nariz com uma baguete e um litro de cola. Ela segurava com a mão direita uma lima de unhas, que se parecia, à primeira vista, com uma faca. Eu sentei-me ao lado dela.

Amélia, cala-te. Faz-me um favor e cala-te, porque eu preciso de perceber o que se passa aqui.

Marta estava tão contraída que parecia alheada de tudo quanto acontecia. Parecia não dar conta de que estávamos ali, parecia adormecida.

Ó Abílio, tu por favor não me mandes calar, tu não vês que a miúda precisa de ajuda, que a miúda não está bem?
Eu olhava-lhe pelo ângulo dos óculos que dava a ver os olhos abertos e as pupilas acesas numa incandescência de faróis.

Abílio, ajuda-me aqui a levantar a miúda, que ela não está bem.
E eu tentava a custo que Amélia não tocasse em Marta, que não a acordasse, se aquilo fosse dormir, que não a arrebanhasse de repente do estado em que ela se encontrava, dava-lhe palmadas nas mãos e mandava-a recuar.

Marta, filha, Marta, levanta-te, filha, temos comida, anda, filha.
E eu, com algum receio, ousei aproximar a ponta dos dedos do braço de Marta e, assim que lhe toquei "ai!" parecia que havia sido percorrida por uma corrente eléctrica e deu um salto na cadeira, deixou cair a lima das mãos e a mala que tinha no colo, e Amélia, também ela "ai!", soltou um grito e levou as mãos à boca; no fundo é como se acordássemos alguém a dormir, só que ela não estava a dormir, estava ali parada, em choque, imóvel, a revirar a tapeçaria dos sonhos às claras, e nós sacudimo-la daquilo, tirámo-la daquele torpor, um tanto violentamente mas sem intenção, eu próprio tive a minha descarga de adrenalina, que não se materializou numa declinação de grito porque o sustive às portas da boca, "ai", abafado, como se fosse o final mais audível de um suspiro.

Ai, desculpa, Marta, o susto que nos pregaste, filha, pensámos que estavas a dormir, ou pior, sei lá o que pensámos. Marta, a recompor-se, ajeitava o cabelo e os óculos escuros e pedia-me que lhe apanhasse a lima, que tinha caído ao chão.

Apanha-me isso, se faz favor, apanha-me isso depressa!
E eu ia lá, com a ponta dos dedos, acelerar uma torção lombar e catar, como se fosse uma moeda, a lima que se escondia nos confins da parte de trás de uma cadeira.

O que aconteceu, Marta, onde está o Rogério? E porque estavas assim? Estás bem filha?
Perguntava eu enquanto Marta se ajeitava na cadeira.

Está tudo bem, está tudo bem, eu estou bem.

E o Rogério, filha?

O Rogério foi à casa de banho. Ele foi à casa de banho.

E que tinhas tu, que não nos respondias, Marta?
Surpreendida e semi-indignada, Marta,

Não vos respondia? Quando? Quando é que não vos respondia?

Agora mesmo,
dizia-lhe, agora mesmo, quando tínhamos estado aqui à frente dela a desfiar conversa à espera que ela respondesse, mas ela estava imóvel e silenciosa como um grande *iceberg* que tivesse encalhado na cadeira, ela não respondia por mais que lhe fizéssemos macacadas debaixo do nariz e só quando lhe toquei no braço, garanti-lhe eu, é que ela saiu do que parecia ser um sono ou um coma.

Eu não me lembro de nada disso,
afiançava-nos, e dava-nos também como certo que só se lembrava de Rogério ter saído, sendo que depois disso não tinha recordações, talvez por ter passado o tempo a olhar para dentro, dizia, talvez por ter passado o tempo a perceber porque lhe tinha acontecido isto a ela e porque estava ela ali, ela que nunca tinha feito, dizia, nenhuma aliança com o Senhor, mas que também nunca a havia desfeito, ela que não era crente nem não-crente, que respeitava as religiões como quem respeita a intimidade do outro lado de uma fechadura, e de repente encontrava-se ali, dizia, caída sabe-se lá em que

pesadelo delirante, mesmo do outro lado de onde devia estar, ao contrário do que devia ser, como se de repente todo o sentido do mundo houvesse resolvido fazer um pino, e ela e o Henrique fossem o par de chaves, no bolso, que caem por terra.
Deixei-a digerir o desabafo, enquanto a Amélia lhe dava um abraço sentido. Prevendo a iminência de um dilúvio, de uma parte ou de outra ou em conjunto, interrompi,

Falaste com eles, Marta?

Com quem, pai?

Com os socorristas.

Não, eles ainda devem estar lá dentro.

Não, filha, eles saíram, passaram por nós agora mesmo, há coisa de dez minutos.

Como é que é possível? Eu estive aqui o tempo todo, não podem ter passado sem que os visse, além disso um deles prometeu que me dizia alguma coisa do Henrique, prometeu, não ouviste, pai?
Não era fácil para Marta ir recortando o leque de possibilidades de saber do filho, especialmente quando a cada nova esperança se juntava, logo de seguida, uma desilusão, que pesava mais por ser recebida em último lugar.

Ó filha, se calhar, dizia a Amélia, eles passaram por aqui e viram-te nesse estado, apagada, e até te disseram qualquer coisa e tu não ouviste, sabes? Se calhar passaram mesmo...

Não pode ser, mãe, eu estava aqui, eu tinha-os visto, eu estava mesmo aqui à espera deles e eles prometeram, viste-os prometer, não viste, pai?
Eu acenava que sim, concordava com a cabeça, em silêncio, a gente sabe lá se as pessoas tencionam cumprir as promessas que fazem ou sequer se a Marta estava em condições de saber que dois latagões socorristas lhe haviam desfilado perante os olhos uma

súmula de explicações sem que ela estivesse em condições de perceber nada, ou mesmo se eles se tinham assustado com a lima que ela empunhava de mão muito cerrada, como se segurasse uma faca que ousasse fugir e calibrar a sede de sangue a qualquer momento; a gente sabe lá, céus, o que se passa na cabeça das pessoas!

Filha, isso que tu tens,

insistia Amélia,

é da fome e da sede, isso de as pessoas terem estas paragens é do cansaço, e tu vais ter de comer e beber qualquer coisa, e tens de ir à casa de banho, filha, há quanto tempo não vais à casa de banho?

Marta, desiludida com a frustração da expectativa de ter mais notícias, chamava-nos para junto dela, sussurrando-nos a necessidade da nossa presença e do nosso silêncio.

Este tipo,

e com olhos apontava para o segurança sentado à porta

foi chamado pelo outro, que está à porta de saída, para guardar esta porta. Agora que os maqueiros saíram, acabaram-se as possibilidades de eu obter qualquer informação a bem.

Então e se esperarmos, filha?

Esperar pelo quê? Pelo pronunciamento do óbito? Não, eu não, eu quero saber do meu filho, nem que para isso tenha de saltar em cima do calmeirão que guarda a entrada. Mãe, e virava-se para Amélia, que tentava seguir-lhe a conversa que Marta mantinha por sussurros.

tu tens a certeza do código, tu estás absolutamente certa de que o código é aquilo que viste e que me disseste, e que foi com isso que abriram a porta?

Sim, filha, tenho a certeza, foi com isso que abriram a porta.

Não passaram nenhum cartão, não é preciso nenhuma chave?

Não, filha, eu estava mesmo atrás do rapaz, e ele só meteu os quatro números.

Ó mãe, fala mais baixo,
interrompia Marta.

Sim, desculpa; pois ele meteu os quatro números, e aquilo fez o barulho de uma porta a destrancar e abriu.

Pois eu tenho de entrar ali dentro,
dizia Marta,

ali é onde está o Henrique, à minha espera; deve precisar de mim, de alguém que o acompanhe, ninguém o conhece, se calhar nem sabem que é autista, ainda lhe fazem um diagnóstico errado à conta disso e sem ninguém para informá-los de que o miúdo é assim, e que aquilo que têm na frente deles não é o resultado do acidente, céus, alguém tem de entrar, percebem?
Como é óbvio, a urgência comunicada desta forma ressoava em nós. Se fosse possível ter-nos-íamos amotinado ali mesmo, e com as costas das mãos varreríamos à galheta qualquer badameco que se interpusesse entre nós e o miúdo.

Marta,
dizia Amélia,

toma e come primeiro, come qualquer coisa e bebe este sumo; tu tens de comer, senão não te serve de nada quereres levantar-te, que o teu corpo não te deixa. E além disso, filha, interrompia,

agora não podemos fazer nada; o brutamontes guarda ali a porta como se guardasse um banco e enquanto ele não levantar dali os costados não vale a pena estarmos aqui a lamentar-nos da nossa sorte. O melhor, filha, é comeres, pores qualquer coisa no estômago, mesmo que não te apeteça, porque vais precisar, disso estou certa, vais precisar.

Vocês acham que eu tenho alguma fome?

E com isto Marta agarrava no coto da baguete que Amélia trazia embrulhada em alumínio e, desfraldando-a do seu invólucro prateado, num enjoo de grávida, depenicava uns bocadinhos de pão, que até um pardal anémico poderia engolir de um só trago, mas eu e o estafermo ficávamos contentes só de a ver comer qualquer coisa que fosse, porque sabíamos que ela estava há horas sem ver comida ou água e que, a qualquer momento, lhe podia passar de novo um esquecimento, no qual ela se ficasse com mais afinco. Pouco depois de engolir uns bocados de pão, Marta estava farta e recusava a baguete. Dava entretanto uns golos da cola que trouxéramos e queixava-se de que não gostava de bebidas com gás, porque a faziam arrotar. Aquilo, para ela, era o almoço e o jantar, não carecia de mais nada senão da obstinada determinação que trazia dentro dela e através da qual contava ultrapassar os obstáculos do segurança, da porta e do desconhecimento, até chegar ao Henrique, tudo para chegar ao Henrique.

Como é que vamos fazer isto, filha?

perguntava Amélia, enquanto guardava o resto da sanduíche de Marta na mala de mão.

Ora mãe,

replicava Marta,

que hipóteses tenho? Tenho de arranjar uma forma de tirar aquele segurança dali, não posso passar por cima dele, não lhe vou bater, não vamos armar um escarcéu para sermos postos daqui a andar sem termos a certeza de que conseguimos entrar lá dentro. E o Rogério? Onde será que anda o Rogério? Na verdade não o percebo, tanto tempo que tem demorado, não o percebo. Eu dava por garantido, e disse-o à Marta, que o tempo ia fazer as expensas da nossa espera, o tempo ia levar dali o segurança, fosse porque quisesse ir à casa de banho, fosse porque quisesse fumar um cigarro, mas ele havia de sair dali, ninguém aguentava aquelas cadeiras, e aquilo era se calhar um procedimento que implementavam quando havia ciganos à espera de notícias dos seus, e se calhar as notícias não eram as melhores e eles já previam que o poder dissuasor de dois seguranças, um deles seguramente aparentado com os gorilas das montanhas do Quénia, seria capaz de travar os ímpetos vingativos dos ciganos, se calhar até estava para sair um médico, com uma pequena prancheta A4 onde estivessem anotados os casos do dia e o estado de cada um deles, uma espécie de conferência de imprensa para gente comum, talvez até fosse uma espécie de hábito instituído; nós estivéramos no balcão central e a rapariga não nos conseguia dizer nada sobre este serviço, que eram um bocado reservados, dizia, para nos dirigirmos directamente cá, aconselhava, e com isso virámos costas e seguimos a direcção do refeitório, onde comprámos as sandes para trazer para os miúdos.

Enquanto esperávamos, pelas necessidades primárias do segurança e pelo Rogério, íamos trocando entre nós algumas palavras de circunstância sobre o Henrique. Que ele andava melhor, dizia a Marta, com carinho, e nós concordávamos, que era difícil educá-lo mas que compensava, se nos lembrávamos de quanto tempo tinha passado para tirar-lhe as fraldas e agora era um menino tão cumpridor das regras de higiene, ele próprio ia à casa de banho sem que fosse necessário dizer-lhe, desde que conhecesse a casa, é claro, desde que conhecesse a casa, mas ele agora também já absorvia as coisas com outra rapidez, ele agora era mais crescido, mais rápido, até já carregava nos botões do elevador, nas campainhas das portas, nos sítios onde, outrora, em bicos de pés, não chegaria sequer à berma mais distante dos objectos.

Enquanto falávamos e esticávamos, à vez, a estrutura óssea, vi o segurança, aquele que estava sentado mesmo à porta de entrada para a zona proibitiva das urgências, fazer um sinal com os dedos

ao outro lá fora, por mais de uma vez, como os jogadores da bola quando caem em campo e se lesionam e têm de pedir para ser substituídos, um sinal em tudo semelhante, os indicadores a fazerem intercaladamente, no ar, um pequeno barril, preciso de ser substituído, anunciava o calmeirão, aquilo era universal e eu, sem querer alarmar em demasia a Marta, puxava-a para mim para lhe sussurrar as novidades, enquanto Amélia nos pedia, gesticulando, para não a deixarem de curiosidade insaciada.
Parecia, para quem nos soubesse auscultar os níveis de tensão, que íamos roubar uma caixa-forte. Sentados, imóveis, calados e muito alerta, atentávamos no segurança calmeirão a fazer sinais ao outro para que lhe chegasse ao pé e o substituísse e, infantilmente, esboçávamos todos um pequeno mas incontido sorriso. O segurança lá de fora entrava e punha-se a falar com o de cá e, por sinais, percebia-se que o calmeirão queria sair. O mais pequeno, esse, tirava o chapéu e coçava a cabeça, como se procurasse no alívio da comichão o estabelecimento de uma decisão que lhe dissipasse as dúvidas e, de repente, encolhendo os ombros e fazendo que sim com a cabeça, dava sinal para que o grandalhão fosse à sua vida, e este, quando passou à nossa frente sem que conseguíssemos conter os sorrisos, como se assistíssemos a um desfile, trazia na mão, já preparado, um maço de tabaco e um isqueiro e, pelos vistos, ia pelo menos demorar o tempo de fumar um cigarro.

Mãe, pai, dizia Marta, eu vou preparar-me para entrar assim que eles saírem ambos pela porta, façam-me só sinal se o de fora se puser a espreitar, para que eu me apresse, está bem?

Ó filha, tu tens a certeza de que é assim que queres lidar com isto,
advertia Amélia.

Estás a ver mais alguma hipótese, mãe? Nem o meu marido vês aqui, ele que ainda há pouco era o bastião dos bons costumes, que me impediu, estupidamente, de fazer o que já devia ter feito. A gente esperava, claro, que as pessoas retomassem as posições habituais, como as peças num tabuleiro de xadrez. O segurança mais franzino guardava a porta de fora, enquanto o mais matulão, que tinha saído agora mesmo pela porta, devia cumprir a função de cão de guarda interior. Mas não se passava assim.

O segurança pequeno, com alguma idade, sentava-se onde havia estado sentado o outro, não sem antes sacudir o fundo da cadeira, sabe-se lá com que propósito higiénico. Aparentemente, não sairia dali enquanto o outro não voltasse. Não demorámos a desfazer-nos do empréstimo dos sorrisos que ainda agora exibíamos. Era uma vitória de Pirro.

A despeito do tamanho do segurança,

dizia Marta sem disfarçar a profunda tristeza que nela entrava,

eu não posso passar por cima dele ou através dele, e não era isto que esperava. Quando este estiver cansado já o outro voltou, e não há forma de ultrapassar este condicionamento e eu não quero

e frisava com raiva, cerrava os lábios, quando dizia não quero,

ter de esperar pelos médicos, que não tiveram a dignidade ou o respeito de nos informarem, até agora, do estado do Henrique. Percebem?

Sem dúvida. Eu tinha mesmo a sensação de que era este tipo de tratamento por parte da sociedade — e não a pobreza e a exclusão social, como se dizia agora de boca cheia — que formava no coração dos jiadistas o ódio suficiente para que, num desprezo explosivo, arrebentassem numa praça qualquer onde nem os pombos escapassem à violência. Eu, pelo menos, já estava preparado para filiar-me no Movimento de Humanização dos Hospitais, que podia ser o braço armado de um partido qualquer semianarca que estivesse contra quase tudo, mas muito especialmente contra os privilégios e os privilegiados. Quando me acontecia uma coisa destas, desde sempre, dava-me prazer imaginar-me a punir os responsáveis pela ferroada no amor-próprio e não me poupava ao prazer da decantação de métodos cada vez mais cruéis, pelos quais as pessoas percebessem, num repente de dor, a injustiça, e, logo depois, o erro que é menosprezar o poder vingativo de um ego pisado de propósito.

Marta,

dizia-lhe,

este também há-de sair, ninguém fica aqui para sempre e ainda há bocado só havia um deles.

Sim, pai, mas agora há dois, e nós éramos quatro e somos só três, e não me parece que isto fique melhor com o passar do tempo, pelo que qualquer estratégia será bem-vinda, especialmente porque agora, de repente, fiquei sem conseguir pensar em nada. Tenho a cabeça vazia, esgotada.

Queres mais um bocadinho da sandes?

dizia Amélia, enquanto metia a mão à mala à procura do papel de alumínio.

Não, mãe, não tenho fome. Não tenho fome.

E Marta atirava-se para trás na cadeira e metia um dos dedos à boca, um dos raros que ainda não sofrera as sevícias que a boca da Marta, movida pela ansiedade, era capaz de proporcionar, e eu e a Amélia, cada um à sua vez, deixávamo-nos afundar também, sem que com isso lhe seguíssemos o exemplo dos dedos e nos puséssemos, os três, a mastigar furiosamente as pontas das mãos.

Era esperar, pensava, era esperar por uma janela de oportunidade que já tínhamos tido e perdido, e dizia isto em voz alta, o suficiente para que Marta me ouvisse, era esperar, porque a qualquer momento o tabuleiro podia virar a nosso favor e tínhamos de estar preparados e não nos culparmos por, ainda há pouco, termos tomado opções que, naquele momento, nos pareceram perfeitamente óbvias e legítimas, e, ademais, não valia pena culpar o Rogério, dizia-lhe, nem da presença dele e das suas regras, nem da sua ausência, afinal puxávamos todos para o mesmo lado, só que tínhamos estilos diferentes, o que não deixava de ser normal, e até saudável, porque se pensássemos todos como a Marta, confidenciava-lhe, se calhar já estávamos presos ou impedidos de nos aproximar deste espaço, que ela tinha de ter calma, dizia-lhe, provocando-lhe o aborrecimento de um encolher de ombros, que ela tinha de saber esperar, que agora se calhar não era a altura para ela o aprender mas que esse dia haveria de chegar, eu próprio era muito menos impaciente do que o que já fora, e nem tudo é mau na mudança, dizia-lhe, nem tudo é rugas, dores e a nostalgia de saltar à corda, há também coisas boas, poucas, é certo, mas há-as e não se podem desprezar, e a paciência, além da experiência que se acumula, como um maço de notas nas mãos de um avarento, é uma delas.

A porta que dava para a saída era daquelas que davam para ver de dentro para fora, mas não ao contrário. Era como se víssemos o exterior através das lentes fumadas de uns óculos de sol. Lá fora, agora que já não fazia tanta luz, conseguia distinguir um homem que vinha a sair de um dos trilhos na nossa direcção. Pela roupa e pela altura, à primeira vista, diria que era o Rogério, mas a forma como ele andava, cambaleando como se estivesse embriagado, parecia querer desmentir a minha primeira impressão. De qualquer modo, e porque Marta via melhor do que eu, decidi pedir-lhe alguma ajuda na vigilância, até porque não estávamos a fazer nada que necessitasse da nossa atenção exclusiva. Marta, a levantar os óculos escuros e a habituar-se à constância da semipenumbra que caía lá fora, confirmava, que sim, que era sem dúvida o Rogério, mas que alguma coisa se devia passar com ele, porque vinha aos esses pelo caminho, a segurar a cabeça, e parece que tinha uma mancha de sangue a escorrer-lhe pela testa, e finalizando estas palavras Marta levou os dedos à boca, impedindo-se de dizer mais nada, sob pena de agravar, pela convocação da palavra, o que já lhe parecia suficientemente mau.

Marta e eu levantávamo-nos, e Amélia, por imitação, fez o mesmo. Olhávamos para o exterior, como se contemplássemos o regresso de um pistoleiro ou de um soldado. Aquele não é o Rogério, dizia Amélia a apontar para o outro lado da porta, onde o homem vinha, devagar e aos tropeções, ao nosso encontro, e Marta começava a dar mostras públicas da sua preocupação, "é o Rogério", dizia, "é o Rogério, mas que terá ele?", e olhava para todas as pessoas que, aos poucos, iam saindo das suas letargias da espera e, em pouco tempo, todo o átrio sabia que aquele homem, que se avistava a distância já reduzida, se chamava Rogério e que não se esperava que ele viesse assim, trémulo e inconstante como um bêbedo, ali pelo carreiro, a levantar do chão as pedras que calhavam a ficar no caminho dos seus sapatos. Marta, assustada, começava a pressionar-nos para que víssemos o que se passava com Rogério, e este, já perto, a cerca de duas dezenas de metros, olhava para a porta como quem mira o fim da recta onde começa o oásis e eu, carregado de preocupação, punha-me a andar na direcção dele, para dar uns seis passos, passar pelo braseiro da porta de entrada e vê-lo parar, olhar para mim, esboçar um sorriso e cair redondo no chão. Nesse momento esqueci-me de quaisquer cautelas que tivesse e tentei, tão rápido como me era possível, correr para ele, enquanto ouvia a Marta e a Amélia a sobreporem os gritos,

Rogério! Rogério! Ajudem-no!

E ele, nada, caído que estava no empedrado que fazia de rampa de entrada, eu a chegar ao pé dele e a ver o sangue a empapar-lhe a cara e a camisola, eu que não conseguia distinguir se aquilo era de agora ou se ele já viera assim, e na verdade parecia-me que algum sangue já estava seco enquanto mais sangue jorrava em abundância de uma ferida na cabeça, onde o crânio haveria certamente de ter embatido contra a esquina afiada de um calhau, e eu não sabia o que fazer com ele, se o virava, se o deixava estar, ele que, estendido no chão, com o reposteiro dos olhos corrido, sorria um sorriso de quem dormisse, e de repente acorria em meu redor toda a malta que estava connosco na entrada para as urgências, e até o segurança, solícito, me perguntava pelo nome do rapaz, pela idade dele, e ia dizendo as coisas no rádio a quem quer que o ouvisse do outro lado, roger, diziam, naquela voz cavernosa que percorre distâncias, e de repente queria saber o tipo de sangue dele, e toda a gente à volta de Rogério dizia ora para o virarem ora para não lhe mexerem, como sempre, nestas situações, e eu perguntava pela Marta, que devia saber o tipo de sangue do marido, perguntava por ela entre as pessoas que me rodeavam como um hemiciclo de abutres e não dava por ela, Marta, dizia, Marta, chega cá, o senhor quer saber o tipo de sangue do Rogério e Marta nada, não a via entre os presentes, Amélia sim, Amélia com as mãos à frente da boca, a suster a acumulação de um grito, mas Marta não, e, quando olhei para trás, a porta do átrio estava fechada e não via nada lá dentro a não ser sombras, mas, do breu, surgiu um cão que fez disparar o mecanismo da porta, e lá dentro, junto à porta inacessível, estava Marta, a inserir no comando da porta um código que nós os três sabíamos.

ENTRADA #5

O H. começou o dia a fazer birras, ora porque queria televisão ora porque não queria os bonecos que estavam a passar, ora porque sim ora porque não, e a M. andava atrás de mim para que eu o vestisse. Eu não sei os sítios todos às coisas, se calhar a maior parte dos pais, homens, não sabe. Ela estava tão exasperada com a gritaria dele que mal me ouvia a repetir-lhe que não sabia onde estava a camisola do homem-aranha, que tão bem combina com as calças de bombazina azuis, que ela já lhe vestira. Eu andei às voltas, pelas gavetas, o H. em modo birra, a ir e vir da sala com os comandos na mão, para que lhe encontrássemos bonecos melhores, e a gata a miar, nervosa ou faminta, a espremer-se-me por entre as pernas até eu tropeçar por duas vezes nela e pensar no que poderia acontecer se partisse a anca e me visse obrigado a passar semanas deitado, em casa, a intervalar a presença do H. com televisão e livros. Acabei por lhe vestir a primeira camisola a que deitei mão e, quando estávamos à porta para sair, a M. virou-se para mim, desgostosa, e disse-me "só te pedi para fazeres uma coisa, e até nisso foste capaz de falhar", e foi trocar-lhe a camisola, enquanto eu descia as escadas a pensar que é verdade. Que é tudo verdade.

TU SABES ONDE ISTO VAI DAR / CARTA AO PAI

Tu viste, viste o anúncio?

Então não vi?

É ridículo.

É mais do que isso.

Quanto é que tinham de te pagar para te deixares filmar de fraldas e parte de cima de biquíni, a promover uma cerveja cujo símbolo é um castor com dentes fálicos?

Ah, ah, ah, ah, ah, ah!

E, para cúmulo, ainda levavas com um balde de gelo pela cabeça abaixo quando bebesses um golinho daquela zurrapa.

Podes crer. É incrível o que as pessoas fazem para ganhar uns trocos.

É que nem deve ser tão bem pago.

Pois não, eu tinha uma amiga que fez uma vez uma merda destas e recebeu acho que 100 euros.

Para fazer o quê?

Acho que tinha de se vestir de ervilha gigante e andar a rebolar dentro de um supermercado a derrubar as latas da marca da concorrência.

Ah, ah, ah, ah, ah, ah, ah, ah, ah, ah! A sério?

Ah, ah, ah, a sério, e ainda arranjou um galo enorme na cabeça à custa da brincadeira, e nessa semana conheceu os pais do namorado, que pensaram que ela tinha um problema no crânio por causa daquilo e tentaram convencer o rapaz a deixá-la... ah, ah, ah, ah, ah, foi uma barraca total.

Ah, ah, ah, ah, ah, ah. Só visto, este pessoal faz tudo para os quinze minutos de fama. E aquelas publicações no Facebook, "se acreditas que o amor não é beijar nem sexo, cola isto no teu mural".

Ah, ah, ah, ah, ah, ah, é espectacular. Depois há bué de malta a fazê-lo, devem ser todos da mesma convenção de virgens.

Ou de mongos. Ah, ah, ah, ah, ah, ah, ah.

É giro é perguntares a essa gente o que é, de facto, o amor. Começam-te a desfiar uma montanha de sinónimos de ternurinha, e tu ficas a pensar que o amor é uma série do canal Panda, tipo ursinhos carinhosos, ou uma merda assim.

O amor é fofo... ah, ah, ah, ah, ah, ah.

O amor, para esta gente, é a Heidi. Nem no nível d'*A Lagoa Azul* estão.

Credo. Nem pensar, *A Lagoa Azul* para este pessoal deve ser o nosso equivalente de um filme porno.

Ah, ah, ah, ah, ah, ah, ah. Isto tudo porque fazem *apartheid* neuronal.

Ah, ah, ah, ah, ah, ah, ah, ah, ah, ah. *Apartheid* neuronal?

Sim, é tipo uma regra salazarista para neurónios de gente estúpida.

Conta lá.

Então, o problema das pessoas estúpidas não é que tenham menos neurónios. Pelo contrário. Até têm mais, daí aquela piada dos alentejanos...

Qual?

Que o cérebro de um alentejano vale milhões!

Não era com pretos?

A versão que eu ouvi não. Mas pode ser, escolhe a tua minoria, e força.

Então voltando ao tema. O problema das pessoas estúpidas é o isolamento dos neurónios. As pessoas estúpidas metem os neurónios todos de quarentena, como se tivessem alguma doença contagiosa.

Daí o *apartheid*? Ah, ah, ah, ah, ah.

Exactamente.

E quando se juntam?

Dá-se uma faísca e eles param um bocadinho.

Ah, ah, ah, ah. Tipo bloqueio mental.

Isso. Nunca reparaste que quando dizem qualquer coisa inteligente ficam assim uns cinco segundos parados, a olhar para o vazio, imediatamente antes ou logo a seguir?

Ya.

É o cérebro a recalibrar. Ah, ah, ah, ah, ah, ah.

Deviam ir à feira do cavalo da Golegã...

Comprar um bestunto novo, ah, ah, ah, ah.

Pelo menos vinha com as ligações em condições, ah, ah, ah, ah.

Ai, pára, que já me dói a barriga.

Ai, e eu a cabeça.

É porque a usas pouco, ah, ah, ah, ah.

Parvo, estás-me a desconsiderar? Queres ir buscar uma à feira da Golegã?

Uma quê?

Uma égua, que combine com a besta que és!...

Eh, eh, eh, eh, eh, eh. Estou bem servido.

Totó.

Ai, que riso.

Falando em cérebro e no seu uso, inscreveste o Henrique naquela colónia de férias?

Pai,

Comecei e recomecei esta carta não sei quantas vezes. Há trinta anos, teria o caixote do lixo à beira da escrivaninha onde fazia as cópias e aprendia a tabuada atulhado de papel. Como éramos pobres, talvez te escrevesse a lápis e apagasse tantas vezes quantas fossem possíveis, até ter mesmo de amarrotar o papel, baixinho, para não dares conta de que os subprodutos da minha cabeça, ao contrário do que tu tanto desejavas, eram o desperdício e a incerteza.
Lembro-me de me achares um génio. De ires comigo comprar livros em inglês e de ficares ao balcão, a fumar, porque naquela altura só não se podia fumar nos hospitais e isso por causa das botijas de oxigénio, e não propriamente dos doentes, e a reflectires toda e qualquer pergunta que te fizessem com um "o miúdo é que sabe o que quer, pergunte-lhe a ele, ele é que é o cliente", enquanto eu tentava, a custo, do rés-do-chão da minha altura, projectar a voz até que a rapariga do atendimento, tão interessada como meio surda ou meio burra, percebesse, dobrando-se para mim enquanto tu davas voltas ao charuto na boca, que o livro que eu queria era sobre os mitos gregos e não sobre gemidos pretos, e tu não ajudavas porque achavas que eu tinha a obrigação de soletrar tão bem como pensava e que quem trabalhasse ali e não soubesse encontrar um livro mais valia estar a servir bicas ao balcão. Era uma frase que usavas para quase tudo. Passavas as costas da mão pelo queixo, como um siciliano de tacão alto num esplendoroso desprezo de pobre, e dizias, rematando, "mais valia estar a servir bicas ao balcão", que era a ciência aparentemente mais rudimentar que um operário pudesse possuir e, ajeitando a gola do casaco de cabedal (ainda o tens?), davas meia volta e eu seguia-te ou seguia o cheiro do charuto espanhol que dizias

ser cubano — "afinal, falam a mesma língua, não falam?", a quem insistia em que eram coisas diferentes — e saíamos de uma loja como de uma praça de touros, rodavas o casaco numa derrapagem aérea de capa, e só faltava um boi imaginário e inanimado, no lugar do lojista, ora furioso ora frustrado, para eu sentir que eras tão invencível como imortal.

Só muito mais tarde, quando me despontava uma barbinha mal semeada e me vinham pela noite dentro os primeiros sonhos em que choviam mamilos num granizo rosáceo, é que comecei a distinguir, e muito a custo, entre o meu pai indomável e o meu pai fanfarrão — não sabia sequer o queria dizer até que um amigo teu te chamou isso, depois de lhe recusares um copo de três a pretexto de não poderes fazer caridade etílica todas as noites —, por mais vontade que tivesses de que aqueles que te rodeiam estivessem sempre felizes. Ele disse, já bêbedo, a emparedar-se entre o balcão e um molho de cadeiras onde se arrimava quando lhe passavam pela garganta os enjoos, "és um fanfarrão, Martins", e desatou-se a rir, na tua cara, e repetia, fanfarrão, fanfarrão, fanfarrão, até as palavras serem só uma coisa trôpega de vogais e consoantes sem municionamento de sentido, e tu fechaste o punho, talvez só eu o tenha visto por estar mais ou menos à altura das tuas mãos, mas optaste por não lhe bater, porque ele cairia só com o ar, com a ausência das muletas mobiliárias nas quais se apoiava aqui e ali, e eu pensei, "o meu pai, além de tudo, é um homem bom, porque lhe podia ter arreado mas não arreou". Fiquei a remoer o fanfarrão por algum tempo. Perguntei-te o que queria dizer e tu despediste a minha pergunta com o mesmo gesto de "mais valia estar a servir bicas ao balcão do que perceber uma enormidade destas", e eu fiquei-me, tranquilo, seguro de que o bêbedo a quem não emprestaras uns trocos haveria de ter querido vingar-se de ti, insultando-te num dialecto de bagaço antigo,

que só para os bêbedos — e aqueles embriagados na mesma frequência — poderia fazer sentido.
Quando soube o que eras já não precisava das palavras para nada. Queria, pelo contrário, dispensá-las. Porque só me ocorriam coisas vis, palavras que assentariam num imprestável, talvez, mas nunca em ti, porque a ti era somente legítimo gritar-te as coisas apregoadas aos matadores que exibem uma orelha ao público aguado de sangue, antes de a entregarem a um cantor, a um conde ou a uma actriz a fingir, puerilmente, repúdio.
Tu deves pensar que enlouqueci, se tiveste paciência para ler esta página e meia. É meio -verdade. Estou a passar por uma fase muito complicada da minha vida. Se me visses agora talvez te risses do que eu considero complicado e me mandasses tirar bicas ao balcão. Tu eras bom a despedir as dificuldades alheias. Das tuas nem se fala; não existiam. Eras selectivamente míope para elas.

Ui, acho que me esqueci. É até quando?

Já acabou o prazo, Rogério, acabou na quinta-feira! Tu não me digas que não inscreveste o miúdo. Tu sabes que é superdifícil arranjar vagas agora, e então fora de prazo é impossível.

Calma. Eu ligo para lá na segunda-feira.

Não vale de nada, acabou, acabou.

Ó Marta, não vamos fazer disto um bicho-de-sete-cabeças! Eu ligo na segunda.

Não vamos porque te estás a cagar, quando chegar a altura de ele ir para a colónia e não tivermos vagas em sítio nenhum, também não vais ficar com ele em casa, e depois quero ver o que dizes.

De certeza que se arranja qualquer coisa, amorzinho.

Tira-me a mão de cima, Rogério! Estou chateada com a tua discplicência!

Displicência.

Seja. O que quiseres.

Enganei-me, pronto, o que queres que faça? Já te disse que na segunda-feira vou tentar resolver as coisas!

O que eu quero, e o que não acontece, é que não te esqueças do que é importante para o Henrique.

Ó Marta, esqueci-me disto, não me esqueci propriamente de lhe dar comida!

É a mesma coisa, Rogério, e tenho pena de que não consigas ver isso.

É incrível.

O que é que é incrível?

O Henrique é o centro de tudo. Não dá para escapar.

E querias escapar ao facto de teres um filho? Vens com seis anos de atraso para isso, Rogério, se bem que tenha a noção de que te esforças.

Não me lixes, Marta.

Não me lixes tu, Rogério. Onde já se viu, lembrei-te disso todos os dias de manhã. Era a única coisa que tinhas de fazer...

Qual única coisa? Mas tu sabes da minha semana?

Por ele, Rogério, por ele era a única coisa!

Por ele, Marta, tudo por ele, tudo por ele, o altar, a devoção, o centro do mundo!

Se o teu filho não é o centro do mundo, algo está errado contigo, Rogério...

Falaciosa. Não é isso que quero dizer e tu sabes!

Mas disseste.

Disse uma coisa, tu interpretaste outra.

Disseste o que disseste, se não o querias dizer, retracta-te, mas não me atires poeira para os olhos.

Ó Marta, bardamerda para esta conversa, a gente já sabe onde isto vai dar!...

Desculpa?
O melhor é cagarmos nesta conversa.
Como fazes com quase tudo o que não te agrada, certo?
Marta, queres chatear-te comigo?

As dívidas, a falta de comida em casa e a mãe a choramingar a tua ausência, os credores (o armeiro a quem devias cartuchos suficientes para um 25 de Abril ou um 25 de Novembro, o tipo a quem pedias fiado as botijas de gás, porque afiançavas pagar-lhe tudo com a edição de um disco para senhoras que arrepiaria o púbis da frígida mais contida, qualquer coisa, como lhe sussurravas em jeito de segredo, entre o Júlio Iglésias e o imortal Elvis, o padeiro que apontava cada carcaça que de lá trazia com um lapinhos que guardava atrás da orelha e que me mirava com um misto de pena e de raiva quando eu lhe pedia "oito carcaças, senhor Lourenço, que o meu pai diz para pôr na conta", o Júlio dos Caracóis onde fingias ir buscar uma coisa ao carro deixando-nos na mesa, à tua espera, com um prato de cascas à frente, a mãe a dizer que já vinhas, que o carro estava longe e eu a vê-la a procurar uns trocos na mala, a oferecer-se para lavar as escadas do prédio do menino Júlio, ela que tentava poupar-me, em vão, às lições de vida que te prestavas constantemente a servir sob pretexto de um espartanismo educativo tão pessoal como irrepetível, toda a espécie de pelintras que, tendo tomado notícia do teu desaparecimento, se foram plantar à porta do apartamento a reclamar as migalhas de uns empréstimos concedidos para imperiais ou tordos assados, gente com barro para atirar a uma parede tão larga quanto as tuas costas, uma corja que a mãe enxotava com o cabo ou os cabelos da vassoura, num varejar de bichos inoportunos e inofensivos).
Tivemos de mudar de casa, como sabes. Como deves ter sabido. Eu tinha a certeza de que um dia nos encontrarias. Obriguei a mãe

a arrastar connosco a tralha que deixaras espalhada, numa precipitação de fugitivo. Pensei que nos encontrarias, se não fosse por nós, seria pelas coisas, pelo canivete do teu avô, exibido vezes sem fim, para gáudio e inveja de uns quantos arqueólogos do passado próximo, os teus livros sobre as colectividades marxistas de agricultores socialmente despertos na Albânia dos anos 50, a tua colecção do Vampiro, fora do meu alcance sob pretexto da minha imaturidade para a grande literatura, os discos do Artur Gonçalves, que eu nunca soube se deles prezavas mais as capas ou o alinhamento musical, coisas avulsas que encaixotámos e metemos num roupeiro, enquanto a mãe se queixava de que aquele espaço dava jeito era para sapatos, ou para malas de Verão no Inverno ou de Inverno no Verão, tudo menos as bugigangas que nunca virias reclamar e que lhe entravam pelos olhos adentro, todas as manhãs, quando se aprontava, e a faziam lembrar de que nos deixaras, de que a largaras, a ela, num desprezo de cão em pinhal algarvio, e ela, ainda assim, reconfortava-me sempre quando a minha falta de fé no teu regresso atingia picos cíclicos, "nem que seja para te rever, filho, todos os pais, mesmo os mais desligados, têm saudades que os atormentam e não os deixam dormir e ele um dia aparece-nos aqui pela casa, isso é certo, mas não te apegues porque ele não fica, vem deixar ou recolher um beijo ou um abraço e largar-te na mão uma nota de cinco contos e depois vai-se, vai-se e só volta quando lhe for insuportável não vir."

A tua necessidade de me ver fora sobrestimada. Fui crescendo e acostumando-me a que ao toque da campainha não correspondesse em mim, num automatismo salivar, um surto de adrenalina e de medo. A campainha, cuja mudez, nos primeiros tempos, era entrecortada pela entrega de uma botija de gás ou pelas curiosidades da vizinha de cima, que nos relatava a vida do prédio em registo de novela, principiou, de um momento para outro, a trazer homens, que a mãe ia receber à porta, a transbordar de sorrisos e de batom. Em cada um deles via-te a ti e como os cobrias, apenas com a tua sombra de espectro ausente, dos pés à cabeça, sem esforço, como se eles fossem apenas as réplicas que alguém houvesse feito, apressada e desajeitadamente, do único original precioso, que se convertera, por desaparecimento e mimese, num sem-fim de clones de pechisbeque.

A mãe pedia-me, muitas vezes só de soslaio, num olhar que eu percebia sem precisar do acompanhamento verbal, porque, na verdade, eu é que me substituíra a ti, eu é que era o escolho mais adequado dos restos da tua partida, eu era, mesmo sendo menos de um sexto, a metade em falta, e a mãe sabia disso, e a nossas confidências silenciosas eram o testemunho de que aqueles homens que entravam porta adentro, coroados de flores ou a bolçar umas rimas que houvessem decorado, significavam apenas que o espírito que encima a carne tem-na para se gozar dela e, na sua fraqueza, a obriga, muitas vezes, a pôr-se debaixo ou por cima daqueles de quem só precisa para se roçar, numa comichão canina.

Já estou chateada contigo, Rogério, caso não tenhas percebido.

Porquê?

Ai, não faças isso, tu sabes porquê, não faças isso!

Não faço o quê?

Agires como se não soubesses do que se está a falar, não me menosprezes, não te menosprezes a ti!

Eu sei do que estamos a falar, já não sei é porque é que estás chateada!

Ai, já estás outra vez a fazê-lo!

A fazer o quê?

Isso, isso mesmo, eu detesto quando fazes isso!

Ó Marta, por favor, cura-te!

Não me vires as costas, Rogério!

Estás-me a ameaçar?

Não me vires as costas, ou é a última vez que o fazes.

Eu não tenho medo de ti, Marta.

Eu sei que não tens. Mas tem-me respeito.

O respeito é não virar as costas a uma conversa parva?

É não me virar as costas a mim.

Não é a ti, é à conversa; é domingo, tenho mais que fazer.

Não tens nada mais importante do que falar do teu filho, de certeza!

Ahhh, não digas isso, nem estamos a falar do Henrique.

Então achas que estamos a falar de quê?

De mais um dos meus incontáveis defeitos.

Também.

Pois, sou só eu que os tenho, podemos passar a vida a falar de mim.

O que queres dizer com isso?

Se eu te massacrasse tanto como tu de cada vez que falhas uma merdinha já te tinhas passado, tenho a certeza.

Então diz lá, não te reprimas, o que é que eu falhei, podes debitar tudo.

Ó Marta, achas que ando com um caderninho a tirar apontamentos?

Não sabes, não é? Não sabes mas atiras o barro à parede a ver se pega.

Olha, não eras tu que ontem estavas indisposta assim que enfiaste o rabo na cama? Nem abraçado a ti podia dormir, não te fosse fazer confusão!

Isso é uma falha?

Não, é uma qualidade tua, interromper todos os movimentos de aproximação que possamos ter.

Eu referia-me a coisas importantes...

Pois, trocado por miúdos, o Henrique. Nada mais é importante...

Não sejas tendencioso.

Não, ao contrário de ti, não sou.

Tu só pensas na cama.

Eu penso em nós. Tu só pensas no Henrique.

E tu não pensas nele.

Como é que podes dizer isso?

Já estava na faculdade quando soube que tinhas sido preso. A princípio, não queria acreditar nas imagens televisivas. Estavas velho, arqueado, faltava-te cabelo e autoridade. Empunhavas, como substituto disso tudo, uma caçadeira com a qual varrias o ar à tua volta, numa trepidação em que se confundia medo com desespero. O teu comparsa vazava para dentro de grandes sacos do lixo, pretos, o produto da audácia. Uns milhares de contos, talvez, tudo quanto havia nas caixas de uma dependência de um banco qualquer, em Sacavém. As câmaras de vigilância, à altura, gravavam tudo, e no momento em que premiste o gatilho, porque uma moça qualquer que desatara num choro te estava a exponenciar os nervos, o bastante para que o gesto do segurança, à procura de tabaco para entreter o medo, fosse suficiente para o crivares de chumbo sem aviso prévio, nesse momento eu levei a mão à boca e soube que nunca mais te veria, excepto em sonhos, esborratado pela ineficiência da memória, a mostrares a carteira de pele que te custara uma fortuna em Badajoz. E assim foi, pai. Por uma vez nos tinhas desaparecido, no diferido da fuga; desta vez era em directo, em emissão nacional, para que não restassem dúvidas sobre quem não poderia, no futuro e por exclusão de partes, tocar à campainha.

Tu não gostas de sair connosco, não suportas estar perto dele, não aguentas estar sozinho com ele.

Tu sabes que não é isso. Eu tenho problemas.

O único problema que tens é não mudar.

Não, o único problema que tenho é não ser aceite como sou, ao contrário de toda a gente. E nem me reconhecerem o esforço de mudar.

Que esforço?

O esforço diário que faço para me manter à tona. Só à tona. Aquilo que para ti é garantido, para mim é um esforço diário.

Ó Rogério, que figura de coitadinho fazes... Tu pensas que não te percebo? Eu percebo que te custe. A mim também me custa! Mas se não fizermos qualquer coisa por ele, quem faz? Achas que são os vizinhos?

Marta, não sejas injusta, toda a minha vida está condicionada por ele, pelo que tenho de fazer, pelo que tenho de comprar, pelos passeios, pelos parques, por tudo; achas que eu posso alguma vez escapar a isso?

Mas tentas... Tu bem tentas, e muitas vezes eu deixo-te.

Pois tento! Foda-se, pois tento! Não consigo aguentar como tu, olha, mata-me por isso! Não sou perfeito, já sabias disso quando te casaste. Ninguém é! Nem tu. Enquanto lhe dás toda a atenção do mundo, descuras a nossa relação e estamos onde estamos.

És tão egoísta.

Pois sou, por querer que a minha mulher, ocasionalmente, que não seja de três em três meses, faça amor comigo. Sou egoísta. Por não querer permitir que uma relação seja destruída em prol de outra. É o meu egoísmo.

Ó Rogério, tu achas que isso também não acontece nos outros casais que não têm filhos autistas? Achas que toda a gente anda aí como coelhos na Primavera?

Não, claro que não, as pessoas quando casam morrem para isso. Para isso e para o carinho. É por isso que se casam.

Eu sou muito carinhosa, Rogério.

À maneira de um cacto, pode dizer-se que sim.

Como é que és capaz?

Isso digo-te eu...

Olha, isto é uma conversa parva.

Já tinha chegado a essa conclusão.

Nos anos que passaste na cadeia, conheci uma mulher pela qual me apaixonei. Fiz-lhe um filho. Quase não pensei em ti. Na verdade, desde que foras preso, apenas me dava, de vez em quando, como a mãe me explicara que devia acontecer contigo, uma vontade de visitar-te na prisão, uma coisa física, a que eu a custo resistia pela via de umas bebedeiras, em que esgotava, pela conversa, a premência de te ter à frente. E fui-me aguentando assim, até que me contactaste um dia, do nada, para me dizer que saíras da cadeia, por bom comportamento, e que me querias ver, assim como ao teu neto. Eu fiz o meu papel, apesar de carcomido pela tristeza de te escutar do outro lado, velho e provavelmente asmático, gasto por uma vida de asneiras em contínuo, para as quais tinhas tido a resistência de uma mariposa a uma lâmpada de tecto. Desprezei-te. Não te dei importância, vinguei-me pelo tempo da tua presença que me subtraíras, ora convencido de que o orgulho era uma qualidade fundamental, ora certo de que menos com menos daria mais.
O Henrique foi crescendo sem ter contacto contigo. Não poderia conceber que lhe acontecesse, ainda que numa escala ínfima, o que me fizeste passar a mim. Não to queria dar para depois o

abandonares. Não o queria expor a isso, apesar das recomendações em sentido contrário da Marta (a minha mulher, se te recordas dela pelas cartas e pelas fotografias que te mandei), porque as pessoas podem mudar e arrepender-se, dizia ela, senão para que serviriam as penitenciárias e a doutrina da recuperação pelo castigo, sublinhava, enquanto eu afastava com um movimento de mão a teoria e os teus avanços, abusando da lembrança da tua ausência para, mais do que proteger o Henrique, castigar-te por não me teres protegido a mim.

Há quanto tempo não te escrevo? Há três, quatro anos. Tenho recebido as tuas cartas, periodicamente. Leio-as sem vontade. Dizes que estás mudado, honesto, velho, diferente, e eu olho para aquilo sem vontade de saber. Leio-te como o horóscopo, como uma conta da água. Nem perco tempo a decidir se acredito em ti. E sabes porquê? Porque tenho problemas maiores do que a tua regeneração pela sapiência da idade e pelo atalho do castigo. Não quero saber se trabalhas com um mecânico que tanto confia em ti que és o único a ter a chave da oficina, onde estão dezenas de carros à espera de serem esventrados, numa redenção de peças. Na verdade até preferia que continuasses a ser o egoísta intratável que sempre foste. Ser-me-ia mais fácil dizer-te o que tenho para dizer sem me sentir um cretino ou um pulha.

Mas não é pelas razões que invocas, Rogério, não é pelas razões que invocas.

Por que é que haveria de ser?

Eu dei-me conta de que nunca vais mudar. Nunca vais sair daí de onde estás e abraçar a vida.

Olha, agora deste para manual de auto-ajuda.

Cala-te. Estúpido. Não vês que isto é importante? É tudo um gozo para ti?

Não me chames estúpido. Sabes que detesto que me chames estúpido.

É o que és. Não percebes a importância das coisas. Só ligas a ninharias.

Temos hierarquias diferentes, Marta, complementares. Não temos de ser iguais... Caramba, sempre houve espaço entre nós para a diferença, porque queres agora aplanar tudo? Temos de comportar-nos como todos os casais?

Nós não somos um casal! Tu não aceitas o Henrique!

Pois não somos, mas não é por isso.

Então não somos uma família, que vai dar ao mesmo.

Somos uma família peculiar, mas não vai dar ao mesmo.

Não somos nada! A verdade é que já não somos nada! Se fomos, já não somos!

Não fiques assim, Marta, é uma fase, estamos cansados e isto não é fácil.

Larga-me. Não há cá fases. Tu não queres que sejamos uma família. Não fazes nada por isso! Estou sozinha, estou tão sozinha! Faço tudo sozinha, cuido sozinha do Henrique, tu só fazes figura de corpo presente; quando resolves estar presente, que vosselência não vai a todas!

Eu faço sacrifícios, porra, eu só faço sacrifícios! Eu também estou sozinho! Eu já nem tenho amigos, a minha família está longe, achas que és a única a sofrer deste mal?

Ó Rogério, por amor de Deus, tu estás sozinho porque queres! Tu encafuas-te aí e não queres saber de nós, a ver filmes, a ouvir música, que não podes sair, que estás cansado, que tu não queres, não queres.

Marta, eu também tenho direito ao meu espaço próprio, ou não tenho?

Claro que tens, Rogério, tu só tens espaço próprio. Do teu filho não queres saber, mas isso é outra conversa.

Isso é tão injusto, Marta...

Não Rogério, injusto é eu andar com ele sozinha, como se não fosse casada, como se tu tivesses morrido ou tivesses uma doença de pele que não pudesses apanhar nem sol nem chuva, injusto é eu sair de casa com ele e tu ficares aí no sofá a curares uma depressão como quem cura uma bebedeira, isso é que é injusto, percebes, que eu tenho de pensar onde levá-lo e como fazer que ele passe um bom bocado e tu ficas aí enrolado a olhar para o umbigo.

Porque é que tu tens de reduzir tudo ao Henrique? Não existe mais nada para além dele e do que ele precisa, do que ele gosta, do que ele quer? O Henrique isto, o Henrique aquilo?! O Henrique nem fala, Marta! Tu podes fazer de advogada dele, de correia de transmissão da vontade dele, ele nem fala! Ele podia estar um dia inteiro à frente da televisão a pular e a rir, quem te diz que ele gosta mais das saídas que inventas e dos sítios para onde o levas? E criticas-me com base no quê? Na tua interpretação da vontade dele? Fazes exegese, agora?

Não sejas cínico, essa conversa nem tem fundamento. É óbvio que a criança precisa de tempo de qualidade.

E isso é o quê? És tu que decides? Ele diz-to ao ouvido, o que é que é "tempo de qualidade"?

Não sejas parvo, Rogério, tu sabes tão bem como eu o que eu quero dizer.

Não, não sei, tu dás por adquirido que eu sei qualquer coisa e que isso é igual ao que pensas, mas, na verdade, tu estás-te a cagar para o que eu penso, porque tu já tomaste as decisões que tinhas de tomar, certamente com base naquilo que ele te disse que era "tempo de qualidade".

Esta conversa é estúpida.

Esta conversa é reveladora.

Reveladora de quê? Da tua estupidez?

De quão distantes estamos de remotamente concordar sobre uma coisa que tu dás à partida por adquirida.

A culpa não é minha, se tu não percebes.

Se não percebo o quê, Marta?

As necessidades da criança!

E as minhas necessidades, Marta? E as nossas necessidades? Quem é que as percebe, quem é que as atende? Não contam?

Não sejas egoísta, não sejas sempre tão egoísta, em primeiro está ele, Henrique, em primeiro está ele! Se tu não consegues perceber isto, não vale a pena, e a verdade é que tu nunca percebes. Tu nunca pões o teu filho em primeiro lugar.

Eu tenho dificuldades com o meu filho, mas o facto de eu estar aqui, agora, a ter esta discussão, depois de todos estes anos, prova qualquer coisa.

Prova o quê?

Que não desisti, que estou aqui, que estou com vocês!

Ah, ah, ah, ah, ah, ah. Como bem disseste, não somos uma família. Tu vives ao lado da gente. Tu não vives connosco.

O mesmo podia dizer de ti. Tu vives ao meu lado, não vives comigo.

Tu não te entregas, como queres que me entregue?

O ovo e a galinha.

O Henrique nunca aprendeu a dizer avô. Não lhe mostrei as tuas fotografias, como me pedias em cada carta. Protegi-o de ti na mesma proporção em que me foi possível retaliar por todos os anos em que vivi à espera que emergisses de um zunido de campainha para me sacudires no interior do teu abraço. O Henrique nunca aprendeu a dizer pai, se te serve de consolação.

Nem mãe, nem carro, nem casa ou papa. O Henrique nunca falou. Apontou, por uma meia dúzia de meses, e até isso perdeu. O Henrique usa fralda de noite e, de dia, é capaz de sujar umas três ou quatro mudas de roupa. Quando quer qualquer coisa, puxa-nos pela mão e põe a nossa mão em cima daquilo que quer. Há pouco tempo aprendeu a carregar no botão do elevador e agora carrega em todos os botões que vê, inclusive nas campainhas dos nossos vizinhos, que lhe acham alguma piada aos maneirismos, desde que à distância regulamentar de um contacto nas escadas ou à porta do prédio. O mais provável é que o teu neto nunca venha a falar. Nunca vai ter um emprego, uma namorada, dúvidas existenciais, filhos. Sairá de casa quando a escola não puder mais acomodar os gritos nas aulas e o xixi pelas pernas abaixo e, da inclusão, restar, na memória de dois ou três colegas, a recordação de um miúdo tão giro quanto interiormente escavacado. Talvez o ponhamos num centro de dia, de manhã, e o recolhamos à noite. Durante esse tempo fingiremos que ele ainda está na escola, ou já na faculdade, enquanto ele se entreterá a babar-se na musicoterapia ou a fazer o milionésimo enfiamento da sua ainda curta vida. Se não tiver epilepsia, tanto melhor. Menos trabalho dará e mais as terapeutas ocupacionais lhe terão tolerância. Quando morrermos, se ele ainda estiver vivo, teremos de ter a certeza de ter deixado dinheiro suficiente para que ele seja bem tratado, até que a morte, pacificamente, porque outra coisa não merece, o venha reclamar.

Apresento-te o Henrique, pai. Não é uma caricatura. É o teu neto, com a vantagem de te poder apresentar também, sem grande margem de erro, o seu futuro. Agora poderás perceber melhor porque deixei de te escrever. Não tinha como responder às perguntas que fazias sobre o seu desempenho escolar ou às recomendações de que não o deixássemos demasiado à vontade, porque o mundo,

como o sabias bem, daí de dentro, estava pejado de gente capaz de tudo. O silêncio da minha vingança era o silêncio da minha vergonha. O teu neto não sabia o que fazer aos carrinhos que lhe fazias chegar. Pegava neles e andava com os brinquedos na mão, o dia todo, sem descobrir, num lampejo de óbvio, que podia fingir com eles uma grande viagem numa grande estrada, e até acidentá-los, sem consequências reais. Não tinha imaginação, não sabia fazer de conta e a única coisa de que gostava, e de que ainda gosta, é de ver televisão, de comer, e de meter os dedos na boca nos intervalos. Não tem amigos. Não tem brinquedos preferidos.
Quando me querem despertar um optimismo que não me lembro já de ter possuído, dizem-me que ele nunca se meterá na droga, ou em problemas com a autoridade, e que nunca o perderei para a bebida ou para a depressão. Claro que se ele tivesse morrido pouco depois de nascer, os argumentos poderiam ser os mesmos, o que me faz pensar que as pessoas que mos comunicam não têm consciência integral do que é fazer esta equivalência, mesmo que inconsciente. É claro que o Henrique nunca se vai drogar, a não ser com as coisas que o possamos obrigar a tomar com uma colherada de mel. O Henrique não tem uma consciência para querer desesperadamente sair dela. O Henrique não sabe calçar-se. Não sabe dar um pontapé numa bola. Drogar-se é o equivalente a ir a Marte para trazer de lá uns calhaus.

Rogério, como te vês daqui a uns anos, já pensaste nisso? Como nos vês a nós, na tua vida?

Não sei... Com sorte não me vejo.

Pois eu não posso viver assim, Rogério. Eu quero pensar que esta família, daqui a dez anos, tem outras condições de vida, que estamos noutra casa, que temos outros trabalhos, que o Henrique está feliz, percebes, que tem um pónei para andar aos fins-de-semana, quero ter planos, Rogério, porque o presente não é só insuportável para ti, não penses, mas eu quero o meu futuro melhor, mereço ter um futuro melhor...

Eu, no meu futuro, ou não quero estar ou quero sofrer menos. Não consigo pensar em mais nada. O meu passado e o meu presente não me deixam ter futuro. Daqui a uns anos, Marta, quando o Henrique não tiver idade para estar na escola, ou quando não o quiserem lá — porque ele não vai estar lá a fazer nada — onde achas que ele vai ficar enquanto eu e tu nos estafámos para o pónei e mais o diabo a quatro? Já pensaste nisso?

Ó Rogério, há-de estar onde for possível, quero lá saber.

Não queres saber porque não queres pensar nisso!

Eu não quero pensar nas desgraças todas, idiota, já tenho desgraças que cheguem, não sou obrigada a beber isto tudo de uma só vez! Tu é que te queres envenenar com esses pensamentos de merda, que não levam a lado nenhum!

Estes pensamentos de merda são a realidade em poucos anos, quando ele já não tiver tamanho para o levares ao colo para a cama, quando ele for maior do que tu e tu tiveres medo de o contrariar e que ele te dê um carolo, se lhe der para isso, mas tu achas que ele vai ficar fofinho e pequenino o resto da vida e que vais levá-lo sempre pela mão com a mesma facilidade...

Eu não quero sofrer por antecipação, Rogério.

Eu também não. Acho é que vou sofrendo. Ontem, agora e amanhã, desde que descobrimos isto.

Eu não aguento estar com uma pessoa assim, Rogério. Tu não tens nada de bom a dar a ninguém. Tu às vezes pareces o meu pai. Eu vi o que o meu pai fez à minha mãe. Eu não me quero tornar uma pessoa amarga.

Eu também não queria ser assim. Ou achas que gosto de ser infeliz?

Acho que te habituaste.

Posso ter-me habituado, mas não gosto.

Mas já não sabes ser doutra forma.

Não sei, por causa disto, Marta! Por causa do autismo, não sei ser de outra forma! Porque não vejo melhorias, não me vejo a ser capaz de lidar com isto e vejo tudo a piorar com a idade, e tu ainda a afastares-te de mim como se tivesse lepra!

Não culpes o autismo, Rogério.

Então culpo-te a ti?! Culpo-me a mim?! Fui eu que criei este fosso? Éramos estes infelizes que somos agora, antes de o Henrique nascer?!

Tu é que és o infeliz! Eu amo o meu filho, percebes?

Isto não tem a ver com amor, totó, claro que eu amo o meu filho, por isso sou infeliz, sou infeliz porque o amo!

Não, Rogério, tu és infeliz porque és egoísta e ele não é como tu gostavas que fosse!

Ah, ah, ah, ah, ah, ah. Isso é risível. Absolutamente risível. Então, pela mesma ordem de ideias, tu és feliz porque ele é como tu gostavas que ele fosse, é isso?

Eu aceito-o como ele é, sem reservas.

Eu não. Eu tento, mas não consigo. E tu sabes disso. És melhor do que eu, paciência. Não somos todos iguais.

Se tu não o aceitas, não me aceitas a mim.

A Marta deixou-me. Ontem. Não me suporta. Eu amo-a e ela trocou-me pelo filho, porque eu não sou capaz de tirar o mesmo prazer da fantasia insidiosa de que uma família se cria quando pai, mãe e filho vivem sob o mesmo tecto. Não me deu tempo para o aceitar, para ultrapassar os xixis e os cocós, a cara dele de absoluta incompreensão quando o castigo por apanhar do prato a comida com a pinça dos dedos, as choradeiras a meio da noite, incompreensíveis, que duram tempos infindos, nos quais só penso na salvação acidental por via de um AVC prematuro, a ausência de afecto espontâneo, de resposta aos nossos pedidos, de compreensão para coisas tão simples como apanhar as meias do chão ou tirar o casaco. Eu não consegui, pai. No fundo, fugi, como tu. Mas para dentro. Não tive coragem de os deixar, em parte porque a amo, em parte porque sou demasiado cobarde para romper com hábitos instituídos, sem saber como substituí-los por uma vida em que leve demasiado tempo a encontrar-me como epicentro. Ela deixou-me por ele, percebes? Foi o autismo que acabou connosco (o autismo é o que ele tem, se queres saber nomes, e foi o que nos contagiou a todos), que nos destroçou como casal até este ponto de aparente não-retorno. Se queres saber a verdade, eu sei viver sem ele. Não sei é viver sem ela. Já o disse, já posso morrer descansado, sem a consciência a entravar-me a verdade. Eu sei que se não existisse o Henrique, ela não me deixaria. Tenho a certeza disso. E o melhor, para toda a gente, inclusivamente para o Henrique, era o Henrique não ter sido. E tendo chegado a ser, era melhor não o ser mais. Poderá haver felicidade para um adolescente a quem chegue a urgência das hormonas para se descobrir incapaz de saber, sequer, como acalmar o desejo? Um adulto que nunca chegue a ter uma mulher que lhe percorra a cara com a ponta dos dedos para lhe sacudir da cabeça os restos de um pesadelo? Diz-me tu, pai. O que farias? Passar-te-iam pela cabeça as coisas horríveis que passam pela minha? Os desejos inconfessáveis de que tudo acabe? A vontade de deixá-lo numa mata, em nenhures, e voltar para o colo da Marta como se de lá nunca houvesse saído uma criança despida de mundo e de futuro? Ir vê-lo à cama, de noite, na expectativa calada de que a respiração lhe possa ter falhado, para logo regressar ao quarto e cobrir a Marta de beijos? Ou a consciência aguda de que, não sendo nada disso possível, ou eticamente desejável, esperar-me uma solidão inacabável de onde só poderei sair caso alguém interceda por mim junto da morte?

Não confundas as coisas.

É uma embalagem só, Rogério, não há como separar-nos.

Não sejas parva. Se o Henrique desaparecesse amanhã...

Que parvo!

que Deus nos livre, nós seríamos felizes como sempre fomos antes dele, ou melhor, antes do autismo. Portanto não digas que as coisas são assim estanques, porque não o são.

Agora é assim, Rogério. Existimos os três ou não existimos os dois.

Isso é uma ameaça?

Não, Rogério, é uma verificação de factos. É assim. Ponto.

O que é que tu estás a querer dizer.

Que não acredito que vás mudar, e que não consigo mais viver assim.

Assim como?

Assim, Rogério! Não me faças isto outra vez, não finjas que não sabes de que estamos a falar!

Eu não sei de que estás a falar, Marta.

Ai, lá estás tu. Isto é tão cansativo. Estou a falar de nós, Rogério, de nós.

Não há nada mais para falar.

Pois não, nisso estamos de acordo. Não há mais nada. Estamos vazios. Eu estou vazia, carcomida por dentro.

Anda cá.

Deixa-me! Deixa-me, não me toques. Não me toques. Eu quero que te vás embora.

O que é que isso quer dizer, Marta?

Quero que te vás embora, quero que saias desta casa. Quero separar-me de ti.

Tu não estás a falar a sério.

Estou, estou, muito a sério. Já não aguento isto, e tu não vais mudar e eu quero ser feliz, dê por onde der.

Tu não vais ser feliz só porque me vou embora.

Pelo menos não tenho a ilusão de estar acompanhada.

Isso é tão injusto.

Tudo é injusto, e depois?

Marta, pensa nisto, temos tantas coisas negativas na vida, sempre pensei que a nossa relação era uma das poucas coisas positivas que tínhamos.

Era, Rogério, foi. Agora já não é. Quero desembaçar-me disto e continuar com a minha vida, porque isto é só fingir que somos uma família que não somos.

És tu que estás a querer isto Marta, és tu que te estás a separar, não te esqueças!

Sim, sou eu, um de nós tinha de ser, que me caia o piano em cima, quero lá saber, eu quero é ser feliz!

Tu estás a acabar com o único problema sobre o qual tens domínio, tens consciência disso, não tens? É que não te podes divorciar do Henrique, não te podes divorciar de ter um trabalho, e como alguma coisa tem de mudar na tua vida, mudo eu, é isso?

É o que tu quiseres. Não me interessa.

Vais mudar tudo para ficar tudo na mesma, como dizia o outro. O autismo continua. Os problemas continuam. Eu é que sou o sacrificado na revolução.

Não me interessa o que pensas.

Tu já não me amas? É isso, diz-me. É mais fácil assim.

Não tem nada a ver com amor. Eu já não consigo falar de amor. Tem a ver com família, e também já não consigo falar disso. Chegas tarde, Rogério, chegas tarde.

A culpa é do Henrique. É do autismo. Eu sabia, eu sabia que isto nos ia destruir, mais cedo ou mais tarde. É uma bomba com retardador. E agora explodiu.

Ó Rogério, isto não tem nada a ver com o Henrique. Não arranjes desculpa.

Pois não, nada. Se ele não existisse estávamos juntos e felizes, tirando isso, não tem nada a ver. Claro que não. Claro que não. Sou eu. Sou eu que tenho a ver.

Não sejas infantil.

Eu saio. Eu saio de casa. Mas nunca mais o quero ver. Nem a ele, nem a ti. Nunca mais me quero lembrar de que vocês existiram na minha vida, percebes?

Não digas parvoíces.

Não digo nada; se não fosse ele estávamos juntos, percebes? Eu sei o que digo.

Ó Rogério, isto é connosco, não é com ele.

Não, Marta, isto é o autismo, não é connosco. "Nós" não existimos, "nós" somos a cabeça de alfinete que cabe no único sítio que o autismo não reclamou. E como nos devorou a "nós", também te vai devorar a ti, apesar da tua boa vontade de princesa do Mónaco.

Tu confundes tudo.

Nunca mais, percebes, nem tu, nem ele. Se não posso ter um, também não quero o outro.

O Henrique precisa de ti, Rogério.

E eu preciso de ti, Marta. Vais ter isso em consideração?

Eu não aguento, Rogério.

Já somos dois.

Não digas nada de que te arrependas.

A única coisa de que me arrependo é de ter tido este filho que me roubou tudo. Até a mulher.

Ó Rogério, não digas isso, por favor. Ele é teu filho.

Ele é um obstáculo à felicidade. Um empecilho.

Tu és horrível.

Não, Marta, o autismo é horrível. Eu sou o que sobra.

Eu não te quero ver mais. Tu mereces que eu te deixe.

Talvez isso não seja tão linear. Ainda hás-de cá vir.

Nunca.

Ai hás-de sim. Especialmente se o autismo se tornar insuportável. Ou desaparecer.

Que queres dizer com isso? Ficaste parvo de repente?

É isto que tenho pensado nos últimos meses, talvez nos últimos anos. Sobretudo nos últimos dias, desde que a Marta deixou claro que não me quer mais como marido. Tenho vindo a enfiar livros e roupa numa mala, que não logro encher, para não me sentir pragmaticamente obrigado a abalar. Não nos falamos. Não dormimos juntos. Ela só espera que eu saia porta fora para reiniciar a vida, com o Henrique, na modalidade mãe solteira, que isto do mais vale só do que mal acompanhado é capaz de ter alguma razão de ser. Eu não quero perdê-la ou, perdendo-a, não quero ter consciência disso. E tu podes ajudar-me. Podes interceder por mim de maneiras que se calhar não concebes e que, depois de tas expor, talvez não venhas a aprovar. Mas deves-me pelo menos ouvidos e atenção.

No tempo em que estiveste preso, hás-de ter conhecido toda a espécie de gente, de que ainda guardas contacto. Talvez um deles aceitasse fazer-te um favor (nem te estou a pedir que sejas tu a fazê-lo, apenas que o peças) a troco de algum dinheiro, alguém suficientemente bárbaro para conceber que a vida tem um preço. Talvez pudesses entrar em contacto com essa pessoa e lhe pudesses dar algumas instruções relativas aos meus percursos diários, onde moro, onde tomo a bica, onde atravesso a estrada, onde compro o jornal e o tabaco, como volto para casa, atravessando bairros inseguros, apinhados de semáforos. Não pares de ler, por favor. Segue-me. Eu nem sei onde quero chegar. Preciso da tua ajuda. Talvez essa pessoa fosse capaz de fazer desaparecer o meu problema, percebes? Nem vamos falar de nomes, porque torna tudo mais difícil. É o problema. Um problema a resolver. Eu sei que estou condenado, só pelo que já pensei. E tu também, por mais chaves de oficinas que te confiem até bateres a bota. Depois de a Marta me deixar, não farei cá falta. E não saberia o que fazer sem ela.

Eu sei que pedir-te isto é cobarde. Talvez do outro lado estejas agora a ler, incrédulo, e a pensar que nem bicas ao balcão me mandarias tirar. Concedo-to. Não tenho a coragem para tratar deste assunto senão em sonhos ou em derrames de fantasia, pela comporta das pestanas. Mas tu haverás de ter. E nem sequer tens de ser tu. Só precisas de passar a palavra e dizeres-me, posteriormente, do que precisas. Temos um problema a resolver, pai. Agora ou daqui a trinta anos, quando eu próprio já não for capaz de suster alguns pingos de mijo e tu já estiveres num gavetão de parede, numa mortalha de pinho, usufruindo de um conforto que te peço agora, como quem pede uma sede de água.

Eu sei que tu conheces muita gente que não carece ser apresentada à população em geral. Eu nem quero saber o que aconteceria ao problema ou como ele desapareceria. Diz-me só de quanto precisas para começar a tratar deste assunto. Assim que o fizeres, posso sair de casa e aguardar, com um sorriso perene, pela surpresa que me possas conceder. Lembra-te de que é para o bem de

todos, inclusive o teu, porque são os segredos, sobretudo os mais sombrios, que aproximam as pessoas, e nós já temos distância que chegue para duas gerações.
Se pensas que me é fácil pedir-te isto, desengana-te. Escrevo-o com sangue, enquanto choro copiosamente sobre o teclado. Mas ou faço isto ou acordo de noite e, com os olhos entreabertos, acabo com toda a gente que me rodeia antes de conseguir encher aquela mala que me fita do corredor com a bocarra aberta à espera de mais uma pilha de livros ou de camisolas. Sentir-te-ás melhor se acontecer assim? É aritmético. É retórico.
Na verdade, nem sei se te vou chegar a remeter esta carta ou se, daqui a dez, quinze anos, não a estarei a ler num quarto minúsculo com vista para uma praceta entupida de carros, enquanto meto, bucho abaixo, uma caixa inteira de Lexotan. Tenho flutuações de humor tão rápidas e tão amplas que as minhas certezas são como barcos colhidos por uma tempestade no pacífico. Não me julgues, pai, porque me mataste devagarinho, com a tua ausência, e raspaste o interior da mãe ao longo destes anos até que dela só restasse uma casca continuamente a verter lágrimas.
Ajuda-me. Se esta carta chegar até aí e tu chegares até este ponto, peço-te que me ajudes. De que forma seja. Não preciso saber de nada a não ser que vais tratar de tudo. Ajuda-me a fugir como tu fugiste. Sem consequências.

Valério Romão nasceu em França, em 1974. Licenciou-se em Filosofia pela Universidade Nova de Lisboa. Escreve romances (*Autismo*, *O da Joana*), contos (*Facas*, *Da família*, *Dez razões para aspirar a ser gato*) e peças de teatro (*A mala*, *Macha*).

É publicado também em Itália e França, onde foi finalista do Prix Femina de 2016, com *Autisme*.

autismo
foi composto em caracteres HoeflerText
e impresso pela Geográfica, sobre papel
Pólen Soft de 80 g, em
outubro de 2018.